EL CAPRICHO

DELFINA LINCK

EL CAPRICHO

🌐 Planeta

Diseño de cubierta: Mario Blanco
Diseño de interior: Alejandro Ulloa

© 2000, Delfina Linck

Derechos exclusivos de edición en castellano
reservados para todo el mundo:
© 2001, Grupo Editorial Planeta S.A.I.C.
Independencia 1668, 1100 Buenos Aires

ISBN 950-49-0785-7

Hecho el depósito que prevé la ley 11.723
Impreso en la Argentina

Ninguna parte de esta publicación, incluido el diseño de la cubierta, puede ser reproducida, almacenada o transmitida en manera alguna ni por ningún medio, ya sea eléctrico, químico, mecánico, óptico, de grabación o de fotocopia, sin permiso previo del editor.

¿Un escenario para una marquesa?

¡Miren, miren! Ahí viene, ya viene... ¡Ahí está! ¡Ahí la tienen! Miren cómo baja del barco. Miren cómo se destaca y parece flotar por encima de esa marea de gente que habla, grita y gesticula a su alrededor. Observen qué erguida desciende la escalerilla: como si intentara atravesar los apuros y las liviandades con su porte de mariscal. Se llama Berta von Kartajak. Nadie la espera. Vean cómo mira hacia todos lados, iluminada por la luz de la mañana que tiene agua de puerto en los reflejos... Tan ella, con ese aire de satisfacción y sorpresa, con esa sonrisa que parece rebotar en sus recuerdos..., tan confiada en sí misma como desconfiada de los demás.

Llega a un país que no conoce y del cual le han hablado maravillas por la enormidad de los recursos sin explotar. Está desembarcando en Buenos Aires con la idea de probar suerte. Ha calculado que en esa ciudad tan lejana de Europa va a poder disfrutar del anonimato sin mucho esfuerzo. Es una extranjera más y no entiende una jota de castellano.

Vean el cabello rojo incendio, recogido en un rodete sobre la nuca. Miren los ojos color almendra: son tan escrutadores que llegan a inquietar. Observen esa expresión un tanto rapaz suavizada por las pecas... Había algo en su rostro que obligaba... no sé... uno se quedaba pensando que tenía que decidir algo. Porque era atractiva y se imponía sin necesidad de hablar, pero también infundía un cierto recelo, como una forma de advertencia.

Su elegancia era enérgica. Ese día se había puesto un vestido morado claro. Era de talle bajo, en crêpe mogol, con unos bieses del mismo género en un tono más fuerte y un baberote en brin de hilo blanco que llamaba mucho la atención porque parecía diseñado para proteger sus grandiosos pechos. ¿Ven la capelina con cinta blanca y ramillete de lilas que traía en la mano y acaba de calzarse en la cabeza? ¿No vuelve algo etéreo su halo de mando?... Me parece oír el taconeo de las botitas de gun metal negro... como si fuera ése el sonido que le da ritmo a su migración solitaria. Las botas, que tenían caña de gabardina marrón jaspeada y las vistas de cuero al tono, no se distinguen bien.

Sí; el vestido, el sombrero, las botitas, todo estaba guardado en un ropero cuando llegué. Fue Herbert quien los sacó —muchísimos años después, un día que ella no estaba— para mostrármelos y describir esta escena, aunque él no había presenciado su desembarco. Recuerdo perfectamente todos los materiales, como si los estuviera tocando. Para él eran reliquias y nunca me animé a tirarlas. Es probable, si se descuidan —y a pesar de la cantidad de años que han pasado—, que todo esté arriba en el desván, lleno de salitre y apelmazado.

Escuchen. Si aguzan los sentidos, van a percibir, con tanta claridad como yo, ese ritmo resuelto y envolvente. Yo lo oigo muy seguido; es como si ella regresara y caminara otra vez por aquí. ¿Sienten cómo se instala su presencia como un enigma, como una interrogación?... Es difícil dejar de verla... Su cuerpo parece hablar de un choque entre algo ambiguo y algo arbitrario... Son sus rasgos más femeninos los que sugieren una afirmación que se desdice, un permanente «Sí, pero...».

Los que la conocimos, muchas veces nos quedábamos dándole vueltas en la cabeza, para entender cuál era la mezcla de cualidades y defectos que hacía tan irresistible su personalidad. Ahora quisiera poder dudar de la realidad de su existencia y archivarla en algún lado como producto de mi imaginación... Porque ella no daba su brazo a torcer con facilidad y... cuando se me aparece con tanta nitidez en el recuerdo, como si lograra revivirla... siento que a lo mejor está empecinada en recrear su identidad y el magnetismo que perdió... De hecho, pareciera que se queda un poco más tranquila cuando la evoco...

Había nacido trece días antes de que comenzara el año 1900, a caballo entre los siglos. Desembarcó en el puerto de Buenos Aires cuando le faltaban pocas noches para cumplir veintiséis años. Descendió de un paquebote de pasajeros, que también traía correspondencia y carga general, el 2 de diciembre; el buque venía en viaje desde Santos, se llamaba *Cap Polonio* y atracó en la Dársena Norte a las ocho de la mañana de una jornada que comenzaba a hervir en un calor temprano de mucha gente. Reinaba el alboroto por las elecciones para gobernador provincial que se iban a realizar cuatro días después. Yo tengo grabada en la memoria la fecha en que se votó, y también el ambiente que había, porque por esos días fui a visitar a mi hermano en la prisión y recuerdo que él me dio su opinión sobre los llamados «galeritas». Además, cuando salí de la cárcel me crucé con distintos grupos que vitoreaban los nombres de los candidatos... Pero, en fin... Esos son recuerdos de otra cosecha; ella venía llegando y poco podían importarle aquellos pintorescos afeites locales para unos comicios con resultados tan discutibles como fáciles de anticipar...

Una italiana que había viajado en el mismo barco y muchos años más tarde la reconoció, dijo que se la vio acodada sobre la barandilla mientras el barco atracaba y que desde allí «ella miraba con expresión agradecida la bella vista de la ciudad». Siempre me sentí con derecho a dudar de este último detalle porque jamás vi una expresión de agradecimiento en su cara y además, en general, la gratitud no era su fuerte.

Lo cierto es que le había llamado la atención el color del río. En una oportunidad, un invitado le preguntó cuáles habían sido sus primeras impresiones del país y ella, riendo, respondió: «lo primero que ió vió foi uno lago de baro aplastado en uno grande plato sin bordes, como grande sopa de café con letche». Entonces otro invitado citó a un poeta, diciendo: «el Río de la Plata sueña en el espejo de un león dormido y quiere despertar algún día en el ir y venir desordenado de la gente»... Ella volvió a reír y dijo burlona que seguramente ese poeta no había entrado en barco desde el Atlántico en un día de calor... Luego, mientras se servía del bol con dulce de leche casero que preparaba Nacha, agregó algo chistoso sobre «uno charco de esto rico postre»...

Acodada sobre la barandilla, recordaría su éxito en el baile de la noche anterior, porque la misma italiana dijo que «la tedesca pelorrosa» había ganado el primer premio con su disfraz de demonio, gracias a una actuación disparatada que la había llevado a meterse con casi todos los pasajeros... y que éstos, admirados y divertidos, la habían distinguido a la hora de los aplausos... Aunque, quizás, es más sensato pensar que, olvidada de la fiesta y del viaje, se concentraba en el único objetivo inmediato que se había fijado: evaluar si este país del Atlántico Sur podía servirle como destino. Ella misma le contó a Herbert que, al oír los gritos que proferían los que dirigían las maniobras, se dio cuenta de que iba a tener que hacer un esfuerzo para aprender lo antes posible «el idioma».

Nunca explicó por qué había cortado toda relación con su propio país. Durante muchos años mantuvo en secreto —que sólo Herbert compartía— su nombre y su verdadera nacionalidad. Para el resto de la gente ella era dinamarquesa y se dejaba decir «la marquesa». Aquí en la estancia, la peonada la llamaba «Patrona», como era uso en ese entonces, pero siempre había quien aparecía con un nuevo apodo que daba cuenta de sus virtudes y sus excentricidades...

* * *

Miren: ahora es la mañana siguiente a su desembarco. Berta von Kartajak se presenta en un oscuro hotel de la calle Reconquista. Vean: está vestida con la misma ropa del día anterior. Eso que lleva bajo el brazo derecho es un diccionario español-alemán y alemán-español. En la mano izquierda tiene varios recortes de diario. De la muñeca de esa mano cuelga una carterita negra. Si lo han pensado, han acertado: era zurda. Observen cómo saluda al dueño del hotel sin mayores amabilidades y le muestra, en forma casi imperativa, el anuncio que está arriba de los demás. Allí se lee:

> *Alemán, mucamo y valet*
> *c/buenas recomendaciones,*
> *se ofrece.*

Fíjense cómo el hombre hace un gesto negativo con la cabeza y contesta de mal modo:
—El señor Wulf ya contrató.
¿Ven? Ella no entiende más que la parte negativa de esa afirmación y habla excitada en alemán. El dueño del hotel comprende lo que ella quiere aunque no sus palabras, y cree que es su obligación corregirla, porque ella dice «Herr Wulf»:
—Her*bert* Wulf.
Ella asiente con una gran sonrisa:
—Herr Her*bert* Wulf, *ja*.
¡Hay que ver cómo la mira! El hombre no puede creer, se pregunta de dónde ha salido esa mujer que habla como loca con todo el cuerpo. Ella da enérgicos respingos cada vez que insiste y vuelve a pronunciar el nombre de Herbert Wulf, dando a entender que se trata de un viejo conocido cuya presencia ella quiere celebrar. Vean cómo el dueño la estudia con aprensión y desconfianza: no puede terminar de entender por qué ella ha traído el recorte de diario para preguntar por él, si es que es, tal como parece, alguien cercano a Wulf. Vean cómo ella sonríe radiante y luego solicita indicaciones: quiere saber en qué habitación se aloja Wulf. Miren cómo plantea varias veces la pregunta, ayudándose con gestos, mientras sus impulsos corporales y su ávida forma de

hablar insinúan que está a punto de lanzarse por el pasillo a los gritos, si no consigue arrancar al dueño del hotel de su terca modorra de batracio. Pero observen también cómo el hombre, mejor tarde que nunca, entiende las señales y juzga conveniente llamar a Wulf antes de que la aristocrática y arrolladora dama lo sorprenda en su modesta habitación. Escuchen con qué mal humor grita el apellido de su huésped: su voz de tabaco arrastra una larga «u» y se sacude en carraspeos. Ahora es cuando Berta oye una puerta que se abre y una voz ronca que pregunta:

—¡¿Sí?!

—¡¡Lo buscan!! —el dueño vocifera sin piedad para responder a la voz de Wulf.

Berta ya se adelanta: guiada por el sonido de los artríticos goznes, se dirige apurada hacia el primer piso. El dueño no intenta retenerla, sólo hace ese gesto de impaciencia con la mano, como espantando una mosca hacia atrás y mandando a alguien al cuerno. Después van a ver cómo ella también espanta moscas, pero lo hace distinto... Miren cómo los dos pelirrojos se topan en el rellano de la escalera. El pobre Herbert, descolocado, duda un instante. Sorprendido por una desconocida que pronuncia su nombre con la alegría propia del reencuentro, piensa que a uno de los dos le falla —por lo menos— la memoria. Ella ríe con ganas, señalando su propio cabello con el índice y el de Wulf con un gesto de la cara y de los ojos. ¿Ven que el color rojo fuego es casi idéntico?

—¡El destino! —exclama ella en alemán.

Él ha abierto los ojos muy grandes y apenas puede sonreír, apabullado.

—¡Apuesto a que él ha creído que somos parientes! —agrega ella de inmediato. Su tono es de complicidad y diversión. Herbert ahora sonríe con timidez. Su sonrisa es un regalo de fraternidad y ternura mientras ella sigue hablando muy excitada:

—Yo me hice pasar por amiga suya porque ese sapo me decía que no y que no, y ni siquiera sé por qué no. ¡Pero nunca imaginé esta casualidad que nos une! Ahora, vaya usted a decirle que no somos hermanos y no le va a creer...

Observen cómo sonríe Herbert, es inolvidable. Sonríe por muchas razones aunque se le han aparecido todas juntas, de golpe, como si fueran una sola: es cierto que el dueño del hotel tiene algo de sapo y que a él nunca se le había ocurrido pensarlo así... la dama pelirroja ha venido a buscarlo a él, por más increíble que resulte... su presencia lo reconforta porque es una mujer luminosa... le divierte su desparpajo... piensa que el pelo de ella bien podría ser la cosecha de todo el que se le ha ido cayendo a él con los años... ha visto una emoción de agua en los ojos de la señora cuando mencionó el Destino y eso lo ha enternecido, aunque no es consciente de ello en ese momento... Sólo un par de años después, cuando me lo cuente a mí, Herbert se dará cuenta de ese último detalle que había registrado en forma automática: a Berta se le habían empañado los ojos. Herbert se quedará pensativo y me dirá que «Destino» en alemán se dice «Schicksal» y que, por alguna razón, esa palabra suena como un látigo con risa.

Oigan cómo ella baja la voz para proponerle hablar un momento en la habitación por la cuestión del aviso. No es que Herbert sienta ganas de oponerse a la propuesta, pero de todas formas ella no otorga mucho espacio para las dudas. Avanza hacia la puerta y él la deja pasar, anonadado, mientras comienza a disculparse por el desorden y a argüir sin mucha convicción:

–Perdone, usted... pero no tuve tiempo de arreglar la pieza esta mañana, porque vinieron a verme varias personas por el aviso, justamente... y..., de hecho, ocurre que ya me he comprometido con otra persona...

–¿¡Otra persona!? –ella ignora el desorden y las disculpas y exclama con el tono de quien ha oído una idea absurda o una herejía que no está dispuesta a considerar. Vean cómo sacude la cabeza y luego lo mira fijo para agregar en forma tajante–: Nos vamos a poner de acuerdo igual, no va a haber ningún problema... Y además, nos vamos a llevar bien. Muy bien. Inmediatamente. Déjeme ver... Usted, ¿habla español y puede traducirme, verdad?

—Sí; no es que domine el idioma como un nativo, pero llevo muchos años viviendo aquí.

—Me imaginaba; me imaginaba. Entonces, ¿cuánto desea ganar por mes?

Herbert quedó mudo por un momento, preguntándose a sí mismo qué cualidades —aparte del pelo rojo— tenía a primera vista para inspirar tanta confianza. Era honesto, tenía un buen nivel de educación y sobre todo mucho afán por superarse, aunque le temía al riesgo y la inseguridad y prefería estar protegido por un patrón. Pero nada de todo eso podía ser tan evidente. Quizás ella ya había recibido alguna recomendación. Para Herbert quedó siempre como una incógnita. Muchos años después, poco antes de morir, él le preguntó a Berta qué la había hecho tomar una decisión tan apresurada y ella contestó sonriendo:

—Tu nombre sonaba parte como el lobo, «Wolf», y parte como el topo, «Maulwurf», y antesentí que me aconvenía al mío lado persona astuto pero bueno... Porque hay la verdad del tuyo corazón dibujada a tuya frente...

Es cierto que su presencia era agradable y que transmitía una sensación de autenticidad, de limpieza y de sencillez... También es cierto que en esa impresión jugaban un papel preponderante su frente ancha y el bigote que él dejaba crecer —tupido y gracioso— para compensar la avanzada calvicie que padecía a los treinta años. La dama, que había llegado hasta su pieza sin miramientos por las normas sociales y no mostraba preocupación alguna por los detalles que solían formar parte del tipo de empleo para el cual Herbert se había ofrecido, esperó apenas unos segundos mientras él miraba hacia el piso. Luego insistió para que él formulara su pretensión de sueldo. Contagiado por ese espíritu decidido, él duplicó la cifra que le había pedido al caballero del monóculo y solicitó trescientos pesos. Esos escasos segundos le habían alcanzado para evaluar varios aspectos del trato con la velocidad del pensamiento cuando se aplica a medir las conveniencias. Su primera conclusión fue que con toda probabilidad podía esperar mayor interés y más entretenimiento al servicio de la dama que se le había presentado en forma intempestiva, que trabajando para el hombre mayor que todo lo iba a vivir a través de la corrección y la parsimonia de su única lente. Su segunda conclusión, sin embargo, apuntaba al hecho de que un contrato con ella le iba a deparar menos descanso y más exigencias, además del costo que suponía el quebrar la palabra empeñada al caballero, cuestión que podía significarle un grave disgusto y algún serio esfuerzo de reparación. Si no me hago valer desde el comienzo, me va a despreciar después, pensó en síntesis antes de pedir los trescientos pesos.

Vean cómo Berta abre su cartera y mejora la oferta.

—Cuatrocientos —dice en tono triunfante para retrucar el pedido de Herbert.

¿Ven cómo ahí mismo, sin más trámite que el de extender su mano y mirarlo a los ojos, Berta le entrega un sueldo por adelantado?

—Esto le servirá para enfrentar sus gastos —le dice, y de inmediato comienza a darle instrucciones: lo esperará abajo para que la acompañe a realizar varias gestiones… Herbert pregunta si tiene que poner orden en sus cosas y preparar las valijas. Ella contesta desde la puerta:

—No, no. Póngase ropa de calle nomás. Después consideraremos los restantes detalles. Por un tiempo usted puede seguir viviendo aquí, si le queda cómodo. No hay apuro alguno, yo puedo pagar su hotel. Por el momento, será mejor para los dos. Lo espero abajo, si Sapo Legendario me lo permite. Voy a estudiar los diccionarios en la salita de la entrada y, cuando usted baje, le voy a decir algo en español. Siempre que usted no tenga un compromiso anterior, por supuesto.

—No, lo único que tengo que hacer antes de la noche es hablar con el caballero con quien me comprometí a trabajar desde el lunes próximo. Debería recomendarle a alguien de mi confianza. Me parece que ya sé a quién…

Miren cómo ahora Berta hace ese gesto tan característico en ella, que consiste en espantar una mosca invisible que se le cruza frente a los ojos, con la mano hacia abajo, como diciendo «aj, eso no tiene importancia, lo entierro», y agrega mientras se va yendo:

–Bueno, bueno, eso lo puede arreglar usted, sin problemas…

No sé si alcanzan a ver cómo Herbert se queda hablando solo sobre la mejor forma de resolver el caso del caballero del monóculo, mientras cierra la puerta y se dispone a cambiarse la ropa. Ha aceptado el dinero sin averiguar cuáles van a ser sus tareas, ni cómo es la casa de la señora, dónde está ubicada o cuál será su día de salida, y sin embargo, se siente seguro y contento por el trato que le ha dispensado la bella dama de su misma nacionalidad. Adivina que su vida va a cambiar de manera radical y no se equivoca. Aunque en más de una oportunidad se va a lamentar de aquel súbito viraje en su destino. Mientras se desnuda, observa su cuerpo en el espejo. Luego se viste con esmero, controlando todo el tiempo su imagen, de frente y de perfil, primero quieto y luego en movimiento. Se toma su tiempo. Siente ganas de agradecer sus ojos verdes y su pelo rojo, de aceptar la insulsa rectitud de su nariz un tanto grande y la exagerada amplitud de su frente algo arrugada y cubierta de pecas, de elogiar y emprolijar el corte de su bigote y también de reconocer la fortaleza de sus músculos, aunque no deja de molestarle que parezcan moldeados en porcelana y que estén surcados por esas finas hebras azules que se dibujan bajo su piel… ¿Oyeron cómo se ha hablado a sí mismo en voz alta y en alemán? Ha dicho que no es grave. ¿Han visto cómo contiene la respiración, entra la barriga y sonríe triunfal, antes de prometerle al espejo que va a comenzar una dieta? Su preocupación es adelgazar los kilos que se han ido depositando arriba de las caderas.

Cuando decide que está listo para salir, se mira una vez más de perfil y se felicita porque ya tiene dinero para mejorar un poco su vestuario. Antes de abandonar su propia imagen en el espejo, la va a despedir con un pensamiento tejido a la medida de sus ilusiones: al servicio de una compatriota tan llena de energía, quizá podría dejar de ser un inmigrante sin pasado.

Con bastante sarcasmo y cierta vergüenza, Herbert siempre volvería a reírse de sí mismo y de aquella fantasía ridícula que se había hecho frente a alguien como Berta, que elegía ser una inmigrante sin historia y que desde el vamos esquivaría los pocos intentos hechos por él para inducirla a hablar del pasado, de Alemania y de la familia que había dejado atrás... Ella rechazaba estos temas diciendo por ejemplo: «Ayer no cuenta, sólo quedó hoy y mañana», «Que vive inamorado del pasado, asusta del presente y fuye del futuro», «Que mira atrás, quedará petrificado» o «Mejor forma de llamar muerte, es pensar en tiempos fuidos».

Pocas horas después de cerrar trato con doña Berta, Herbert oyó una de esas frases terminantes y creyó entender que los temas relacionados con historias personales estaban prohibidos. Aunque esa feroz reticencia de Berta a hablar del pasado y de Alemania parecía contradecir el deseo de Herbert de averiguar algo más sobre ella, también lo tranquilizó en forma insospechada. Él, que a veces tenía la virtud de encontrar el costado positivo de las cosas, llegó a pensar que quizá la misma inexistencia del pasado podía ayudar más que ninguna otra cosa a borrar las incómodas diferencias sociales entre ellos, mientras, de paso, contribuía a que él venciera la nostalgia y les ganara la partida a los malos recuerdos y las recriminaciones de la memoria.

Herbert demoró pocos días en comprender que el aviso de su empleo, redefinido por las necesidades de Berta, hubiera sido: «Alemán, traductor y acompañante, no importan las recomendaciones, se busca». El español rudimentario que él conocía pasó a lucir, desde la primera noche y en forma categórica, como un saber muy valorado. En esa ocasión, cuando cenaron juntos, Herbert ya pudo intuir que los proyectos futuros tampoco se iban a conversar. Salvo el presente, donde desbordaba la claridad, el resto era puro misterio y montañas de incógnitas... Al despedirse, él quiso saber a qué hora debía estar listo y si ella tenía planeado hacer algo especial al día siguiente. Ella contestó que nunca se sabía el mañana, que descansara tranquilo, que ella lo iba a buscar cuando lo necesitara.

Vean, ahí están... Han salido del hotel esa primera tarde y van a llegar caminando hasta la calle Tucumán para conocer «una elegante pieza amueblada» que se ofrece en alquiler en un aviso del diario. «Calié Mantucú», dice ella, sin remedio, desde ese día, y Herbert, que intenta corregirla a pesar de la gracia que le causa, va a descubrir, con el tiempo, que ella invierte alegremente las sílabas de muchos nombres propios... y se va a preguntar más de una vez si lo hace queriendo o sin querer, si es para hacerlo reír, para burlarse un poco de sí misma o para divertirse con algunos sonidos que ella identifica como «aborígenes»...

Miren: apenas han entrado en la habitación ofrecida, y Berta se pone a ironizar sobre la supuesta elegancia anunciada en el diario. Vean cómo se toma la cabeza y hace muecas de asco, sin consideración alguna por el hombrecito de pocas carnes que les muestra la pieza con todas sus esperanzas cifradas en ese alquiler. Observen que el delgado muchacho, además de ser bizco, tiene los labios brillosos y los rulos engrasados, todo lo cual parece resaltar aún más la necesidad acuciante que tiene de alquilar la pieza, necesidad que se manifiesta sin freno en su solicitud exagerada... Pero ella es tan explícita en sus gestos, que él no necesita entender el alemán de tono despectivo que habla... El ánimo del muchacho se está turbando y ahora cuando ella lance su risotada con el aire de una potranca que relincha, él se va a mostrar ofendido... ¿Ven? Su servicialidad se ha trocado en desilusión: su boca tiembla con una indisimulable rabia que le empaña los ojos. Berta lo observa, molesta, y consulta a Herbert con la mirada. Herbert está incómodo y ella entiende que se le ha ido la mano. Tiene una extraña sensibilidad.

En muchas oportunidades ella va a actuar de acuerdo con las reacciones de Herbert. De inmediato encuentra la forma de salir del atolladero con generosidad: le extiende su cartera a Herbert y le dice que le quite las preocupaciones al joven, que le entregue un adelanto del precio.

Herbert queda tan sorprendido como va a quedar el mismo joven de aspecto enfermo. Mientras extrae el dinero y habla con el muchacho, Herbert quiere suponer que la habitación es para él. No le parece suficiente para la dama, aunque también le resulta excesiva comparada con la suya del hotel... Con el dinero desembolsado, Berta ha conseguido que «el flaquito-piel-sobre-huesos» se retire feliz y los deje solos. Decidida, va hacia la ventana y la abre de par en par. Herbert piensa que la casa de la señora no debe tener departamento de servicio. Ella recorre la pieza a grandes zancadas, como queriendo apropiarse del espacio para probar si va a ser suficiente. Herbert comienza a acostumbrarse, con cierta sensación de vértigo, a las sorpresas de esa relación. Dejando la ventana de la pieza abierta —«para que se vayan los Malos Aires que pueda haber en Buenos Aires», dice en alemán— ella va a proponer un «vamos» con tono de pregunta.

Unos minutos después caminan por las veredas con resabios coloniales. Ella va pidiendo la traducción de ciertas palabras, y cada tanto dice «por aquí, por ahí» como si conociera al dedillo la ciudad. Miren, en un cruce de calles, Herbert la toma del brazo porque ella ha tropezado. Él ha temido que se cayera, pero no ha sido más que eso. Ella agradece y luego guarda silencio. Él está juntando fuerzas para plantearle la pregunta que ha incubado desde que la vio. Lo va a hacer con mucho respeto y cierta prevención:

—¿Hace mucho que la señora ha llegado a la ciudad?

—No, hace poco —responde ella cortante confirmando que no tolera bien las preguntas. De inmediato, retoma el léxico del tema «clima», que habían estado repasando justo antes de su tropiezo:

—Júmedo, calorr, fríou, tibio, lluvio, nieble...

Mientras pasean por la calle Florida, observan los carruajes y los automóviles, porque Berta se interesa por los diferentes diseños de vehículos y le pregunta a Herbert cuál es el precio de los distintos modelos. Herbert se alegra de pensar que ella quizás esté proyectando comprar un coche... Pero a Berta también le ha llamado la atención el autoómnibus metropolitano, un paquidermo ambulante con asientos contra los lados, que recibe y despide pasajeros por su cara trasera... y le pregunta a Herbert si sabe cuál es el precio de uno de ésos, con lo cual el pobre hombre queda absolutamente desorientado respecto de los eventuales proyectos de la dama. Lo cierto es que Berta se interesa por muchas cosas y pregunta todo el tiempo. Miren cómo señala admirada algunos quioscos de diarios que tienen una gran extensión de hierro para poner publicidad. Ahora se asoma para ver lo que ofrece una elegante tienda. Es la Casa Harrods, cuyas enormes vidrieras aparecen protegidas por toldos de lona. Observen cómo ella ha divisado, con una extraña mezcla de alegría y disgusto, de compasión y celebración, la presencia de un portero enano ataviado con uniforme verde y dorado. Se queda ahí parada, mirando sin recato, hasta que nota la incomodidad de Herbert. Retoman la marcha y como ella continuamente le pide a Herbert la traducción de las palabras que se utilizan para designar objetos, acciones y personas, en este caso Herbert traduce: «portero enano». Recién unos días después, Herbert se dará cuenta de que ella dice: «llama al enano» cuando quiere llamar al portero, porque ha invertido el significado de las palabras al creer que el adjetivo estaba antepuesto como en alemán. Por la misma razón, dirá «portero» cuando quiera decir «enano».

Vean qué orgulloso se lo ve a Herbert cuando ella repite las palabras con la alegría de una niña y se muestra entusiasmada por las referencias locales.

Miren, han llegado a un lujoso hotel. Es el Plaza, frente a la Plaza San Martín. ¿Ven ese pabellón en la esquina? Ahora entran. Berta le da un papel a Herbert y le encarga que vaya a la consigna a retirar un baúl forrado en tela escocesa y un maletín de cuero. Ella va a arreglar las cuentas y a pedir un coche para trasladar el equipaje. Resulta obvio que ha pernoctado allí y que piensa mudarse a la pieza alquilada. Después, cuando ella le entregue la factura del hotel para que «le lleve los papeles», él tendrá oportunidad de comprobar que ha pagado sólo una noche de alojamiento, con lo cual le va a resultar fácil sacar dos conclusiones: que ella le irá dando información y que él debe abstenerse de preguntar. Herbert siempre decía que con el tiempo —en pocos meses— había ido dilucidando casi todas las preguntas que en esos primeros días le quitaban el sueño: ¿Esperaba ella algún envío? ¿Conocía a alguien en estas latitudes? ¿Pensaba quedarse mucho tiempo? ¿Cuál era su proyecto? Pero también decía que todos los años que llevaba con ella no le habían sido suficientes para imaginar su vida anterior y para averiguar por qué había abandonado su país de origen.

Cuando volvieron a la «calié Mantucú», Herbert quedó muy impresionado al ver cómo Berta cambiaba en pocos minutos el aspecto general de la pieza que había alquilado. Ahí aparece otra vez, ahí la tienen. ¿Ven cómo despliega sus brazos y sus manos en indicaciones y acciones, persiguiendo su inventiva y sus ganas de dar vuelta el mundo? Está sacudiendo la colcha para ponerla del revés, tarea para la cual ha solicitado la ayuda de Herbert, mientras le explica sus razones:

—Las flores violetas de esta tela tienen que mirar hacia abajo porque revuelven el estómago, mientras que el verde del forro puede mirar hacia arriba porque no hace mal a nadie y además parece más nuevo...

Ahora piensa y se mueve como una decoradora: le indica a Herbert cómo correr los muebles de lugar —el escritorio cerca de la ventana, la mesa contra la pared del este, el aparador cortando un rincón, el sillón de terciopelo morado cerca del escritorio, una banqueta a los pies de la cama—. ¿Ven cómo disfruta de estos ejercicios de transformación que va calculando con derroche de gestos y expresividad? Ha abierto la valija y va y viene para revolver allí una y otra vez, hasta que encuentra un gran pañuelo de seda con el cual va a tapar la pantalla de una lámpara que, según dice, «es un atentado contra el buen gusto y la humanidad». Por fin, cuando todo parece listo, le da instrucciones a Herbert para que cierre el biombo japonés con mucho cuidado y luego lo invierta. Miren cómo, una vez dado vuelta, las figuras orientales del biombo quedan flotando cabeza abajo. Ahora ella se desploma en el sillón a contemplar su obra. Observen cómo abre las piernas como las de una mesa plegable y ríe con cara de bull-dog. Lo que está exclamando quiere decir:

—¡Sólo los japoneses se pueden tirar al vacío en esa posición y sin dejar de sonreír!

Vean cómo festeja entusiasmada batiendo las palmas y acota en su lengua de sonidos terminantes:

—Ahora el mal gusto ha quedado sin pretensiones, porque está todo «patas para arriba».

Herbert sonríe y la observa admirado. Piensa que quizás está frente a una gran actriz, es el mucamo valet de una estrella de teatro. Miren cómo ella le hace una señal pidiendo atención para hacer un anuncio. Oigan cómo pronuncia lentamente su primera frase en español, señalándose a sí misma en el pecho:

—Esta señura quiera comer unas famosias carnas argentinas.

En todo era así: apasionada, tajante, avasalladora y entretenida. Wulf comenzó a vivir para complacerla y enseguida se acostumbró a funcionar al compás de sus deseos y sus gestos. Desde el primer día ella declaró que su objetivo más urgente era aprender el «éspañol». Con gran tenacidad, retorcía la lengua y trituraba las palabras, buscando el acento que hiciera comprensibles los significados que aprendía. Había apreciado mucho la sugerencia de Herbert: él sólo hablaba en castellano y Berta debía pedir una traducción de cada frase que quería formular. Herbert sentía que le faltaba formación de maestro para su nuevo papel y compraba libros a escondidas. Casi todas las noches se quedaba leyendo y estudiando para cosechar algunos temas interesantes y un variado vocabulario que impresionara a su alumna. Berta era una gran conversadora y todo marchaba mejor cuando él sacaba el tema y sabía de qué estaba hablando. De otra forma, ella comenzaba a vencer el alud de pedregullos intrusos en su voz e intentaba remover las rocas germánicas para adosarles una correspondencia latina y él quedaba deslucido por su falta de conocimiento en ambas lenguas.

Fue durante aquellos primeros tiempos compartidos cuando Berta lo bautizó como «Profésor» y ya nunca perdió la costumbre de llamarlo así y de presentarlo –medio en serio, medio en broma– como tal. Ella aprendía en aras de la integración con la tierra que pisaba, él estudiaba en la ilusión de conquistar a su alumna y de retenerla cerca de su corazón. Muchos años después, recitaban todavía al unísono el primer artículo de diario que habían traducido juntos y que Herbert guardaba anotado y firmado. La versión que ellos rememoraban sonaba como un himno militar en el cual las palabras se acentuaban préferentemente en la prímera sílaba: «Los actos de íncultura deben ser réprimidos. En los tránvias. En algunas líneas que van a déterminados barrios se cómeten actos gróseros. La írrupcion de élementos désordenados que se cómplacen en fúmar, grítar, y aun ínsultar a los demás pásajeros... Las ácertadas dísposiciones ádoptadas por la Jéfatura de Pólicia para hacer césar los désmanes han próducido los méjores résultados». Entonando esas frases como un juego, evocaban aquella primera época. Lo hacían con la alegría y la complicidad de los camaradas, dejando al resto del mundo afuera, mientras ellos volvían a zambullirse con gran ingenuidad en las horas sagradas de la iniciación. En ese texto intrascendente se podían rastrear dos de las expresiones que Berta usaba mucho en la lengua adquirida junto a Herbert, el Profésor que le llevaba trece años de ventaja como inmigrante. Por ejemplo, si comía demasiado y le ofrecían repetir el postre, contestaba: «No gracias, sería un désman». Era una de sus palabras predilectas y la usaba para referirse a cualquier tipo de exceso. Al término «élemento» lo utilizaba como sinónimo de «persona». Así, por ejemplo, anunciaba: «Vino uno élemento y preguntó a por usted».

* * *

Los primeros meses transcurrieron lentos y entretenidos entre caminatas por los parques, largas charlas en los cafés, visitas a remates de propiedades y mobiliario –dentro y fuera de la ciudad–, consultas por propiedades en venta y alquiler, algunos paseos por el río y cortos viajes en tren. ¡Y lecturas de diarios y revistas! Berta leía todo, incluidas las propagandas y los anuncios, algunos de los cuales se los aprendía de memoria para hacer reír a Herbert y a su amigo el diariero. Porque muy pronto, en su media lengua, se había hecho amiga de Ramón Fieltro, un vendedor de diarios que voceaba la prensa en la esquina de Bolívar y Victoria, a la vuelta del hotel donde vivía Herbert. Este personaje, apodado «El Patilla», desplegaba los montones de diarios y revistas en un tendido al aire libre, en el escalón y ochava de un café y bar donde a ella le gustaba esperar a Herbert para desayunar. Su presencia allí llamaba la atención, porque no era habitual que una dama se sentara sola en esa clase de bares y, mucho menos, a estudiar los diarios. Pero nada de lo que ella hacía era común en esa época en Buenos Aires. Dicen que El Patilla la celebraba con su voz cansada de gritar los títulos y epígrafes de la prensa a lo largo de los años. Al principio él le decía frases que ella no entendía. Pero, consultando con Herbert, comenzó a comprender y a contestar.

Miren, ahí están… Fieltro es ese tipo de aspecto reo y porteño que le está hablando. Su nariz parece algo oblicua porque mueve la boca hacia el costado cuando habla. Esa mañana, le dice:

–Gringa, usted es mi mejor cliente. Ojalá la mitad de las mujeres fueran como usted…

Ella contesta con picardía:

–Eso caso, mitad hombres tenderían de ser muy distintos, Patilla. No ti ingañes.

Miren otro día: él la recibe haciendo aspavientos y le muestra fotos en una revista, mientras echa hacia atrás sus pelos grises:

—¡Reina Roja del Norte, pensé que ya no venía! Acá le tengo separadas unas noticias: ¡han inaugurado la torre más grande de radio del mundo cerca de Berlín en un pueblito de mala muerte que se llama Konigusterausen! ¡Diga! ¿Vio cómo yo aprendo idioma también? Y acá: otro invento alemán, un casco protector para bomberos, con una ducha en la cabeza que les permite trabajar en plena llama... ¡Si son cráneos, los alemanes! Todas buenas noticias, las que le separo...

Ella habla muy bajo, casi en secreto:

—Ya diga para vos, El Patilla, lo otro día, que ió escandinavia y no gusta mutcho de alemanes: ió quiera noticias *argantinas*, precios, productas... tontarías... y negocias... Esos míos temas preferentes, que algo deba hacer... —Tomando al azar una revista le muestra y le lee:— Mira esto, para ejempla: trigo, maíz, trila, rastrada, lino, labrantsa, algodón, maní, riegüo, búscueda de agua, élevadoras a granos... eso... ricuetza... ¿Ves? Mira, mira: ¿notitzia? ¡tchorro del petróleum en célebre potzo hundert acht und zwanzig, uno dos otcho, a Comodorou Rifadafia!... ¡Eso, notitzia! Y también te mostro lo que ió compró: mira, crema dental Kolynos para tener boca de la estrela Viola Dana «cuia sonrisa refela una jilera de perlas tan atraktifa como zus ritsos»... ¿Qué te parió?

El Patilla se sacude con una risa aguda y muestra una boca donde quedan pocos dientes. Le dice que tiene que ir a hacer chistes al teatro. Ella contesta:

—Vos me consigas contrato e ió va sin problemas... ¿Qué te parió?

Dicen que antes de aquella Navidad del año 25, la ciudad parecía haber recibido una lluvia de flores, que habían llegado en aluviones desde las estaciones ferroviarias y que embellecían las calles con exuberancia de tonos y aromas. Cuando Berta declaró que las flores eran una razón más para estar contentos, Herbert no se animó a preguntarle cuáles eran los otros motivos de su alegría.

Hasta donde yo sé, el 24 por la mañana fueron a conocer el Jardín Zoológico. Bajaron de un carruaje en los bosques de Palermo y fueron caminando hasta el Monumento de los Españoles, una escultura con fuente que a ella le interesó al punto de querer averiguar y anotar el nombre de su autor. Cuando ella preguntaba esas cosas que no respondían a un interés «normal», Herbert también anotaba por su cuenta, porque suponía que aquellos datos podrían darle una pista para el misterio que, tarde o temprano, iba a tener que develar. Lo cierto es que muchas veces Herbert se inclinaba a pensar que era probable que ella tuviera secretos muy peligrosos.

Ahora están en un restaurante para festejar la Nochebuena. Miren a Berta luciendo ese vestido de crêpe estampado con las cintitas plateadas y el cinturón bajo, que hasta hace unos años estaba todavía en el baúl del desván. Ese sombrerito de terciopelo negro que tiene puesto le agrega un dejo masculino a su atuendo. Herbert, clásico y reluciente con su traje oscuro y su chaleco, la observa como al mejor regalo, mientras ella le habla, ayudándose con un papelito donde ha apuntado varias frases aprendidas para este pequeño discurso:

—Hoy ió regala poca cosa: uno estutche con cinco artículos útilos que ió compró por solo diez pesos en la Casa de Iose Búscuet y uno biliete entero que compró por setenta pesos para Lotería Nacional, porque mi gustaría usted gagne cuatrocientos mil y eso número me dió soerte una vez hace mutcho tiempo…

Vean cómo Herbert recibe el billete y abre el paquete del cual va sacando tres pares de medias, un par de ligas Boston, un par de tiradores Cunard, un cinturón de cuero Cunard y un par de ligas angostas, de seda, para mangas. Agradece sonriente y llama a una violetera que ha entrado con su canasta de flores. Berta ha elegido un ramo que Herbert le quiere obsequiar y le desea «Feliz Navidad» a la florista que le estampa un beso en la mejilla y se marcha anunciando sus violetas con un canto. Berta ríe y luego dice:

—¡Vamos hacer uno arbolito-persona!

Con rapidez, va a disponer las medias, las ligas, el cinturón y los tiradores sobre el mantel de la amplia mesa redonda que comparten, de forma tal que quede un cuerpo de hombrecito. El ramo de flores será la cabeza del curioso personaje de seis pies, por debajo de los cuales va a poner su propio sombrero con el billete de lotería adentro. Al concluir su pequeña-gran-obra aplaudirá diciendo con cara de profetisa:

—Él es uno poco portero, pero llama Herbert y gagña premio.

Siete días después, Herbert la invitó a cenar al Avenida Palace para celebrar ese promisorio Fin de Año. Él no salía de su asombro y de su entusiasmo, no podía creer lo que había ocurrido: el número elegido por Berta le había hecho ganar «la grande». De golpe, había pasado a tener una considerable suma de dinero, por lo menos para él. Quizá no para Berta, que celebraba y hacía hincapié en que ella lo había vaticinado, pero parecía tomar el hecho del premio como algo normal y esperable. Esa actitud abonaba aún más el misterio que la envolvía. Herbert por momentos pensaba que ella había aparecido en su vida como un hada con varita mágica y trataba de entender en qué estaba pensando cuando le decía:

—Vamos eshtudear moy moy bien situatzión e hacer negocias juntos… Esto no deba cambiar nada en usted, por favor, Profésor.

La incertidumbre del futuro preocupaba mucho a Herbert y el premio de la lotería no consiguió calmarlo por mucho tiempo. Desde el inicio de aquella relación con Berta, él disfrutaba del hecho de no tener otro trabajo que leer, conversar y acompañar a su dama, porque ella había contratado a una mujer sobrada en carnes y energía que se ocupaba de todas las tareas domésticas y hasta lavaba y planchaba la ropa de él. Por un lado, se sentía liberado, pero cuanto más tiempo pasaba, más crecía su inquietud: le producía muchísima ansiedad pensar que de hoy para mañana ella pudiera esfumarse, desaparecer tal como había aparecido, envuelta en su bruma de misterio y aventura. Muchas veces llegaba a buscarlo recién al mediodía o lo acompañaba hasta su hotel enseguida después de la cena. Herbert le había ido tejiendo varias vidas, pero ninguna de las versiones que él construía —y luego desechaba— lo tranquilizaba. Por momentos se decía que había distintas posibilidades de situación conyugal que podían explicar aquella vida insensata: o era casada y esperaba a su marido que tenía que escapar de algún lado después que ella, o era viuda y pretendía olvidar su tristeza con la ayuda de ese clima porteño que —según ella misma decía— le recordaba los baños turcos, o era mantenida por algún hombre casado y lo tenía a él para salvar las apariencias... Por momentos, también se daba cuenta de que las cosas que él imaginaba no eran del todo lógicas... La perspectiva de tener su propio capital gracias al premio de la lotería le dio cierta tranquilidad por unas semanas, mientras conversaban y hacían proyectos de inversión que iban desde una isla en el Delta del Tigre para cultivar frutas hasta un campo en la provincia de La Rioja a tres leguas de una estación perdida en una zona de olivares, pasando por opciones tales como una flota de camiones y una casa de antigüedades... Pero tantas posibilidades y tanta indefinición alimentaban sus sospechas y hacían aumentar —con el correr del tiempo— la angustia de Herbert por el futuro. Cada acción y cada comentario de ella le servían para revisar una y mil veces las hipótesis que construía con el fin de explicar la verdadera situación de Berta con la esperanza de poder desentrañar sus móviles ocultos.

Ella ya le había pagado el tercer sueldo sin tomar determinaciones respecto del futuro, cuando por fin Herbert resolvió controlarla porque no podía dejar de pensar que Berta llevaba una doble vida. Tenía que existir alguna razón que explicara por qué ella gastaba tanto dinero en comer dos o tres veces por día en restaurantes y no se organizaba una vida más razonable y menos cara. No parecía lógico pensar que lo hacía sólo porque le resultaba grato pasar el verano en esa ciudad portuaria que, sin lugar a dudas, figuraba entre las más húmedas y calientes del mundo. Algunas jornadas se le habían tornado particularmente difíciles. Por ejemplo, pensando que quizás ella era espía y que ambos estaban yendo detrás de alguien, había intentado detectar a quién seguían en uno de los días más calurosos del verano. Aquel día creyó que iba a enloquecer, porque terminó sintiendo que alguien los seguía a ellos... Así fue como decidió que lo más sencillo y efectivo iba a ser apostarse desde el alba frente al edificio donde ella vivía. De esa forma, por lo menos, tendría algunos indicios de las actividades que desarrollaba en su ausencia...

Ahí está, ahí la tienen. Miren cómo sale apurada del edificio de la «calié Mantucú». ¿Ven a Herbert Wulf haciéndose el distraído, parado en la esquina contraria, disimulado contra la ochava de un comercio de cueros? Se puede ver en su rostro que él la ha visto. Fíjense que el sol todavía está muy bajo. Él observa cómo la luz mañanera se cuela en los movimientos del vestido blanco lleno de puntillas que ella está estrenando y aprecia el gentil balanceo de la sombrilla con flores amarillas que ha escogido para cubrirse. Todo le indica que Berta va a tomar rumbo al sur por la calle que normalmente utilizan para ir al hotel donde él vive todavía, aunque ella nunca va tan temprano. Herbert se da cuenta de que ha tenido mala suerte en la elección del día. Se ha caído de la cama, piensa, mientras espera que ella se aleje. Apenas desaparezca de su vista, él va a correr hacia la calle paralela para adelantarse sin ser visto. Miren qué ligero va y cómo llega hasta la otra esquina. Se ha detenido. Ahora mira hacia la otra calle para verla pasar a lo lejos. Está agitado. ¿Ven cómo estira el cuello? Ya está. La vio, ya no le cabe duda: ella va hacia el hotel. Rápido, entra en una droguería para comprar algo que le sirva de excusa. Vean cómo busca con los ojos y paga lo primero que distingue anunciado en un reclame: un frasco de Sanatogen. Luego va a correr camino al hotel por la misma calle paralela y, descansando un poco el paso para disimular su agitación, se va a acercar hacia la calle por la cual viene Berta. Se cruzan «casualmente» y entonces él le obsequia el paquete:

–¡Oh, señora! Justo iba a llevarle esto, porque anuncian un día muy caluroso para hoy...

Miren cómo ella agradece el tónico nutritivo, riendo, iluminada por las luces juguetonas del sol matutino que atraviesa las flores de la sombrilla. Luego se pondrá a recitar el reclame que figura en la etiqueta:

—«Vigorice cuerpo y nervios. No se deje vencer por el calor».
Durante años, cada vez que el termómetro marcaba más de treinta grados, ella repetía las dos frases de aquella propaganda.

* * *

Con ese único intento fallido concluyó la pesquisa del Herbert-espía, porque justo a la mañana siguiente cambió el curso de los acontecimientos, cuando se produjo un encuentro que él había estado temiendo.

Vean cómo camina con Berta hacia un coche que los aguarda frente al Cabildo para llevarlos al Mercado de Pájaros. Fíjense qué tempranito se han levantado y sin embargo, en la vereda de enfrente, Herbert ha divisado a su antiguo patrón: el conde Heinrich Eichen. Herbert se pregunta qué diablos puede estar haciendo el conde allí, a esa hora, mientras simula no verlo y hace todo cuanto puede para no ser visto. Mira hacia abajo, hacia el costado, habla con Berta... Pero el conde –o Graf, como él se hacía llamar– trabaja con parejo ahínco en su contra: grita, se acerca y logra que Berta se detenga. Herbert, por fin, acorralado por la situación, pretende saludar desde lejos y seguir de largo... Pero no...

Fue inevitable; la fuerza del destino era mayor que la de los deseos de Herbert. Él había anticipado que podía ocurrirle esa desgracia porque, paseando de un lado para otro como hacían con Berta, se había ido cruzando con las pocas personas que conocía en la ciudad, aunque siempre evitaba saludarlas. El solo hecho de imaginar aquel encuentro con el Graf le había producido –en un par de oportunidades– una sensación de malestar muy intenso en la boca del estómago, porque lo sabía seductor, apuesto, desenvuelto en su trato social y en especial con las mujeres. Lo único que lo había tranquilizado era saber que Berta no tenía ningún interés en relacionarse con gente de la comunidad alemana ni en dar a conocer su origen. Herbert había dejado su trabajo como mucamo del conde –después de cinco años– en noviembre, muy disgustado por algo que no se había atrevido a mencionar. Como el conde acababa de comprar una estancia en la costa atlántica y pretendía llevarlo a radicarse allá, Herbert se disculpó y adujo que no le convenía el traslado y el cambio de clima, razón por la cual pensaba buscar otro trabajo en la Capital. En realidad le tentaba la idea de vivir en el campo junto al mar, pero no le perdonaba al conde que le hubiera birlado a su amiga Emma. Ella había ingresado en la casa del conde por la puerta de servicio –gracias a él, para ayudar como camarera en una cena–. Supuestamente enamorada de Herbert, le había jurado eterno agradecimiento si le conseguía trabajo en lo del conde. Pero pronto había olvidado su amor y su gratitud y había preferido la entrada principal que le ofrecía Eichen para algunas noches furtivas.

¿Ven? Berta y Herbert ya están casi junto al coche que los espera. Miren: ella se cubre otra vez del sol con esa sombrilla de flores que le da un brillo juguetón y luminoso a su gesto heroico y a su pelo de fuego. Con una blusa amarilla fresca y escotada, y una pollera larga y suelta de color verde musgo, camina como una actriz dueña de un escenario. Y Herbert, ¿no parece un acompañante digno e impecable con la chaqueta y el pantalón de hilo y los zapatos de cuero marrón y blanco? Observen cómo su rostro se ha descompuesto mientras el Graf se acerca presuroso. Éste repite el nombre completo de su ex mucamo. Su voz es tan imperativa que, aunque Herbert insiste en ignorarlo, Berta gira sobre sí misma. Eichen, impactado, se detiene unos segundos… Fíjense cómo la mira…

Herbert hierve en su enojo. Sabe que con sólo mirarla el conde le ha transmitido su admiración y percibe que ella ha quedado impresionada. Comprende de inmediato que él ya está perdiendo terreno. Calcula que al conde le va a resultar tan fácil como un juego de niños, con su natural elegancia y con esa seguridad tan propia de los caballeros –alto, rubio, con la barbilla en punta y los bigotes engominados–, arreglárselas para dominar la situación…

Confirmando su cálculo, el conde sonríe y exclama en alemán:
—Herbert Wulf, espere un momento, por favor. ¡Usted se está volviendo sordo! ¿O será que yo estoy afónico?

Pasa por alto el hecho de que Herbert no responde y sólo lo ha saludado con un gesto de la mano. Sigue mirando a Berta con galantería y agrega:

—¡No sabía que usted tuviera parientes de este lado del Océano!...

Herbert está irritado. Anticipa lo que va a ocurrir... Eichen habla en un tono seductor que él le conoce de sobra y mira a Berta con una intensidad más que caballeresca. Berta está esperando que Herbert reaccione y no se da por aludida. Herbert está esperando que Berta no reaccione y tampoco se da por aludido. Intenta hablar con el cochero, pero el conde insiste:

—No sé adónde van, pero con todo gusto puedo acercarlos en mi auto que espera aquí a unos pasos...

Herbert decide hacer frente con una mentira. Lo hace en español, en tono seco y con un dejo de insubordinación que no pasa inadvertido:

—Le agradecemos, señor. Mi prima es dinamarquesa y no entiende el alemán. Además, tenemos mucho apuro y ya hemos contratado un coche.

A Berta le resulta muy entretenido que Herbert le haya inventado una nueva identidad con tanta soltura. Tranquila con la perspectiva de no tener que hablar de Alemania y su pasado, va a estrechar la mano que el desconocido le ha tendido, presentándose como el conde Heinrich Eichen.

—Marquisa Fiona Skanderborg —dice ella con una suerte de reverencia irónica y un exagerado pestañeo.

Acto seguido, y dirigiéndose a Herbert, agrega en su precario español:

—Primo y profésor, si vos quieras y lo «séñor» nécesita, ácceptamos llevarle...

–No, señora. Yo les he ofrecido llevarlos en mi coche, ya que veo que tienen que alquilar uno… –dice el conde y, convenciendo a Berta con los ojos, continúa–: Les ruego que tengan ustedes la amabilidad de aceptar, porque de lo contrario me van a hacer sentir su desprecio…

Miren a Herbert… Vean cómo se nota su desesperación. En ese momento el pobre sabe que Berta simuló no entender la invitación que el conde les hizo en alemán, pero también sabe que ella está interesada en el conde y se da cuenta de que él mismo con su mentira ha facilitado esa relación que recién empieza. Tendrá que subir otra vez al lujoso Mercedes Benz verde con faroles de bronce y masticar su rabia. Está indignado consigo mismo. De inmediato ha podido detectar un brillo nuevo en los ojos de Berta y ha reconocido el temible resplandor en la mirada verdosa de su antiguo patrón. Esa luz de guerra… Recuerda que Berta, el día anterior, hablando de política, ha declarado que odia «el excesivo pacifismo». Ahora piensa que él también odia la mansedumbre con la cual ella lo mira a él. ¿Por qué no ha podido inspirarle nada distinto a su dama y este caballero inescrupuloso lo logra en forma inmediata? Antes de conocer a Berta, Herbert aceptaba, sin mayores rebeldías o rencores, que ciertas mujeres quedaban vedadas por pertenecer a un estrato social superior. Pero desde que ella apareció en su hotel, sueña con conquistarla para un intercambio más erótico. Sabe que tales sueños van en contra de todos sus razonamientos y muchas veces ni siquiera se anima a sincerarse consigo mismo, porque ella jamás le ha dado pie para ese tipo de ilusiones. En cualquier caso, como ha estado compartiendo con Berta el día a día en un nivel social más alto y además tiene un capital gracias a ella, siente el derecho o el deber de cuidarla de otros. Quisiera fulminar con su mirada de rayo al engreído noble y hacer salir humo de su cabeza… quisiera tocarlo con la mano y transformarlo en un cerdo vestido que tendría que comer sobras en todos los platos… piensa que por suerte no tiene un arma porque correría el riesgo de terminar preso por asesinato. Tal es su furia y su sed de venganza en ese momento.

Con cierta solemnidad Eichen dice que no hay compromisos que puedan privarle del placer de acompañarlos al Mercado de Pájaros. Una vez en el coche, se ocupa de rememorar cómo Herbert ha conocido ese fascinante lugar cuando trabajaba a su servicio. Se apropia así de la iniciativa del paseo y aprovecha para situar a Herbert en el lugar que según él le corresponde.

–Ahora mío primo recibió dineros y no aprecisa más trabajar a empleado. Va ser impresario y sócio –dice Berta.

Aunque Herbert, en silencio, le agradece su intención, siente que está viviendo una pesadilla. Eichen lo quiere circunscribir a su antiguo papel de sirviente y, a pesar de que Berta no es del todo desleal, lo ha traicionado al aceptar la compañía del conde. Ésa es la cruda verdad, aunque «la marquesa» le ofrezca pasar atrás con ellos y además se niegue a hablar en inglés, arguyendo que Herbert no entiende «ese idioma». Lo cierto es que bajo la gélida mirada del Graf, con la sensación de que se empasta su sangre y su cerebro, Herbert no se anima a aceptar la proximidad de Berta.

Instalado en el lugar donde siempre viajaba, junto al chofer, Herbert escucha con una extraña mezcla de orgullo y rabia lo bien que habla Berta el español en tan poco tiempo. Por momentos siente ganas de bajar del coche y dejarlos solos. Que se vayan. Pero lo vence su apego a Berta y el afán de controlar lo que hablan. Además, ¿cómo despreciar a Santiago, el chofer, que ha sido su compañero de trabajo? Aunque en realidad se siente débil y falto de coraje y no logra calmar los autorreproches. Ha desperdiciado la mejor oportunidad que jamás tendrá para demostrarle a Eichen que ya no es el mismo Wulf de antes. Un rato se entretiene imaginando situaciones en las cuales ser insolente y desafiante con el conde. Luego vuelve a advertir, esta vez con gran satisfacción, cómo Berta desvía la conversación hacia lo inmediato y circundante cada vez que el conde quiere sondear en el tema de su vida anterior.

Eichen no ceja en su empeño de torcer el diálogo para averiguar algo acerca de la bella dinamarquesa. Insiste una y otra vez, de distintas formas, hasta que por fin Berta, sonriente pero terminante, le contesta:

–Por algo io dejó la vieja Europa. No me fatigue. Hablamos mejor a este yoven y viguroso continento. Soy planta delicata: o poner raíces acá, o morer. No viver colgada de memorias. Estoy llegada a terra meragvillosa, todo desafío, todo para se hacer... –Inclinando el cuerpo hacia adelante, agrega:– Profésor, por favor, me corriga si diga mal.

Berta habla con lentas asperezas. Pone todo su tesón en expresarse, pero no por ello deja de ser seductora con el Graf. Según Herbert, ella comenzó a coquetear con el conde ahí mismo. Vean cómo apoya el mentón en el mango de su sombrilla cerrada, mientras el conde habla. Cuando él pregunta cuáles son sus planes, ella pega golpecitos con las uñas en el cristal de la ventanilla, tamborilea los dedos unos contra otros, frunce los labios hacia adelante y baja las pestañas muy despacio. Luego comienza a hablar: dice que quiere emprender un viaje hasta la cordillera cuando no haga tanto calor, que piensa recorrer todo, conocer el país entero, porque tiene la impresión de que va a permanecer en él aunque aún no sabe dónde... Eichen habla de su amor por las palomas, de su pasión por el vuelo, de su experiencia como aviador pionero a fines de la Gran Guerra, de sus preferencias barrocas en música, de su trabajo como banquero con representaciones alemanas y, por fin, de su afición por la filatelia. Está ceremonioso, le gusta hacerse el original y el romántico y no dice nada que sea nuevo para Herbert, que intenta contentarse pensando que el Graf es un hombre previsible a pesar de toda su astucia y su fortuna. Y también se consuela bastante al comprobar que Berta no le confía al Graf información que él desconozca o no pueda haber imaginado. Además ya le ha mentido: le ha explicado que las abuelas de ambos eran primas, que la de Herbert se enamoró perdidamente de un alemán de condición muy humilde y debió emigrar a Alemania sin dote... pero que allí vivió un *gran* amor... mientras que la de ella se vio obligada a casarse con un dinamarqués rico y aburrido... Según sus propias palabras, ella llegó a este continente sabiendo de la existencia de Herbert por noticias de un primo lejano... Berta está construyendo una alianza secreta con Herbert, aunque también aprovecha esa mentira para no hablar de sí misma.

Miren, están en el Mercado de Pájaros. El lugar hierve en trinos y olores, y se oyen los gritos salvajes de los vendedores que buscan atraer a sus eventuales clientes. Herbert está de mejor ánimo porque ha resuelto concretar su plan, a pesar de la intromisión de Eichen. Ha comprado un costoso ejemplar de cardenal de Virginia con una jaula y se lo entrega a Berta. Ella parece contenta con el regalo. Vean cómo monta una gran alharaca y derrocha elogios que ponen muy incómodo al conde. Está ponderando el color del pájaro y dice, entre fuertes risotadas, que es una imitación mejorada del cabello de ambos. Eichen, molesto como un niño, irá a comprar un enorme guacamayo y pretenderá obsequiárselo, para no ser menos.

Miren cómo Berta lo rechaza, argumentando, con gestos y palabras, que no puede aceptar:

—Ió no pueda tomar eso coso que ió conoció usted tanto poco...

Observen cómo, ante la insistencia del Graf, ella comienza a parodiar los estridentes sonidos del ave y con ello atrae la atención de los vendedores y paseantes que la miran absortos. Herbert sostenía que hasta los mismos pájaros habían callado para oírla.

Pero, miren, Eichen no da su brazo a torcer: ríe y dice que le parece que la dama tiene grandes dotes histriónicas... Con ello pretende ignorar el significado de la escena. Berta pregunta a Herbert:

—¿Qué diga él de datos históricos?

—No. Dijo «dotes histriónicas» que quiere decir talento, habilidad teatral, de buena actriz...

Ella gesticula y hace mímicas para que Herbert encuentre las palabras que ella necesita. Con su ayuda, insiste en hacerle un desaire al conde. Las señas indican un pájaro grande y Herbert dice:

—Pajarón.

—Pajarrón —repite «la marquesa».

—No. Pajarón o pajarraco —corrige el Profésor.

—Iso. Pajarrón o pajaraco... Y aparece como una galina con uno disfrace de tonto a colores... Diga para él que a mí no suporta gemidos del pajarrón y que mi aparece como una persona y también mi asusta de como mi mira así como malo...

Herbert sostenía que Berta había exagerado para no echar sombra sobre su cardenal. Eso había significado una indudable victoria desde su punto de vista. Pero la alegría de Herbert duró poco. Eichen, sin impacientarse, entendió que debía devolver el guacamayo y no protestó tampoco ante la negativa del vendedor italiano, quien, con un dedo de menos, le mostró un pequeño cartel según el cual no se aceptaban devoluciones. El conde quiso saber si la pérdida del dedo tenía relación con el cuidado de los pájaros, el hombre dijo que no, a secas, y se dio vuelta para evitar cualquier tipo de insistencia. Impertérrito, el conde entregó al chofer la jaula con el bullicioso pájaro y continuaron recorriendo el mercado. Ya en el coche, durante el trayecto de regreso al centro de la ciudad, dijo que se le había ocurrido una magnífica idea: llevarse el guacamayo al campo que había adquirido junto al mar. Ahí mismo, le dio instrucciones al chofer para que volviera al día siguiente al Mercado a conseguir una pareja «para hacerle compañía al pajarraco». A propósito de la estancia que había comprado, explicó que sus actividades lo habían llevado a relacionarse con la producción agropecuaria y con la exportación y que tenía pensado hacer grandes cambios en su vida. Se explayó sobre las bellezas del paisaje y la pujanza de «las pampas». Berta, muy entusiasmada, no tardó en manifestar sus deseos de conocer ese campo.

Alguien dijo alguna vez que el guacamayo, que viajaba asustado entre Herbert y el chofer, llenaba el auto con gritos «chirriantes y desapacibles». El aturdido Herbert quería imaginar que el guacamayo burlaba el tono presumido del conde, pero, cuando se quiso acordar, su «marquesa» y su ex patrón ya estaban hablando de emprender algún negocio juntos. A pesar del estruendo del papagayo, alcanzó a oír cuando Berta dijo que ella también tenía interés en comprar una estancia y cuando Eichen le informó que había un campo lindero al suyo que estaba en venta...

Pero el ánimo de Herbert terminó de pulverizarse cuando a Berta se le ocurrió tapar el guacamayo con el saco de Eichen. La serenidad que sobrevino con la ceguera artificial del pájaro, estimuló sus ideas melancólicas. El silencio repentino pareció lavar y desteñir sus ganas de luchar. Así, pensó que Berta no le había aceptado el guacamayo al conde pero que pronto estaría con él en posición horizontal... prescindiendo de cualquier otro «pajarrón»... Triste, se dedicó a hacer un prolijo listado mental de todas las cosas que él no podía brindarle a Berta y que el vanidoso conde iba a poner con toda facilidad a su alcance... Por primera vez se le apareció en su verdadera dimensión el hecho de que la gente pudiera pensar que él era primo o hermano de Berta. De golpe comprendió que aquello que él había asumido como una ventaja y un halago, no era más que una satisfacción absurda e inconducente porque, en verdad, constituía un obstáculo para la relación que él había soñado.

Mientras Berta hablaba de caballos –tema que parecía conocer en profundidad– aunque jamás había pronunciado una palabra frente a él, Herbert se alejó por medio de sus pensamientos. Imaginó una vida más llevadera junto al aburrido señor del monóculo y se dijo que era preferible aburrirse un poco a estar esclavizado en cuerpo y alma como estaba él, que sólo vivía para agradar a Berta, entrampado en una situación sin perspectivas. Los recursos con los que contaba no resultaban suficientes y, para colmo de su desgracia, la persona que él más odiaba en el mundo había aparecido para podar las alas de sus ilusiones... Recordó con tristeza y vergüenza la cantidad de veces que había agregado un toque de distinción y esmero a su vestimenta –un pañuelo, una corbata, una flor– sin conseguir atraer la atención de Berta o provocar un comentario. Quería huir con el cardenal y dejar a Berta con el estridente guacamayo y el meloso conde de dedos blandos que se derretirían como cera consumida sobre la piel de ella... De repente, volvió a ver al conde, encaramado en su silloncito de terciopelo color bordeaux, cortándose las cutículas, obsesionado con su pedicuría doméstica tal como él lo había visto en más de una oportunidad... Él se pasaría horas en esa absurda ocupación de aseo, de la cual nada, ni siquiera Berta, iba a conseguir arrancarlo... La vio a ella, que bailaba sola y cantaba, con un camisón de seda y pantuflas, intentando quebrar el hechizo de los pies del conde... Y se vio a sí mismo que entraba trayendo un recado... Berta le ofrecía bailar... El conde los echaba indignado y entonces Berta le decía: «Pensé que eras un caballero, pero te ocupas de tus uñas con la fruición de un carnicero». Luego vio al conde en pantuflas y le tocó a él el turno de actuar una escena de celos... Por fin, rechazó las soluciones y las complicaciones imaginarias de su duermevela y pasó, sin querer, a rememorar los momentos de soledad y angustia que había pasado desde poco antes de comenzar la guerra en 1914.

Él tenía dieciocho años cuando su tío, que era también su protector, murió de un ataque al corazón. Habían inmigrado juntos dos años antes y él le había ayudado a montar una carpintería. No pensó en repatriarse cuando quedó solo en forma repentina. En Alemania, por toda familia, le quedaba un hermano. Se sintió capaz de manejar el taller y salir adelante, a pesar de que hasta entonces no había sido más que un aprendiz. Tenía una novia nativa que le servía como aliciente porque soñaba casarse con ella. Pero no tuvo tiempo de acostumbrarse a la pérdida de su tío, porque estalló la guerra y, para su desgracia, el principal cliente que había heredado junto con la carpintería, era una mueblería inglesa. El dueño de la mueblería insultó a Herbert por su nacionalidad alemana y ni siquiera canceló sus pedidos: se limitó a no dar más señales de vida. Las deudas pasaron a ser su pesadilla. Herbert tuvo que malvender con rapidez el stock de madera que había comprado para cumplir con el inglés y poco después tuvo que rematar las máquinas –y también los proyectos de progreso– para cumplir con los alquileres atrasados. Antes de la última sierra, se marchó también la novia. Las únicas opciones para Herbert parecían ser enrolarse y volver a Alemania o aceptar la protección de un conocido que le ofrecía un empleo de mucamo en una casa de familia. Se decidió por la segunda como una forma de postergar la decisión. No dejaba de pensar que lo que debía hacer era ir a luchar por su patria, como su hermano. Pero poco después le llegó la noticia del fallecimiento de su hermano en el frente de combate y eso lo afectó muchísimo... Los meses iban pasando y él mantenía vivo el recurso de pensar que la próxima vez que se enojara con sus patrones, podía plantarlos e irse a la guerra... Por eso, cuando se sentía atrapado como ese día, maldecía la falta de convicción que lo había retenido en este país de inmigrantes... Su hermano había muerto con honor y él vivía, pero sin rumbo... Más de una vez había oído al Graf hacer gala de su coraje como aviador dejando entrever que los que no habían hecho la guerra no podían comprender la realidad del mundo... A él no le gustaba oír hablar de la guerra... se sentía algo humillado... aunque en el caso del Graf, sabía que él agigantaba sus proezas y su heroísmo con gran charlatanería y siempre evitaba mencionar que había salvado el pellejo desertando a último momento...

Perdido en sus torturantes reflexiones, Herbert quedó sorprendido cuando el automóvil se detuvo, cerca del mediodía, frente al hotel de la calle Reconquista. Ni siquiera había oído las indicaciones de Berta al chofer. Era obvio que ella iba a seguir viaje con el conde. Herbert descendió sin despedirse y con el firme propósito de desaparecer.

* * *

Cuando Berta fue a buscarlo al hotel por la tarde, el dueño con cara de sapo le informó que Wulf había salido sin dejar recado. Berta primero se preocupó, pero luego pensó que era mejor darle tiempo para que se le pasara el enojo. Al fin de cuentas, Herbert tenía derecho a tomarse un día libre si consideraba que lo necesitaba: a ella no le podía causar mucho daño... Después ya hablaría con él y pondrían las cosas en su lugar. Ella había ido al hotel con esa intención —después de agradecer y declinar una invitación del conde para la cena— porque no le había pasado inadvertido el malhumor de Herbert y estaba segura de que la situación requería algún ajuste. Libre de esa preocupación hasta que Herbert apareciera, decidió pasar por la dirección que figuraba en la tarjeta del conde y avisarle que estaba disponible para la cena porque había rechazado el otro compromiso.

Pero al día siguiente tampoco encontró a Herbert en el hotel. Como el hombre-sapo no lo había visto y también comenzaba a preocuparse, decidieron revisar juntos la habitación y descubrieron que había retirado todas sus pertenencias. Al tercer día, Berta encontró bajo su puerta una esquela escrita en alemán. Con un tono digno y austero, volcado en redonda caligrafía, su Profésor le decía: «Antes de cuarenta y ocho horas le dejaré en un sobre el sueldo que recibí por adelantado. No puedo continuar trabajando para usted, por razones personales. Quedaré siempre agradecido por su trato y por su regalo. Herbert Wulf».

Berta no salió en todo el día. Por la noche le costó trabajo dormirse y se levantó incontables veces, creyendo que había oído unos pasos que se acercaban y otros que se alejaban. Por la mañana, se estaba lavando la cara, cuando vio un sobre que aparecía, deslizado bajo la puerta. Se lanzó a abrir con el rostro mojado. Para su sorpresa, se encontró frente a frente con un Herbert de cabello oscuro, con los bigotes recortados y teñidos y enfundado en un pretencioso traje que, gracias al detalle de una cadena cruzada sobre el pecho, evocaba una burda caricatura del conde.

Miren, ahí están. Berta, con la cara empapada, se estremece ante ese Herbert. Va a empezar a comportarse de una manera muy temperamental. Vean cómo ríe burlona y, cuando Herbert quiere retirarse ofendido, lo toma con firmeza del brazo, lo introduce en el cuarto y lo hace sentar en el sofá. Por primera vez le habla extensamente en alemán, sin preocuparse por las traducciones. Sólo una palabra se le va a escapar en su «idioma» español: le dice que después se podrá ir, pero que antes deberá oírla porque se está comportando como un verdadero «idioto» y ella espera que nunca más se le ocurra parecerse a otro que no sea Herbert Wulf. Vean cómo va hacia la puerta, para cerrarla, y luego comienza a desplazarse por toda la pieza, sin parar de hablar mientras camina y gesticula. Por momentos, vocifera muy emocionada y la habitación retumba con su voz y con sus pasos furibundos. Le vuelve a decir que si quiere irse, lo va a hacer de todas formas, pero que antes tienen que hablar, porque hay algunas cosas que ella no le ha aclarado y que él no parece entender sin ayuda:

–A mí, pretendientes siempre me han sobrado, lo que me faltaba era un hermano… Si no te has dado cuenta, me veo forzada a informarte que he encontrado una relación fraternal que nunca había tenido. De ninguna forma quiero perder este vínculo que hemos desarrollado. Para mí es muy valioso porque me divierto y me entiendo muy bien contigo. Mejor que con nadie en el mundo. Pero claro, para poder seguir adelante, tendrás que sacarte de la cabeza esas fantasías absurdas que te quedan tan mal. Yo no voy a fornicar jamás con un hermano, eso tiene un nombre muy feo, que ni siquiera voy a pronunciar. Algunos principios yo respeto todavía… y justamente porque son pocos, son tan importantes… Pero no voy a permitir, de ninguna manera, que te metas en mi vida íntima, así como yo no voy a pretender meterme en la tuya. Ninguno de los dos tiene otros parientes: los dos hemos perdido todo. Juntos podemos construir una vida nueva y divertida, si nos lo proponemos y respetamos un acuerdo. ¿Quién fue el que inventó que éramos primos y que yo era marquesa? No importa qué voy a emprender, aún no lo he decidido, pero de una cosa ya estoy segura: de ser posible, quiero tenerte siempre a mi lado para que me acompañes en todos los emprendimientos. Te quiero como hermano y también como socio. Pero, lógicamente, cada uno tiene su libertad y si prefieres abrirte camino solo, yo no pienso retenerte. Por el contrario, nos podremos encontrar a conversar y a pasear porque ya te digo: te voy a querer siempre como a un hermano. Conocerte y compartir estos meses ha sido una de las mayores alegrías de mi vida, ¡y no exagero ni un poquito! O sea que, si tenemos que despedirnos por decisión tuya, quiero que sepas que yo voy a mantener siempre la puerta abierta...

Cuando terminó de hablar, Berta fue hasta la ventana, abrió la jaula y dejó escapar el cardenal. El pájaro, confundido, voló indeciso. Herbert, que había escuchado inmóvil, atravesado por la contundencia de las palabras, sonrió al ver que desaparecía. Berta también sonrió. Se miraron. Herbert supo que no iba a poder hacer lo mismo que el cardenal. Ella volvió a caminar y dijo:

—Si es necesario, para convencerte de la incondicionalidad de mi cariño, voy a poner a tu nombre todas las propiedades que adquiera.

Herbert balbuceó:

—Eso sería una locura de su parte.

Entonces Berta, que antes lo había tuteado sólo en presencia del conde pero recién lo había tuteado en forma espontánea bajo el efecto de la fuerte pasión que la sacudía, se detuvo de manera abrupta y le dijo:

—Lo menos que puedo esperar, es que dejes de poner distancias tratándome de usted...

Herbert murmuró:

—Esto sería una locura de mi parte —y se dejó llevar por una ráfaga de sollozos que estaba reprimiendo desde el comienzo.

Berta le tomó la mano con fuerza como para sellar un pacto y le habló, farfullando en español, con los ojos mojados y la voz tomada:

—Herbie, la vida es llena con locuras. No es novedad. Yo voy ser dinamarquesa siempre y vos me digas «marquesa», pero no me tratas como usted. ¿Trato hecho, Profésor?

Por fin consiguió que Herbert sonriera y asintiera con la cabeza, compungido. Fue la única vez que él la vio llorar en todos los años que compartieron.

Todavía con lágrimas en los ojos, Berta le dijo:

—No te puedo mirar tan horrible como estás. Te hago pelucaría completo si me dejas.

Él aceptó y se dejó cortar al ras los bigotes y el cabello. Rieron a más no poder frente al espejo, primero del aspecto ridículo de Herbert como morocho, luego de las payasadas de Berta como peluquera y por fin del impresentable corte que alguien con oficio tendría que componer. Berta le pasó la tijera y lo desafió a que hiciera un trabajo mejor sobre su cabeza del que ella había hecho sobre la de él.

Miren cómo, de espaldas al espejo, mientras Herbert demuestra una intuitiva habilidad en el oficio de peluquero, Berta comienza a soñar con los ojos abiertos: habla de comprar un sulky y dos velocípedos para recorrer grandes distancias... pinta una vida de aventuras en la cual cada uno de ellos encuentra oportunidades amorosas y apasionadas... imagina que compran un oboe y un saxo y, con nuevos amigos, forman una banda de música que toca al aire libre en las montañas... le pregunta a Herbert si no le importa elegir el saxo, ya que ella estudiaba el oboe cuando chica... pide su opinión sobre la compra de un barco para remontar los ríos... ¿Ven cómo Herbert, tijera en mano, festeja los proyectos que van surgiendo y se deja llevar por las imágenes bohemias y aventureras?

Después de celebrar contento la propuesta de Berta de comprar una tropilla de caballos para recorrer el país, Herbert sugiere, con gracia, que quizás él también tenga que comprar armas para protegerla de «hombres bellacos». Observen cómo ella, en ese momento, da por terminada la sesión de corte. Gira y, mirándose al espejo, responde:

–Perdés cuidado; yo sé para qué me asirven demás hombres, por más malos que fueron. Con lo conde por ejemplo, voy hacer negocios y alguna cosita, no importa a vos... Sólo nos dos somos los cómplices-hermanos.

Fíjense cómo termina la escena, con aquella Berta de pelo corto que sonríe en el espejo mientras levanta el índice admonitorio y pronuncia esa frase que sitúa a Herbert en un pedestal donde se supone que va a respirar un aire puro y superior.

* * *

Pocos días después, el conde los invitó a ir hasta la Avenida Costanera para ver llegar el *Plus Ultra*. Herbert no sabía si ellos se habían visto de nuevo, pero suponía que sí. Miren. Ahí están. Miren la sorpresa de Herbert cuando ve llegar a Eichen con una dama alta, una morocha de ojos verdes y muchos remilgos que se comporta como si fuera su novia o pretendida. Eichen la presenta como María Magdalena Dolores de Alvear y dice que es sobrina del presidente de la República. Herbert no tarda en descubrirle un dejo de ordinariez que parece molestar al conde y se entretiene observando esa molestia.

Herbert siempre recordaba el aspecto magnífico e imponente que tenía la Costanera en el instante en que fue avistado el *Plus Ultra* y decía haber disfrutado mucho ese paseo. También recordaba que en el auto, cuando regresaban al centro, el conde volvió a hacer referencia a la estancia que estaba en venta –un campo vecino a aquél que él había comprado–, y a Herbert le pareció que la conversación ya había avanzado bastante en su ausencia.

Varias veces más salieron los cuatro juntos durante el mes de marzo. Así fue como Herbert se fue enterando de los avances en las tratativas por la compra del campo. El conde era el que organizaba esos programas, de acuerdo con sus propios intereses y siguiendo una pauta que a «la marquesa» parecía resultarle aceptable.

Miren. Ahí están en el Hipódromo. Han llegado justo cuando se oye el clamor de la gente que alienta a sus favoritos en la recta final. Vean cómo los caballos alcanzan la meta en medio de una nube de polvo y cómo se agita la gente en las tribunas que rebasan de público. Fíjense en ese caballero que se acerca muy excitado para ser el primero en felicitar al conde: resulta que una de sus yeguas ha salido ganadora. Y ahora verán la reacción desproporcionada de la tal María Magdalena Dolores de Alvear. Herbert decía «la tal Ma-ma-dolo» cuando hablaba de ella con Berta. Es ésa que está vestida de gran señora con un sombrero lleno de plumas y que ahora lanza el sombrero al aire y agradece al cielo en un ataque de euforia que deja a todos absortos a su alrededor.

El conde, muy molesto, le va a decir:

—No se debe festejar así, trae mala suerte.

—Entonces voy a ignorar a los caballos y a sus dueños —dirá ella, muy ofendida. Enseguida se pondrá a hablar con Herbert comentando lo bien diseñadas que están las tribunas... Le contará que ella ha conocido a Fauré Dujaric, el responsable del proyecto, y trazará una semblanza del personaje como si se tratara de un prócer...

Miren cómo Herbert la escucha con atento desconcierto y cómo aumenta su susceptibilidad a las caídas de ojos que le hace la Mamadolo mientras habla y habla, moviendo con sensualidad sus gruesos labios...

Como resultó que el conde era dueño de dos yeguas que corrían esa tarde y las dos entraron primeras, él invitó a varias personas a los jardines a brindar con champagne francés. Allí, entre brindis y brindis, Herbert oyó cómo el conde le anunciaba a la marquesa que el dueño de la estancia había llegado de Europa, que él ya le había pasado la oferta y que en cualquier momento podían esperar una respuesta.

Esa noche, Berta le dijo a Herbert que se cuidara de la tal Mamadolo que era «una farsanta» y «una amanta profesionala».

La siguiente salida que hicieron los cuatro fue a un concurso hípico en la pista central de la Sociedad Rural. Allí, el conde informó que podían ir pensando en mudarse al sur, porque el dueño del campo estaba deseoso de cerrar trato y el precio era muy conveniente. Berta le guiñó un ojo a Herbert y él, por divertirse y para dejar a Berta que conversara tranquila con el conde sobre los proyectos, le preguntó a la Mamadolo quién había diseñado las tribunas de la Sociedad Rural, si por casualidad lo conocía. Ella respondió en tono prosopopéyico que, efectivamente, había tenido el gusto de tratar al arquitecto Mirate y que era una persona notable. Herbert se puso a conversar con ella sobre esculturas y parques, y al cabo de un rato le preguntó por su tío el presidente. Ella dijo con cara de embobada:

—¿Marcelo Torcuato? —y emprendió con los elogios del personaje. Por las palabras que usaba y las imágenes que describía, Herbert concluyó que era otra ávida lectora de diarios y revistas, aunque ella no lo hacía como Berta para aprender un idioma extranjero y sus códigos, sino para estar al tanto de lo que hacían y dejaban de hacer aquéllos que pertenecían o querían pertenecer a los círculos de poder de la gran ciudad, para tener tema de conversación con la gente interesada en ellos y para simular que se codeaba con gente importante todo el tiempo. Herbert le dijo:

—¿Sabe una cosa, Magdalena? Yo creo que usted conoce a toda esa gente a través de *Caras y Caretas* y que nunca les ha visto un pelo.

Ella rió y dijo:

—¿Sabe una cosa, Herbert? Yo creo que usted es más vivo de lo que yo creía...

Si algo tenía de bueno la presencia del conde, era que Herbert podía estar más tranquilo: ya no temía que Berta se escapara o desapareciera de un día para otro, y aunque su pasado todavía le provocaba cierta curiosidad, ya no le producía inquietud. Por otra parte, no se hacía más ilusiones —por lo menos, no despierto— de mantener una relación amorosa con ella... La existencia de Eichen ya no le molestaba tanto como antes, porque Berta le restaba importancia —decía que les podía ser útil «para las negocias y otras hierbas»—, mientras que a él le había dejado claro que siempre iba a tener reservado un lugar muy especial junto a ella. Herbert no creía que ella estuviera enamorada del conde, por más que tampoco podía descartar que hubiera o fuera a haber algo entre ellos... Así las cosas, decidió que podía intentar flirtear con la tal Mamadolo...

El día que tenía que ir a retirar el coche que habían elegido con Berta, y que él iba a poner a su nombre, Herbert la invitó «a comprar un auto», porque intuyó que eso la iba a impresionar. Así fue como la llevó hasta un negocio llamado Resta Hermanos que quedaba en la calle Bartolomé Mitre, datos que figuraban en una plaquita adherida al parabrisas del coche que nunca se despegó. Allí, se subieron al Hupmobile de ocho cilindros y, simulando que manejaba, él consiguió tocarle la pierna. Ella le dijo que era un alemán pícaro y él le retrucó que ella era una criolla traviesa. Luego agregó:

—Yo puedo comprar el auto para llevarte a pasear, pero necesito saber la verdad, porque no me gusta meterme en líos con parientes de presidentes... ¿Del presidente no tenés más que el apellido, verdad?

Ella pestañeó, suspiró y sonrió:

—Ni siquiera el apellido, tontolón.

Él llamó al vendedor:

—Me llevo éste —dijo, y, mirando a la Mamadolo, agregó por lo bajo—: Ni sueñes que te voy a comprar vestidos y pieles, porque lo único que quiero es verte desnuda adentro del coche...

Desde allí se fueron en el coche nuevo a un negocio de armas donde Herbert compró una carabina Francotte, calibre 9 mm, mientras le explicaba al vendedor que le gustaba mucho la caza y que estaba a punto de adquirir un campo. La miraba de reojo y la Mamadolo parecía cada vez más entusiasmada con él. Cuando salieron del negocio, él le dijo en tono muy bajo:

—Ahora tengo cómo matarte... No sé cómo podés preferirme a mí antes que al conde...

—Él no es nada pícaro... incapaz de matarme...

«¿Ti recuerdas cómo hacía nuestra espacialista en diseñadores de tribunas?», le decía Berta a Herbert muchos años después, cuando quería hacerlo reír, porque sabía que Herbert le había soplado la dama al conde y que, tan orgulloso de su hazaña como de su secreta venganza, disfrutaba imitando a la Mamadolo.

* * *

En abril el conde le comunicó a «la marquesa» que el dueño los esperaba para revisar la estancia. Dijo que podían ir juntos y alojarse en su casa. Él ya estaba empacando: se mudaba a vivir allá por un tiempo, hasta tanto pusiera a funcionar «la explotación». Berta y Herbert se entusiasmaron y pronto comenzaron a tachar lo que iban comprando de una larga lista realizada en forma febril porque calcularon que, si todo salía bien, se iban a instalar en el campo y no iban a volver por un buen tiempo a la ciudad. Antes de partir, cancelaron el hotel de Herbert y el alquiler de la pieza. El hombre-batracio ni siquiera se inmutó por la despedida, pero cuando Berta vio que el flaquito-piel-sobre-huesos dueño de su pieza se echaba a llorar porque ella se iba, le encargó que fuera cada siete días a la esquina de El Patilla, que también había manifestado gran tristeza ante su partida, y que le pusiera en el correo los diarios y revistas de la semana. Así quedarían en contacto, dijo, y si ellos después querían ir, con Herbert ya verían la forma de conseguirles un trabajo. Entre los papeles de «la marquesa» había una foto de Berta y Herbert con El Patilla, el flaquito-piel-sobre-huesos y unos canillitas. Se la sacaron como recuerdo. Quizá todavía se puede encontrar, revolviendo en el desván… Siempre quedaron en contacto. Cada vez que Herbert iba a Buenos Aires, se traía algún pariente de ellos que quería trabajo… Sí, estuvieron mucho tiempo una tía y una sobrina del flaquito trabajando aquí en la estancia como mucamas… también hubo una nodriza que era prima de El Patilla, un peón sobrino de él y hasta uno de los canillitas de la foto, uno que se llamaba Oscarcito, vino y aprendió a manejar el tractor y ya nunca se fue hasta que se fueron todos…

A partir del día de la visita al Mercado de Pájaros, Herbert había comenzado a decirle «la marquesa» a Berta y todos se acostumbraron a llamarla así, porque nadie sabía cómo se llamaba. Como él era el único que conocía su verdadero nombre y su verdadera nacionalidad, guardaba con celo esos datos que ella consideraba confidenciales. El secreto perduró hasta que ella misma decidió, muchos años después, que no valía la pena continuar fingiendo frente al conde, ya que había aparecido alguien que se había ocupado de averiguar cuál era su origen. Recién entonces los demás supimos algo sobre su identidad y a partir de ese momento Herbert comenzó a evocar con gran detalle estos primeros meses de su relación con Berta, tema sobre el cual siempre había callado.

¿Partera en trances embarazosos?

Ahora vayamos hasta un día muy especial: el día en que llego como partera a la estancia. ¿Ven? He bajado del trencito de trocha angosta que está detenido. Es pleno invierno y hace un frío que pela los huesos. El sol de la mañana todavía no ha tenido tiempo de derretir la escarcha. Alrededor de la estación y de las vías todo está cubierto por una capa blanca. Los árboles, los arbustos, los galpones, los barriles, los campos. Estoy parada en el andén con la valijita que traigo de contraseña y que es tan blanca como la helada; me he quedado inmóvil. ¿No parezco una estatua? ¿Una figura congelada? Los pocos pasajeros que han descendido conmigo ya se han dispersado. Supongo que lo mejor es esperar allí, quieta, porque me aseguraron que alguien me va a venir a buscar a la estación. Por suerte estoy abrigada. Miren: tengo un gorro de piel de nutria, un tapado verde largo hasta las pantorrillas, con cuello alto también de piel, y unos mitones de lana de vicuña. La pequeña valija blanca tiene una inscripción bien visible que dice «Eulalia Simón – Partera diplomada». La persona que tenga que encontrarme no podrá confundirse. Obviamente, se ha demorado.

En ese entonces tengo treinta y nueve años... Mi hermano siempre me decía que yo parecía más vieja por la forma que tenía de hundir la cabeza alzando los hombros. Fíjense que es verdad: ya entonces había algo anciano en mi porte. Pero esa misma postura es la que me hace parecer un poco más juvenil ahora que guardo añares en el recuerdo.

Unos pocos minutos van a ser suficientes para que comiencen a helarse mis pies adentro de los botines de cuero y para que yo dude de mi decisión de esperar allí parada como una estaca en desdicha. Vean: enseguida echo a andar hacia la entrada de la estación con la determinación y la agilidad de aquellos años.

Hay un sulky que espera en la calle. Como todavía tengo buena vista, alcanzo a distinguir una placa que cuelga del flanco del vehículo, donde dice: «Estancia "El Capricho"». Se que ése es el nombre del establecimiento donde está la parturienta que me ha mandado venir. Hay un hombre pelirrojo sentado en el pescante del sulky. Me ha visto y me mira, pero no se mueve. Tiene un sombrero tirolés, gabán azul y pantalones de montar. Se puede decir que nos hemos estudiado a la distancia. Algo resulta muy extraño en esa situación y alcanzo a discernir que no hay un malentendido sino un desafío. Intuyo que me conviene retroceder y averiguar, porque tengo suficientes años de trato con distintos pelajes de gente y me gusta saber con qué bueyes aro. He estado trabajando por todo el país y también en un lugar tan lejano y distinto como el Congo y he desarrollado un buen olfato, mi mejor consejero en los intrincados asuntos humanos. Vean cómo camino unos pasos hacia un costado como para llegar hasta un ángulo de la estación que queda fuera de la visión del pelirrojo. Allí, consulto con un paisano que acomoda unas bolsas:

—Si es tan amable, ¿podría usted buscarme una maleta negra que ha quedado en el segundo vagón del tren? Se lo voy a agradecer, porque debían buscarme de la estancia «El Capricho» y no ha venido nadie…

Miren cómo el hombre se incorpora quitándose la boina. ¿Ven su mirada pinchuda, las cejas muy tupidas y las piernas combadas?

—¡Sí que han venido! —cecea con un tono de cueca—: Allá afuera está don Jérber con su carro. —Ha contestado con lentitud y dejando aparecer un esbozo de sonrisa que descubre la falta de varios dientes y le ablanda los ojos color habano. Mira la valijita con simpatía y, torciendo la boca, agrega:– Decían que usted iba a llegar para atender a la marquesa... De todas formas, si don Jérber por alguna razón no carga valijas, yo la ayudo.

–¿Es él el padre de la criatura?

–Ahí ya me está preguntando más de lo que puedo saber... –le brillan los ojitos–. Lo que yo sé, es que a veces tiene el dolor del lumbago, que le dicen...

–Disculpe... pensé que a lo mejor él era el marido de la marquesa...

Fíjense cómo vuelve a sonreír y sus ojos acompañan la gracia que le hace la situación, mientras me sigue estudiando. Ahora escuchen bien porque va a bajar bastante el tono, para decirme en confidencias:

–No... ¡qué va!... Dicen que ella lo va a hacer padre al conde y que hay lío... –ha hecho girar la boina en sus manos curtidas, con un anular de menos, y agrega–: de don Jérber dicen que es pariente de la marquesa y medio dueño con ella de la estancia...

Vean: me saco el guante y le doy la mano:

–Gracias. Supongo que ya tendremos oportunidad de vernos. Por cualquier cosa que pueda serle útil... mi nombre es Eulalia Simón... No siendo un parto, claro...

El hombre vuelve a sonreír y frunce el ceño:

–Juan Quinteros, a sus órdenes.

Observen cómo voy hacia el sulky, presa de un cierto enojo que me ayuda a hacerme fuerte. Ya me he acercado suficiente al bonito carruaje pintado de color verde botella. ¿Oyen cómo pregunto con firme amabilidad?

–¿Usted espera a una señorita de apellido Simón?

Vean cómo el hombre se inclina y sin siquiera quitarse el sombrerito alpino con pluma que cubre buena parte de sus pelos rojizos, habla en tono contenido:

–Yo no espero a ninguna señorita, pero me han enviado a buscar una partera... Si sos vos, quiero advertirte desde ya que la vida aquí puede hacerse muy difícil y que algunos nos especializamos en hacerla imposible... Te lo aviso ahora mismo, porque me gusta jugar limpio y todavía estás a tiempo de volverte en el mismo tren...

Oigan: no demoro en responder y lo hago sin titubear, después de haber depositado el valijín en el suelo:

—Yo no se quién es usted, ni me interesan sus opiniones. Si me ha venido a buscar, limítese a llevarme. Pero antes, haga buscar mi equipaje en el tren, como le correspondería haber hecho sin que yo se lo tenga que indicar... Permítame aclararle, además, que yo he atendido más de mil trescientos cuarenta partos y todavía no tengo noticias de que haya nacido el macho que me vaya a hacer temblar, aunque algunos crean que me pueden tutear sin permiso...

Miren: ha quedado impresionado. Vean cómo acoge mi decisión y mi respuesta con un estiramiento de los músculos faciales en un exagerado gesto de asombro y admiración. Ahora lanza un chiflido para acompañar la picardía de sus ojos y baja a buscar la valija.

No le doy el gusto de mirarlo, una vez concluida aquella parrafada que me ha hecho entrar en calor. Muy concentrada en lo que hago, arremango mis faldas y subo al carro sin ayuda. Me instalo en el asiento de atrás, con aire de distancia e indignación pero íntimamente satisfecha... Quedo cavilando mientras él desaparece en la estación. He percibido que hay algo alegre y travieso en su estilo. Yo no tengo por qué saber si él es propietario, capataz, mayordomo o simple cochero. Es él el que tiene que ubicarse y tratarme como corresponde. Me siento algo excitada por la perspectiva de desafío que significa el desplante de este sujeto...

La situación pintaba bastante conflictiva después de esa cálida bienvenida, de eso no cabían dudas. Pero algo me parecía tranquilizante como recién llegada: el gringo era pura espuma de cerveza y debo decir que a pesar de su grosería, no me había caído nada mal, porque podía intuir que era un bueno que quería hacerse el malo... y además, por alguna razón, su rostro me había resultado un oasis desde el primer cruce de miradas… Yo estaba acostumbrada a líos mucho más difíciles. Es verdad que había salido un poco maltrecha más de una vez, pero en general me sentía una sobreviviente de unas cuantas guerras, así que me parecía que la efervescencia del «don Jérber» no pasaba de ser unas simples escaramuzas para despuntar el vicio de la pelea. Había llegado por recomendación de una conocida de otro alemán –que resultó ser el conde–, sabía que la parturienta era madre soltera, que el lugar era tan lindo como el paraíso y que me iban a pagar muy bien. El resto debían ser novedades y sorpresas. Entre ellas, la primera parecía ser este tipo que estaba tan enojado con alguien como para insolentarse conmigo, partera expiatoria que sólo venía para ayudar a liberar una vida de su encierro uterino… No resultaba difícil imaginar que su enojo se debía a algo que le tocaba padecer en la situación del nacimiento ilegítimo que se avecinaba…

La experiencia me indicaba que muchas veces se complicaban las cosas alrededor de los nacimientos…, pero también que –con tiempo y buen talante– cualquier intríngulis podía aclararse…

¡Miren si estaría baja la temperatura aquella mañana! Vean cómo he comenzado a agitar los pies contra el piso del sulky y a palmotear sobre mis rodillas, mientras miro a derecha e izquierda con aire de frío e impaciencia. Él no se demora mucho: ahí viene. Se acerca con la valija casi corriendo y, haciéndose el diligente, recoge el maletín que ha quedado allí plantado como mudo testimonio de que yo exijo una correcta atención. Observen cómo coloca la valija a mi lado y habla solo, con un dejo irónico:

–Sí, señor. ¡Hay que apurarse!, porque… –ya se sube al pescante y acomoda el maletín junto a su cadera, haciéndole unas caricias como si fuera su compañía– ¡porque va a parir la marquesa!… ¡Todo un lujo! –Ahora fustiga el caballo y lo azuza con tono socarrón:– ¡Si tiene partera experta, el hijo se va a poder llamar mil trescientos cuarenta y tantos…!

Haremos el trayecto hasta la estancia sin conversar. Iremos a una considerable velocidad, si se tiene en cuenta lo que era aquel carro y las huellas por las que transitaba. Por momentos pensaré que quizás hay urgencia y que el parto puede estar en camino. Pero no voy a preguntar.

Vean cómo Herbert parece disfrutar la velocidad y algo que está tramando. ¿Oyen cómo va silbando y por momentos tararea? Fíjense cómo, cada vez que el carruaje tiene un remezón, él se interrumpe para emitir un chiflido y exclamar algo que sólo pueda entenderse a medias, como por ejemplo: «¡Viera usted qué Karakter! ¡Unglaublich!», y luego vuelve a silbar otra vez esa melodía que a mí me parece de origen alemán.

Yo sonrío muy oronda a sus espaldas porque puedo no entrar en su juego. Vean cómo voy entretenida y entregada al placer de los barquinazos que me zangolotean, mientras disfruto observando el pequeño pueblo que está surgiendo alrededor de la estación: un montón de casas nuevas que se distinguen recién terminadas entre unas cuantas a medio hacer. Miren: hay movimiento y trabajo por doquier. Se olfatea el progreso en los olores de la construcción: en las humedades del cemento y la cal, en la virtud resinosa del aserrín, en la acritud de las soldaduras de hierro, en los humores pegajosos del alquitrán. Todo eso se eleva y se entrevera con la inmediatez orgánica de la bosta y la sabiduría aromática de los pastos. Cuando comienzan las plantaciones de pinos y cipreses siento la lujuria del olor de los árboles y aprecio la intensidad de la naturaleza que nos rodea. En silencio me contagio del humor de mi cochero que chifla, habla solo y cada tanto saluda con la mano y un grito. Veo tamarindos a lo lejos y adivino la cercanía de los eucaliptus. Siento que el paisaje es alto y que la fuerza del aire crece a medida que avanzamos. Es obvio que nos estamos acercando al mar porque el iodo parece abrirse camino en las venas y en la mente y además estoy saboreando la sal que la brisa fría deposita en mis labios… Una gran alegría me transporta suspendida sobre la sospecha de un deseo…

Muchos años después, recordaré ese instante como de intensa felicidad y secreto anhelo, aunque nunca sabré a ciencia cierta qué podía anticipar desde mi alegría y qué estaba provocando con ella. Pero cuando miro para atrás como ahora, con el beneficio del tiempo transcurrido y la experiencia acumulada, sé que ese momento y ese lugar son sólo míos en el recuerdo y que fueron decisivos en mi elección de quedarme aquí para siempre. Lo cierto es que aún hoy puedo evocar con cada célula de mi cuerpo envejecido ese instante en que el aire se engorda y el camino se abre en dos… Es un momento de encrucijada en mi vida. Soy esa mujer madura que viene de varias decepciones, que ha trabajado y trajinado mucho durante más de veinte años, que necesita descanso en un recodo tranquilo… que ha comenzado a enhebrar sus fantasías con el ritmo del carro, con la inmensidad del paisaje, con la tozudez del cochero y con el calor de una alquimia nueva que me anda por el cuerpo y quiere expandirme el pecho… Tengo la certeza irracional de que él está pensando en mí. Aunque no me mira y no me habla, sé que hay una intención en todo lo que omite. Siento la energía que nos religa, la distancia que nos acerca, el misterio del espacio vacante… Él me piensa… Él me atrae con su silencio, con su espalda, con sus tarareos y sus silbidos, y hasta con su forma de azuzar el caballo.

Miren, el pelirrojo ha hecho aparecer una bufanda gris que tenía bajo el gabán. Le ha dado dos vueltas para cubrirse las orejas, la boca y la nariz. Yo subo el cuello de mi tapado y noto que hemos tomado hacia la derecha. Vean cómo exhalo varias veces en mi mano y me entretengo dejando salir el «humo» del aliento entre los dedos del guante.

Recién después voy a comprender que la casa queda hacia la izquierda desde ese cruce: él se ha desviado para que yo aprecie la vista panorámica sobre el mar. Está orgulloso del lugar y quiere que yo quede boquiabierta, aunque juega al indiferente. Fíjense que ni siquiera ha girado la cabeza para cerciorarse de cuál es mi reacción ante aquella vista. Miren: estamos en lo alto del acantilado de médanos y rocas. ¿No da la sensación de que uno domina el océano? Hacia la izquierda descubro el faro, emplazado sobre un promontorio, justo al lado de la desembocadura del arroyo. Pero es una visión fugaz y me quedo con ganas de deleitar mis ojos en esa geografía. En ningún momento detiene el carro, que traquetea entre añosos pinos. Recién ahora se me ocurre que quizás él esperaba que yo le dijera espontáneamente: a ver, a ver, espere, qué maravilla. Me estaba probando. Y yo nada, claro. ¿Ven cómo vamos dando un rodeo bastante grande que nos lleva cerca de una forestación nueva? Después vamos a pasar alrededor de una hondonada y allí voy a notar que ha habido movimiento de tierra reciente, como si estuvieran construyendo un tajamar o un estanque.

Miren, por fin llegamos a la parte trasera del casco de «El Capricho». ¿Ven cómo era entonces, con el patio de tierra apisonada bordeado por cipreses, maceteros y senderos de adoquines? Ahora nos vamos a cruzar con la marquesa, que sale montada en su zaino. Ahí está: tan briosa como el caballo que monta. Miren cómo celebra nuestra llegada con un gesto de su mano izquierda enarbolada y hace girar el caballo para acercarse al lugar donde voy a apearme del sulky. Vean la pequeña maniobra que realiza para quitarse el guante y tenderme la mano izquierda con la palma hacia arriba mientras sujeta muy cortas las riendas con la derecha. Apenas nos tocamos con las puntas heladas de los dedos. A las dos nos parece suficiente. A ella quizá porque no puede inclinarse más con esa enorme panza que la amplia capa disimula en sus detalles pero resalta en su conjunto. A mí porque conozco bastante de caballos como para querer arrimarme más al nerviosismo de ese magnífico ejemplar que no deja de caracolear, inquieto por partir. Estoy bajo el impacto que me ha causado la pasión en rojo de esa mujer temeraria y dominante, montada en un caballo oscuro, ambas figuras recortadas contra el fondo de su gran mansión, y también bajo el hechizo de las fuerzas opuestas que encierra su mirada encendida, en la cual siempre voy a volver a leer todas las contradicciones que he podido adivinar en tan pocos segundos. Durante mucho tiempo voy a quedar como hipnotizada por aquella imagen, evocando aquel momento.

—Sea la muy benvenida, enseguida vengo en vuelta —dice la marquesa con su acento de pedregullo extranjero, haciéndome señas para que entre a la casa.

Me costaba mucho reconocer que había sido sorprendida por la situación, porque todavía quería creer que tenía todo claro en materia de embarazos y partos. Lo cierto es que me resultó insólito y difícil de aceptar que mi parturienta zarpara al galope, con casco, pantalones y botas de montar. Fíjense cómo, molesta y desconcertada, me vuelvo hacia la casa en la cual oigo resonar los cascos que se alejan. Es una típica casa de campo de estilo europeo, remozada con maderas y hierros nuevos. Todo reluce con barnices y pinturas recientes y en las ventanas y los balcones se ven plantas y flores muy cuidadas. Vean cómo Herbert, que ha estado degustando con placer mi desconcierto, me espera con la valija en la mano. Miren la gran sonrisa que me está dedicando con esmerada cortesía. No se me escapa su ánimo burlón. ¿Ven cómo los labios, al estirarse en forma desmedida, esparcen los bigotes rojizos y ponen al descubierto la dentadura que ayuda a dibujar una ironía de roedor? Fíjense también que yo prefiero ignorar ese gesto tardío y ambiguo que en ese momento no sabría cómo interpretar. ¡Cuántas cosas me estaba diciendo en esa sonrisa! Una síntesis de información que yo iba a ir desentrañando y entendiendo con el correr del tiempo. La veo como una foto donde estaba el futuro para ser leído. Pero era tarea de descifradores. Aunque sabíamos leer, había que vivir para aprender a descifrar.

Entramos por la puerta de la cocina. Herbert va a desaparecer por un pasillo y me va a dejar a solas con la cocinera. Como ven, la morocha araucana, rebosante de grasas y buen humor, me acoge con la hospitalidad de sus ojos de carbón y sus manos como alas de paloma que se pliegan y despliegan bajo su pecho. Sonríe y dice:

—A mí me dicen Nacha. ¿Y a usted?

—Eulalia, nomás.

—No se puede esperar gran cosa de estos caballeros que se olvidan de las presentaciones —acompaña su frase con la desesperanza de un gesto de estiramiento de mentón y cejas dirigido hacia Herbert que se ha escabullido.

Enseguida va a poner manos a la obra para prepararme el desayuno de recién llegada, pero no sin antes comenzar a hablar. Rápida y sin empacho, me quiere poner en antecedentes.

Miren: gracias a la acción conjunta del brebaje, la proximidad de la cocina de leña y la calidez de la mujer que me habla y me atiende, voy sintiéndome a gusto como en mi casa y mi cuerpo entumecido va recuperando una reconfortante temperatura. Vean cómo tomo el café con leche a grandes sorbos y después saboreo los trozos de pan casero que mojo en la taza. ¡Si parezco muerta de hambre! Y miren cómo abro de grandes los ojos cuando me voy enterando de los dimes y diretes que Nacha me transmite con su franqueza y su energía.

—Póngase cómoda ahí mismo, que le preparo algo y le voy diciendo las cosas como son, porque yo no se cuánto sabe usted, pero me temo que le va a llevar una punta de días hasta entender todo esto, que es un gran entrevero, y antes de entenderlo se va a tener que ir. ¿Café con leche, té, mate cocido, o alguna bebida fuerte para quitar el frío?

—Café con leche está bien.

—Empecemos por el don Jérber, antes que vuelva. Él no es malo pero anda muy enojado. Tiene un carácter muy cambiante. Tiene mucha alegría pero también se pone muy chinchudo. A veces no es fácil aguantarlo. No depende del pie con que se levante, a él le puede cambiar la pisada en cualquier momento del día. No sé, depende mucho de la Patrona. Ella le dice «Profésor» y lo presenta como su primo, pero dicen que él había sido mucamo del conde Eichen, el dueño de «La Nostalgia», el campo vecino, que también es socio de la marquesa. Es bien rara la situación. En realidad, hace ocho meses que el don Jérber no le dirige la palabra a la Señora. Me usan a mí para comunicarse. Mire, para más rarezas, el don Jérber es el dueño de «El Capricho» en los papeles, pero la que manda es ella. Yo oí la última conversación entre ellos, si a eso se puede llamar conversar... Fue una madrugada cuando la Patrona regresó a caballo, muy mojada y cubierta de arena, bajo una tormenta recién desatada. Herbert la esperaba despierto y le gritó en una jerigonza que yo no entendí ni una pepa. Nunca antes los había oído hablar de esa manera y en ese dialecto. Pensé que quizá tenían reservada esa lengua para las noches de tempestad... porque sonaba fuerte y fea. Pero no me hacía falta entender las palabras para saber que la discusión era por el conde y que estaban los dos con los estribos perdidos. Parece de no creer, pero todavía no le he visto la cara al conde. Ocurre que él no pisa esta casa y yo casi no salgo. Pero en el pueblo hablan mucho de él, y todos creen que es suyo el hijo que está para nacer.

Vean cómo Nacha me estudia en silencio para que pregunte algo y le dé una señal que indique por dónde seguir su relato. La pregunta estaba lista y sale muy pronto:

—Ella, ¿sale mucho a caballo?

—No sólo anda mucho, sino que no sabe apearse. Es muy, muy porfiada. Hace todo lo que le viene en gana. Y no para. Hay que ver todo lo que ha hecho en un año, desde que está acá; no se está nunca quieta. Mucha gente se ha venido de otros pueblos, porque ha corrido la voz: la marquesa trajo la prosperidad. Ya va a tener oportunidad de ver con sus propios ojos, pero yo le cuento: no sólo ha hecho desviar las aguas del arroyo para regadíos y lleva más de cinco mil árboles plantados, sino que se ha ocupado de esta casa, que la compró totalmente abandonada y la dejó nuevita y la sigue haciendo decorar para recibir visitas importantes, pero además el faro y el tren también funcionan gracias al esfuerzo de la marquesa, junto con el conde... Si hasta parece mentira, después de tantos años que llevaban el faro erguido sin luz y las vías tendidas sin trenes para recorrerlas... Pero lo más importante es que hay trabajo, y eso era lo que más falta hacía... Yo sé mucho del lugar gracias a todo lo que me contó el finado Arieta, que Dios me lo guarde en su gloria, pobre indio. Se nos fue hace muy poco, el hombre. El abuelo del finado Arieta era cacique de los aucaes y le sabía contar todo a su nieto que se interesaba por la historia. O sea que a través de él, Arieta se aprendió cómo era esto antes. Por ejemplo, me decía que cuando los soldados querían avanzar la línea de los fortines y las zanjas de defensa, ellos los sorprendían en malones. Parece que el último dueño de estos campos ganados a los indios fue un socio de uno de los ingleses del ferrocarril. El finado Arieta me dijo los nombres de los dos, ya me van a venir a la memoria... —ella hace un esfuerzo por recordar y miren cómo yo observo que hay algo raro en la mirada de Nacha y noto que uno de sus ojos se extravía un poquito mientras ella habla–: el dueño era algo con P y el inglés tenía un apellido con M... Muy sabedor era el finado Arieta de todas las historias, una pena que no esté más. Era un gusto oírlo porque era entretenido además de conocedor... Con la marquesa pasaba las horas charlando, y él decía que el dueño anterior, algo con P, ya me voy a acordar, era nieto de un oficial que había luchado contra su abuelo el cacique y le había quitado las tierras y lo había amansado... ¡Míster!, Mister se llamaba el inglés, ahora me vino el nombre y ya pronto me va a venir el del dueño de los campos que era algo con P... La cuestión es que ellos dos eran socios y por eso habían construido las vías de ferrocarril de trocha angosta y también la estación y el faro... porque, al parecer, tenían intenciones de hacer negocios particulares... Pero el dueño con P murió antes de que le trajeran la locomotora que le iban a traer, y no alcanzó a ver prendido el faro, que quedó ciego mirando el mar, como decía el finado Arieta... El hijo del dueño con P no se interesó por todo esto, porque tenía muchas otras fortunas y se fue a vivir muy lejos, a París de Francia. Y el inglés Míster, que le hablaba al finado Arieta del comercio con otras naciones, no apareció más... Y así fue como quedó todo listo y sin usar durante veinte años, hasta el día en que llegó la marquesa… El finado Arieta estaba cuando apareció la marquesa por primera vez con el don Jérber, con el señor Conde y con un abogado que venía por parte del vendedor que seguía en París de Francia. El finado Arieta los llevó en su carro a conocer todo y enseguida se dio cuenta de que la marquesa iba a hacer lo que después hizo, porque esa noche él me dijo: «Ésta tiene alma de cacique»… Ella discutía con el abogado y le preguntaba muchas cosas al finado Arieta. Hablaba muy mal, pero igual se hacía entender. Si hasta le pidió al finado Arieta que le dejara manejar el carro y también le pidió un caballo para montar y después de hacerse explicar todo, hasta el nombre de la estancia, le dijo al finado Arieta que ella se quedaba y que compraba «El Capricho» porque era caprichosa, y porque además su capricho tenía sus razones… Porque el finado Arieta le había dicho que capricho es algo que uno quiere sin razón… Y se quedó nomás… Ni siquiera fue a la Capital a arreglar los papeles: mandó al don Jérber con el señor conde para que lo hicieran ellos. Yo llegué poco tiempo después porque mi padre lo conocía al finado Arieta. Yo nací en la estación Tres Picos, allí donde usted cambió de tren. Si se queda unos días, la voy a llevar una noche de luna llena adonde el arroyo se junta con el mar, para mostrarle lo que me enseñó a mí el finado Arieta, porque hay unos reflejos muy raros de color rojo y un secreto que trae poderes a los que se comunican con el alma del cacique auca, que en quechua significa guerrero pero también infiel…

* * *

Como partera quedé muy impresionada aquella tarde cuando revisé a la marquesa en su habitación de la planta alta y comprobé que la criatura ya estaba encajada y lista para nacer.

—¡Señora! —exclamé—. ¡¿Cómo puede galopar con el bebé ahí abajo?!

La marquesa, que estaba acostada, contestó con una estentórea carcajada de gringa que se fue por las escaleras y resonó por toda la casa. Luego dijo risueña, en tono bajo, mirándome con simpatía y complicidad:

—Si las «señoras» queden esperando qué pueden hacer, no les dejen hacer nada... Yo hace todo lo que yo quiere. Y no estoy señora, estoy señurita.

Miren cómo, después de decir eso, vuelve a reír con ganas pero sin tantas ínfulas y me estudia. Vean cómo se incorpora y se acomoda el vestido de viyela que tiene frunces en el pecho y volados en el cuello, preocupada ahora por tranquilizar a su partera que la mira muy seria y está a punto de decirle algo tremendo.

—No si asusta, lo bebé sólo bajó en lo último galope y ya me amolestó. Contzecuentzia: no voy salir más en los cáballitos hasta después de lo niño... Quedaré acá mirando lo mar en lo lejos...

La marquesa me ha hablado con una sonrisa y mirándome a los ojos. Vean cómo bajo la vista y callo unos instantes evaluando qué hacer. Por toda respuesta voy a ir hasta el ventanal para mirar hacia afuera y comprobar que el paisaje desde allí es imponente. Con la nariz casi pegada al vidrio veo mi reflejo incierto sobre un fondo de mar al frente, una masa azul inagotable, y cuando giro la cabeza hacia los costados, con mi perfil agnóstico, por el rabillo del ojo hacia el horizonte, aprecio la playa: un despliegue de lejanías entre orlas de espuma y médanos desparejos. La marquesa respeta mi silencio y mi distancia. Yo me estoy tomando el tiempo necesario antes de hablar. Miren cómo me despego de la ventana lentamente, le ruego que me excuse con una seña de las manos que da a entender una necesidad de aseo y me desplazo directo hacia el baño a lavar los guantes de hilo. Allí voy a descubrir un paisaje interior que existe gracias a los dibujos esmaltados de plantas que decoran la bañadera y el lavatorio. Miren, a través de la ventana lateral también se ve el campo, el bosque y la silueta del pueblo. Vean cómo descubro mi cara de cuis preocupado en el inevitable espejo y no escapo a la sensación de extrañeza que me lleva a pensar: «¿Qué hago yo acá?».

Hoy debo confesar que lo más extraño era también que por momentos todo me resultaba vagamente familiar, como si ya lo hubiera vivido, entre real e imaginario, como si el tiempo se tejiera con la misma hebra de la fantasía y el espacio se pudiera concentrar en un solo punto a elección.

Recuerdo que pensé: «No le voy a decir nada hasta que no me pregunte». Cuando regresé a la habitación, la marquesa estaba sentada en el borde de la cama. Me acerqué a la mesita que había usado para apoyar el estetoscopio, la corneta para auscultar los latidos del bebé y el valijín. Comencé a ordenar los instrumentos en un silencio cerrado y profesional. Ella, que estaba muy cerca, no pudo contenerse y preguntó:

–¿Y? ¿Qué me diga? ¿Cómo está todo?

La miré a los ojos y le contesté sin vueltas, con tono firme y tranquilo:

–Por el momento está todo bien, pero ha estado exagerando los riesgos. Con estas cosas no se juega… A menos que quiera jugar con su vida y con la del niño. Puede ser en cualquier momento. Recuéstese. Vamos a ejercitar la respiración con un método africano que resulta muy útil para evitar los picos de dolor…

–¿Por qué africano? –preguntó ella, casi sobresaltada.

–Porque lo aprendí en el Congo, de las nativas, y es lo mejor que he conocido.

–Cuando ió fue niña, ió vivió en… No, ió no habla nunca del mi pasado…

–Me parece muy bien. A ver, vamos a…

Practicamos jadeos de perro y respiraciones largas. Le pregunté si sabía distinguir y calcular los endurecimientos de la matriz que iban a ir aumentando en frecuencia y dolor. Conversamos un rato sobre estos temas «técnicos» y luego sobre las distintas posturas que ella iba a poder adoptar. En un momento dado le dije:

—No hay que tener miedo de los dolores, ellos son los que ayudan a parir; hay que darles camino, ventilando...

—Correcto, comprendido. Yo no tenga miedo en dolor, yo tenga fuerza y valentía... Vos me gustas, sos corajiosa también, mí das confidencia —contestó de un tirón, incorporándose sobre un codo. Con la mano contraria, me tomó por el brazo y me acercó, para decirme algo en tono muy bajo, como una súplica:

—Yo cuido lo niño y la mamá, pero vos, por favor, te ócupas un poco al Herbert, que no pasa muy buenos momentos y a mí tenga muy preocupada qué va ser con él...

Me resultó tan sorpresivo y sobrecogedor ese pedido, que no pude preguntar ni contestar. La marquesa me había mirado con ojos de ruego desesperado. Enseguida se puso de pie para ir al baño, caminando como un pato por la presión que el feto ejercía contra los huesos de la pelvis. Antes de salir de la habitación, agregó:

—Espero mucho, yo sé que puedas hacer algo para él...

No era mi intención defraudar a la marquesa, en especial si la evolución de su «ánima de parto» —así llamaba yo a la mezcla de emociones y temores que preceden a los alumbramientos— podía estar relacionada con el extraño pedido que me había hecho. Pero, francamente, tampoco me hacía gracia acercarme a Herbert como enfermera o samaritana. A pesar de que le daba vueltas y más vueltas al asunto, no se me ocurría una forma digna de abordar a ese hombre que me había recibido sugiriéndome que me marchara y desde entonces parecía decidido a ignorarme. Estuve dos días observando los movimientos de la casa y llegué a la conclusión de que él hacía obvios esfuerzos para no cruzarse conmigo. Me habían asignado una hermosa habitación con vista al jardín en el ala este de la planta baja, en el mismo corredor donde Nacha me había dicho que estaba la habitación de «don Jérber». Yo hubiera jurado que oía voces y ruidos provocados intencionalmente para llamar mi atención; pero cuando me asomaba, no veía a nadie. Dadas las circunstancias, no tenía otra opción que ignorarlo también, esperando el encuentro que tarde o temprano se iba a producir. Todas las ideas que se me ocurrían para forzar ese encuentro, eran descartadas porque resultaban una falta de respeto hacia él o porque me ponían en ridículo a mí. Y así, cuantos más días pasaban, más suspenso arrastraba la situación.

La cuarta mañana después de mi llegada, se produjo la explosión de la tensión acumulada: Nacha y yo oímos un jaleo tremendo mientras desayunábamos. Había elegido hacer mis comidas en la cocina con ella y no en el comedor como me habían ofrecido porque la marquesa desayunaba en su cuarto y comía con una bandeja en el escritorio –revisando papeles– mientras que Herbert desayunaba temprano en el bajo y comía también con una bandeja en el comedor o en la sala, pero en horarios siempre variables. Como las dos mucamas vivían y comían en el bajo con sus familias, Nacha comía sola y a mí me resultaba la mejor compañía.

Miren: acaba de salir el sol y estamos conversando después de saborear unos pancitos de centeno y miel que Nacha solía preparar y que hacen agua la boca. De golpe, por encima de nuestras voces, se va a oír una discusión muy fuerte. Oigan: es la marquesa que grita. Ahora es Herbert que habla con voz muy grave, en forma cortante y amenazadora. Los gritos provienen de la habitación de Herbert. Miren, Nacha se levanta apurada y se va sin explicaciones. Yo quedo sola y desconcertada, aunque pronto cesarán las voces y volverá Nacha.

La cocinera, acostumbrada a espiar por las cerraduras y con el oído habituado a ese español extranjero, describirá la escena luego, cuando el vendaval ya se haya calmado.

Herbert tiene una valija en la mano y le contesta a la marquesa:

—Ahora está la partera para cuidarte, yo no tengo nada más que hacer aquí.

Ella parece alterada. Se tira de los cabellos, le asegura que no está enamorada del conde, que es sólo un hombre conveniente, que le pueden muy bien decir que es mentira, si eso es lo que Herbert quiere... Al fin de cuentas, dice, fue él quien inventó toda esa historia...

Nacha no entiende a qué se refieren, pero como Herbert sigue decidido a irse, la marquesa se arrodilla y le suplica en un aullido que Nacha califica como «arrastrado»:

—Yo no puede quedar acá sin vos. Pisarme, matarme, matar lo niño, matar lo conde... ¿Qué quieres, Profésor? Diga qué quieres, pero no me dejas...

Yo observo atentamente a Nacha mientras ella relata la escena, porque aprecio mucho la gracia de la araucana para contar historias: ella sazona con algunos condimentos de imaginación que quizás agrega en su afán de hacer más sabrosos los cuentos, acentúa con la picardía involuntaria de sus gestos y expande con el ojo de carbón estrábico que siempre insinúa más de lo dicho. Habla casi en secreto:

—Fue increíble. Nadie más debe saberlo. El don Jérber quedó tan impresionado como yo que los espiaba... La miraba sin poder creer las barbaridades criminales que ella había ofrecido... Ella levantó su panza, que rozaba el piso, se puso de pie y fue a colgarse del cuello de él... el don la rechazó: la apartó con una mano y con la otra le dio una cachetada en la mejilla... Pero no con la fuerza de una venganza... Más se parecía a la reprimenda de un padre... La palma abierta sonó seca y suficiente y él dijo «Basta, ya» en tono muy bajo. Me retiré de la cerradura sin ver el final porque la actitud de él me hizo pensar que iba a salir... Pero también porque me dio una puntada en el vientre: no me cayó bien ver tan quebradiza a la patrona... No parecía ella misma, quizás está endemoniada o la han ojeado..., aunque dicen que los últimos días de preñez les trastornan el entendimiento a muchas mujeres... Yo en eso no tengo experiencia...

Nacha no salía de su asombro y yo tampoco. De cualquier forma, el escándalo había cesado y sólo nos quedaba calcular las consecuencias de la partida de Herbert o de algún tipo de arreglo entre ellos. Lo cierto es que esa misma tarde llamó la atención de todos, pero en particular la mía, el cambio de actitud de Herbert. Según Nacha volvió a ser el mismo Jérber de los primeros tiempos. A mí me tomó por sorpresa cuando menos me lo esperaba. Se acercó con un ramito de flores del jardín y una sonrisa de tímido:

–Quiero llevarla a conocer todo, si usted me permite y me perdona… Sé que estuve desagradable y que usted no lo merecía, pero también que la admiro y que usted se da cuenta porque no sé disimular… Lo único que le voy a pedir es que por favor olvide y que empecemos de nuevo. –Me ofreció las flores, antes de preguntar:– ¿Podemos hacer de cuenta que usted recién llega y que yo le doy la bienvenida ahora?

Lo estoy viendo mientras habla con el ramito en la mano, y vuelvo a sentir lo que sentía: es tierno, es simpático, es sincero… Tomo las flores y río con ganas. Miren por favor, miren cómo nos subimos los dos al pescante del sulky y partimos, él haciendo chistes y yo riendo como si nunca antes hubiéramos tenido un entredicho. Ya no recuerdo de qué hablábamos, pero sí que él se dedicaba a hacerme reír como una misión principal. Me trataba con tanta cordialidad y ternura y mostraba tanta chispa en su humor que por contraste parecían irrealidades de mi memoria, no sólo la escena contada por Nacha esa misma mañana, sino también su exabrupto del primer día, su odiosa distancia de los días posteriores y hasta el encargo que me había hecho la marquesa.

Fue nuestra primera salida. Me llevó a conocer los galpones, el arroyo, el faro, las plantaciones de árboles, la escalinata recién construida para bajar a la playa, el futuro estanque para plantas acuáticas, la maquinaria y el ganado. Por momentos me contaba cuestiones relacionadas con la historia del lugar, que a grandes rasgos coincidían con la versión de Nacha. Yo pregunté sólo una vez, pero cuando lo hice, metí el dedo en la llaga:

–¿Y cómo consiguieron el servicio de tren?

Miren: Herbert detiene el carro junto a un eucaliptus y señala las cotorras que meten bulla allá en lo alto. Vean cómo suspira, me mira a los ojos y deja traslucir cierta incomodidad con un revoleo de los suyos, antes de empezar a hablar:

–La cosa es así: la marquesa y el conde están asociados para todo tipo de emprendimientos... muchos más de los que figuraban en el pronóstico, debo decir... y también se asociaron con unos señores de la administración de ferrocarriles para lo que ellos llaman «negocios reservados».

Miren cómo hace una pausa, me observa y dice en silencio que el tema le pesa... Luego agrega, masajeando sus manos con la vista puesta en ellas:

–Es posible que a usted le lleguen cuentos sobre ellos... A mí esa gente no me gusta...

–¿Quiénes?

He preguntado ingenuamente porque no entiendo de qué me está hablando. Escuchen cómo responde en tono de confidencia:

–Son unos tales Beschtedt y Caravías... –Los mismos apellidos parecen producirle una sensación de acidez de estómago, ante la cual agrega:– Pero no creo que sea conveniente que usted recuerde esos nombres... Ni siquiera sé para qué se los dije... Sólo porque necesito confiar en alguien y porque espero que ellos puedan desligarse de las presiones de esos delincuentes... Pero más vale no hacerse mala sangre... Estoy muy contento de que usted esté aquí y de que haya aceptado pasear conmigo, así que le propongo seguir con la visita guiada... –Ha retomado las riendas:– Mire, allá viene otro de los peones: Sosías. De él dicen que es tan mentiroso como buen jinete pero que no resiste hacer las dos cosas juntas y se ha caído del caballo más de una vez con sólo pensar en decir una mentira...

A medida que encontramos a las personas que trabajan en la estancia, él me las va presentando y me entretiene contándome las anécdotas y las supersticiones de cada uno, como también lo que dicen los demás. Compruebo enseguida que él tiene un don con la gente: se acerca con una sonrisa amigable que siempre es bien correspondida, hace algún comentario alegre, y si siente que asoman problemas o quejas, sale del paso con un chiste o con una palabra de aliento. Todos parecen estar ligados a él con afecto y gratitud.

En algún momento, justo cuando yo estoy pensando en esa habilidad suya, él dice:

—Me gusta mucho observar y conocer a la gente… y también saber por dónde saltan las grandezas y las pequeñeces de cada uno.

Más o menos a mitad de camino, me dice:

—Mire, allá al lado del Ford, dando instrucciones a dos peones que arreglan el alambrado, está don Gerónimo Ferro, el administrador. Fíjese lo alto que es, que parece que les lleva dos cabezas a los peones. Ya lo va a ver: es un ropero de grande. A él lo recomendaron los de los ferrocarriles… Dicen por ahí que es tan tonto para desconfiar, que se queja porque el bigote no le crece y no se da cuenta de que su mujer se lo recorta de noche mientras él duerme… además dicen que siempre anda con alguna ñaña o algún achaque, una por tener tanto cuerpo y dos porque todavía no consiguió traer a su madrecita para que le cocine un locro que, según él, cura de todos los males… De su mujer dicen que es tan santa tan santa que cuando hay tormenta se la puede ver rezando bajo la lluvia para purificarse…

Cuando el carro se detiene al lado del Ford, él se acerca a saludar. Sus movimientos tienen la pesada agilidad de los toros. Después de hacer las presentaciones formales, Herbert dice:

—Le estoy haciendo conocer un poco.

Yo observo el rostro de Ferro, la gran cantidad de lunares oscuros y los ojos que parecen salirse de sus órbitas como si fueran dos pequeños huevos fritos con yemas de color tierra.

—Bueno, la puede traer a tomar un té a nuestra casa, cuando terminen de recorrer. Sin apuro. Clemencia les va a tener alguna cosa rica, seguro.

En su mirada he visto inseguridad, asombro, duda y también necesidad. Me ha impresionado que me evaluara como mujer, sin disimulo, aunque yo no soy una estrella de cine y mis atractivos no son tan aparentes.

Aquel primer paseo terminó frente a la chimenea de los Ferro. Al comienzo, la conversación alternaba entre la marcha de los distintos trabajos y comentarios sobre «los nuevos» que habían ido llegando. Pronto se hizo evidente que ése no era el principal objetivo de la invitación. Miren, ahí estoy sentadita con «ese aire de poca cosa que se las trae escondidas» como me decía mi hermano. Parezco perdida entre los reflejos del fuego y las tazas de té de porcelana china que van y vienen desde el samovar de plata, donde don Gerónimo echa hebras orientales para continuar con la tradición de su abuela rusa. Hay scons, masas de hojaldre con crema de chocolate, tostaditas que untamos con manteca casera y una variedad de mermeladas —de naranja, de quinotos, de higos y de moras—, todas delicias hechas y servidas por Clemencia Ferro. Ahí la pueden ver, es una mujer de pelo castaño y piel muy blanca, rolliza como masa cruda, que habla hasta por los codos con voz de jilguerito asustado. En ese dulce ambiente de repostería, ella y don Gerónimo insisten para hacer hablar a Herbert sobre otros dos temas que él esquiva en forma sistemática. Ellos se turnan para preguntar:

—¿Qué sabe usted, don Jérber, de las actividades después de la caída del sol?

—¿No sabe si el faro va a estar funcionando *todas* las noches?

—Desde que la señorita ha llegado para prestar sus servicios (ésa soy yo), ya no se ha visto más al conde por el pueblo, ¿no es cierto?

—¿No sabe si el conde está de viaje?

A cada una de esas preguntas y a todas las equivalentes con las que ellos prueban, Herbert le da la misma respuesta. Sonríe con cara de mago, los mira a los ojos, niega con un lento movimiento de la cabeza y cambia de tema. Yo voy a quedar muy bien impresionada por los aromas y los sabores y algo intrigada por las rarezas de aquella relación de Herbert con el administrador y su mujer. Dicho sea de paso, nunca más me invitaron a su casa.

Se ha hecho de noche cuando salimos de allí. Miren el cielo, es algo sobrecogedor. Lo ponderamos como se merece y en esos comentarios campea un cierto romanticismo que no sabe bien dónde posarse. Ya en el sulky, Herbert me ofrece una frazada para cubrirme.

Me trata como un caballero a una dama, haciendo gala de respeto y distancia. Cuando arrancamos, se pone a hablar de la repostería de doña Clemencia, con elogios especiales para las mermeladas. Comenta que ya se ha hecho famosa por sus especialidades culinarias y, con toda naturalidad, agrega:

—Pero también está en boca de todos porque ha tenido el mal tino de contarle a una vecina que a ella los pecados de la carne se le presentan en la cocina y en los dulces… Las malas lenguas ya dicen que ella lo tiene en abstinencia a don Gerónimo porque él ha pretendido acercársele y tocarla…

Reímos. Él ha hablado de acercar y tocar. Dos posibilidades ciertas que con el traqueteo del sulky y la oscuridad de la noche pueden resultar muy tentadoras. Siento que han quedado suspendidas en el aire. Pero intuyo que él no va a avanzar hasta que yo no le dé señales. Se anda con mucho cuidado. Yo tampoco quiero ir demasiado rápido porque me conozco y sé que me conviene ir muy despacio. Me mira. Me estudia de reojo. Yo hablo y hablo. Ya ni sé de qué.

* * *

Una semana más tarde, a las diez horas y diez minutos de una mañana helada, un año y medio después de su llegada al país, la marquesa trajo al mundo su primer hijo y demostró enseguida que no era una madre común y corriente. Había recibido los dolores de parto cantando arias y romanzas en italiano, mientras se paseaba por toda la casa. Su voz se fue haciendo más trémula y apasionada a medida que avanzaba la dilatación. Cuando sintió ganas de pujar —ya en su habitación— pegó un grito y, con toda naturalidad, como si lo hubiera ensayado muchas veces, apoyó las manos sobre sus rodillas y sonrió, colmada de felicidad. Mientras el niño atravesaba el canal de parto, ella perforó el aire con un pasaje de opereta deformado por el esfuerzo.

Miren: la madre primeriza ha quedado a solas con su partera. Mientras la lavo y espero que expulse la placenta, ella sigue repitiendo:

—¡Qué maraviglia!

Por la expresión de su cara, parece sentirse transportada.

De repente, me toma del brazo y me acerca para hacerme una confidencia. El gesto es tan inesperado que se me cae parte del agua de la jofaina. Hay un ángel en su rostro y un demonio en su voz cuando dice:

—Ió no está segura que hay hombre para hacer gozar así. Hijo naciendo es placer soperior.

Yo río, pero ha conseguido avergonzarme. Suelto mi brazo y digo, mientras seco el agua derramada:

—No todas las mujeres saben disfrutar del parto, es una bendición especial...

Me pregunta si yo he tenido hijos y le contesto que yo tampoco hablo del pasado.

Entonces ella sonríe y declara:

—Usted es mujer buena, pero no tonta. No va ser fácil partir de «El Caprichio». Yo voy darte trabajo muchas veces, para que usted quede acá. Unica cosa, voy tener que buscar otro hombre porque ya prometí que el padre de esto niño está interdicto... Te doy gracias que el Herbert está muchio contento: él es como mío hermano, vos podrés ser como mía cugñada, si quieres... Ya areglamos después tu ganancia y sabrás guardar todos los segretos...

Pocos minutos después, la nodriza entró con el bebé, limpito y cambiado, para que ella lo tomara en brazos por primera vez. Su reacción nos sorprendió: miró a la criatura con cara de asco y sólo dijo:

—Me hace impresión.

No lo tocó. Con un gesto de la cara y de la mano la alentó para que se lo llevara: ya estaba bien, ya lo había visto. Luego dijo que le tocaba a la partera proponer el nombre para el recién nacido porque a ella no se le ocurría un buen nombre y cedía con gusto el honor de la elección.

La marquesa, en pocas palabras, me había dicho que celebraba que Herbert y yo anduviéramos tan bien juntos, que me invitaba a quedarme en calidad de parienta política rentada y que necesitaba que supiera ser tan reservada como lo era Herbert en los temas que la involucraban a ella. Yo no sabía exactamente a qué se refería con la palabra «secretos» pero suponía que tenía que ver con ese pasado del cual nunca hablaba, con los administradores del ferrocarril y con los ruidos que se oían de noche provenientes del arroyo y del faro. Algo que no había dicho la marquesa, pero que se leía en su actitud, es que consideraba posible que yo me hiciera cargo del niño... Yo me dejé inducir sin medir las consecuencias...

Miren: estoy parada frente a Nacha con el niño en brazos. Creo que sé tanto de la vida y no me doy cuenta de cuánto me falta aprender.

—¡No me diga que no es un bombón cómo duerme! La nodriza tiene una leche gorda que lo deja tumbado...

—No hay duda de que es un bombón, pero ojo, que a usted le está gustando demasiado el dulce y a la madre nada...

—Tiene razón. ¡Hay que ver para creer!

Miren; me he quedado pensativa, mirando al bebé de color rojizo y carita redonda que duerme contra mi pecho como un bollito caliente. Oigan cómo Nacha se ocupa de despabilarme:

—Ella, ¿no piensa hacerse cargo de la criatura? ¿Qué dice?

—La verdad es que no he podido conversar con ella... Pero ya le hemos ofrecido acercarle el chico varias veces en estos dos días y dice que no, que más adelante. Según la Raquel, oye música y lee... Según don Herbert, que la conoce mejor, haga lo que haga, no hace otra cosa que pensar en sus caballos...

—¡Y yo que pensé que con un hijo se iba a asentar! —exclama Nacha decepcionada.

—Me parece que es lo que no quiere: asentarse. Dicen que a las mujeres se las termina de conocer cuando les llega el momento... Es una mujer muy extraña... Para mí es un caso único. ¡Fíjese que me ha dicho que es mejor que yo elija el nombre!... Se va a llamar Tomás y, como el santo, tendrá que ver para creer... Debo decir que nunca asistí un parto tan increíble... Y mire que conozco el oficio desde las misiones, cuando fui como novicia de una congregación francesa, o sea que ayudé a alumbrar a mujeres de muy distinto tipo, desde las más ricas hasta las más pobres y de las culturas más diversas. Le aseguro que la marquesa parecía una primitiva pariendo, tanto que me hizo recordar a algunas africanas... He visto mujeres rechazar a la criatura en un primer momento por un exceso de dolor y cansancio, pero jamás una combinación así, con el máximo de entrega y placer en el parto y el máximo de rechazo después... Es verdad que no hay dos mujeres ni dos partos iguales y que muchas veces están mejor dispuestas las mujeres primitivas, porque ellas se instruyen y se asisten unas a otras y se preparan con danzas y rituales... Aunque usted no lo crea, las mujeres más educadas, las más protegidas por comodidades y prohibiciones, a veces llegan al matrimonio engañadas por silencios y mentiras, sin saber cómo se conciben los hijos... y después llegan al parto sin la menor noción de cómo parir lo que engendraron... y por eso muchas veces son más débiles y se dejan ganar por el miedo... Debo decir que me pareció notable el ánimo de fiesta de la marquesa, que cantó como una heroína y supo disfrutar su desempeño... Tanto es así que, después, mientras temblaba como una hoja, no hacía otra cosa que repetir que había sido una maravilla el parto... Pero también me tomó por sorpresa el hecho de que no se interesara en absoluto por el chiquito que había parido... Al fin de cuentas, ¡lo llevás adentro durante nueve meses! Sea como sea, ¡te tiene que dar curiosidad ver cómo es! ¡Salvo que te hayan forzado a hacerlo!

Pasaron los días y quedó claro que Herbert estaba en lo cierto: la marquesa tenía la mente puesta en recuperarse para volver a montar. La cuarentena le resultaba demasiado larga... Herbert, que más allá de sus críticas, la quería y la admiraba, resumió la situación al cabo de unos días, hablándole al propio Tomás, que no podía entender más que el arrullo de su voz:

—¿Sabés una cosa? No es del todo normal, tu mamá... Pero vamos a tener que perdonarla, porque tiene otras virtudes... No es mala... Es... un poco trastornada... El socio de ella sí que es una mala ficha... Ése ni se da por enterado... Mejor para vos. Igual, cuidados no te van a faltar... Al fin de cuentas, sos rojo como nosotros y de él no tenés ni una muesca...

Todos los días Herbert se acercaba a la cuna, le ponía un dedo en la mano para que el bebé quedara aferrado con su puñito y se pasaba conversándole un buen rato: quizá para explicarse mejor la situación a sí mismo y como una forma de enderezar todas las torceduras que él sentía, pero también como una forma de compartir conmigo. Él era de una ternura increíble. Había comenzado trayendo flores silvestres del campo, que ponía en floreros y luego introducía en mi habitación cuando nadie lo veía. Después pasó a fabricar bombones caseros con dulce de leche, nueces y chocolate, a la hora de la siesta. Envueltos en papel de seda, los dejaba, a escondidas, sobre mi almohada. Por último, y también a hurtadillas, se metió desnudo en mi cama —alegando que tenía que calentarse los pies— una noche de mucho frío en que yo dormía a pata suelta.

Cuando digo que yo sabía que me convenía andar muy despacio en cuestión de amores, lo digo porque tenía conciencia de que la memoria de mi padrastro me había arruinado todos mis intentos de relación. De hecho, al convento había llegado muy asustada y queriendo ponerme a resguardo de un amor adolescente. Ya hacía diecisiete años que había dejado a las monjas y sus hábitos y aunque había conocido varios hombres desde entonces, ninguno podía contar entre sus logros lo que Herbert consiguió. Cuando yo, con cara de terror, le dije: «No, no puedo, me duele... me da asco», él, con santa paciencia, me dijo: «Entonces conversemos» y siguió acariciándome mientras me hacía hablar. Yo fui relatando las escenas que me perseguían y que recrudecían cada vez que alguien intentaba hacerme el amor. Volvía a ver asesinar a mi padre y raptar a mi madre. Me encontraba otra vez junto a Efraín, mi hermanito, y temblaba. Efraín buscaba esconderse y yo quería salir corriendo... Solos y asustados, los dos sentíamos distinto. Para mí, que tenía dos años, el peligro estaba en la casa donde había presenciado paralizada las escenas de horror, mientras para él, que tenía seis, el peligro estaba afuera, más allá del cerco por donde se había ido el asesino con los otros raptores, llevando a nuestra madre viva y el cuerpo arruinado y lleno de sangre de nuestro padre... Efraín se enojaba cuando yo quería alejarme. Me seguía y me sujetaba. Yo gritaba a más no poder. Apenas me soltaba, yo me largaba a correr otra vez, como con ganas de perderme en el monte. Efraín empezó a atarme a la puerta porque no se le ocurría otra forma de cuidarme. Él por miedo me amarraba y yo por miedo tironeaba hasta hundir la soga en la carne. Cuanto más quieta estaba, más miedo sentía y más pataleaba para zafarme. Quién sabe cuántos días pasamos así, comiendo huevos crudos y galleta vieja de la alacena, verduras que todavía quedaban en la huerta, y por fin raíces. Hasta que Efraín consiguió atar y ordeñar la vaca como hacía nuestro papá y después matar un pollo como hacía nuestra mamá, pero sin animarse a avisar lo que había sucedido, por miedo a que nos pasara algo peor... Quién sabe cuántos días más transcurrieron hasta que el vecino más cercano, que estaba a media legua, pasó a caballo y oyó mis gritos... Llamó el nombre de Guaila, nuestra madre, y al no recibir respuesta, se fue acercando hasta encontrarse conmigo atada a la puerta y con mi hermanito empuñando un cuchillo como un forajido en un ataque de locura... Lo que siguió fue inclusive peor: la policía, el instituto y luego nuestra madre que regresó a buscarnos con un padrastro llamado Timoteo, un ser temible que la primera noche ya se puso a beber sin freno de la botella y pocas noches más tarde comenzó a pegarnos por cualquier motivo cuando andaba enojado y a manosearme y abusar de mí cuando andaba contento.

Por primera vez en mi vida, con casi cuarenta años, conseguí superar la vergüenza de confesar que mi padrastro me había humillado y violentado en más de una oportunidad. En algunas ocasiones había rememorado frente a alguien las horrorosas escenas vividas junto a mi hermano, pero jamás había mencionado la sordidez de mi relación con Timoteo. Ni siquiera en el sacramento de la confesión. Herbert fue capaz de ayudarme a conjurar la tortura de la memoria y a descargar el terrible peso que llevaba a cuestas porque supo hacerme hablar y me dio el tiempo que necesitaba para arrancarme de las imágenes siniestras. Me sentí reconfortada y rejuvenecida por el duende pelirrojo y romántico que me colmaba de halagos durante el día y estaba dispuesto a compartir conmigo los juegos del cuerpo, los secretos del corazón y el calorcito de la noche bajo las sábanas, con las historias verídicas y las ficticias. Él siguió trayéndome flores silvestres, bombones y pies fríos a la cama, pero además me conseguía todas las novelas clásicas y modernas que a mí se me antojaba leer, porque también en eso nos complementábamos bien: a mí me gustaba tanto leer como contar lo que leía y a él le fascinaban los relatos entre las sábanas.

Aquella nueva vida, compartida con un hombre varios años menor que me ayudaba a mitigar los terribles recuerdos de mi infancia, me atrapó con la sensación de bienestar de un gran sosiego. Disfrutaba y me divertía con Herbert. Era un buen compañero que sabía esperar, acariciar, hacer un chiste y proponer un nuevo comienzo o un perdón. Con él lograba, también por primera vez en mi vida, tener la sensación de que vivía en familia. Justamente había dejado la congregación de monjas cuando maduré y comprendí que me había transformado en novicia con la ilusión de adquirir una comunidad de vida que sustituyera la familia que me había faltado, y también en busca de un refugio que me protegiera contra los peligros del mundo. No me había resultado fácil salir del convento y encontrarme sola, pero tampoco podía quedarme allí donde no lograba satisfacer mis anhelos ni soportar las pequeñeces y las mezquindades de tanta disciplina. Por ese entonces, mi único pariente vivo —mi hermano— llevaba ya cinco años preso, por haber tomado venganza matando a Francisco Maffei, el hijo del asesino de nuestro padre. Yo había obtenido permiso para visitarlo en la cárcel cuando todavía llevaba los hábitos y, un buen día, lo sorprendí vestida de civil:

—¡Y yo que creí que con tus ruegos me estaba abriendo camino en el cielo, ahora que voy a cumplir con mi condena! —dijo Efraín al recibirme.

—¿Cómo que vas a cumplir con tu condena, si es perpetua? —le pregunté, contenta de sólo pensar que pudiera haber una amnistía o algo por el estilo.

—Mi condena es matar al asesino de nuestro padre —contestó él, persignándose—. Que Dios me perdone, porque para eso vivo.

No comprendí en ese momento y creí que Efraín estaba alterado, porque Mateo Maffei estaba en otra cárcel. Pero poco tiempo después tuve la explicación a través de la noticia en los diarios: se investigaba por qué medios Efraín Simón había conseguido ser trasladado de prisión para acercarse, sin reparos ni prevenciones, a darle muerte al asesino de su padre que estaba convicto por aquel crimen. Efraín había ejecutado un plan de venganza en dos etapas.

Herbert, que también tenía muchas penas sin conversar y una gran soledad para domar, tomó con enorme alegría el desafío de ayudarme a recuperar algo de paz, cuando le dije:

—Efraín vivió para vengarse y no le importa pudrirse en la cárcel. Yo, que nunca supe tanto como él, quiero vivir para recuperar toda la paz que perdimos él y yo por la relación de nuestra madre con esa gente.

Herbert, por su parte, también estaba más tranquilo al tener con quien comentar las extravagancias de la marquesa. Medio en serio, medio en broma, yo le decía: «Soy tu premio consuelo, tu verdadero metejón es con la marquesa...» Él podía reír de sí mismo y de su amor no correspondido.

* * *

Una semana después del nacimiento de Tomás, tuve oportunidad de conocer al supuesto padre del chico. Una mañana de sol la marquesa se acercó con un sobre lacrado y me pidió que fuera hasta «La Nostalgia»:

—Llevas esto para lo conde y sales un poco sola, que eso hace bien en las mujeres. Si sabes manejar lo sulky, mejor. Además, conoces su estancia que es bella. Pero sólo das en la mano de él, no que reciba ninguna mucamita. Y esperas contestación.

Miren cómo una empleada me hace pasar a aquella sala amplia con vista al mar donde Eichen, el Graf, recorta periódicos junto a la chimenea. Mi primera impresión es que se trata de un hombre que necesita aparentar cosas que no es. El conde lee de manera pausada el billete enviado por la marquesa y ríe con un dejo de suficiencia. Yo espero de pie. El conde exclama —con áspera pronunciación en su español altisonante—:

—¡La marquesa dice que tengo un heredero! ¡Dígale que lo cuide bien y que no hay respuesta de pocas palabras para la noticia de una vida!

Miren cómo cruza la bata de brocado que se ha abierto sobre su piyama y, con gran familiaridad, me comenta que el mismo día del nacimiento del chico, ha muerto un aviador llamado Loriga. Observen cómo frunce el ceño mientras habla:

—Se precipitó a las diez de la mañana, en un mero vuelo de aeródromo, por cruel ironía de la suerte, frecuente en el destino de los grandes aviadores… Me llama la atención esta coincidencia: que a la misma hora del mismo día y en lugares tan distantes, hayan ocurrido dos hechos que me afectan: una muerte y un nacimiento. El comandante que yo tanto admiraba se fracturó el cráneo en el aeródromo de Cuatro Vientos… y pensar que hace sólo un año, junto con otro pionero de apellido Galarza, había recorrido más de diez mil kilómetros en algo más de sesenta y cuatro horas de vuelo desde Madrid hasta Rangoon, uniendo ciudades como Argel, El Cairo, Bagdad, Karatchi y Calcuta.

Miren cómo, después de hacer estas curiosas observaciones y antes de seguir hablando, el Graf me contempla con una sonrisa como si me tuviera compasión:

—Cuéntele a la marquesa esto que yo le dije y hágale saber que espero su visita como siempre, cuando pueda salir a montar... Ah, llévele esto para que se entretenga si está aburida.

La última palabra con una ere de menos quedó sonando en mi oído como una nota ridícula para coronar la breve y absurda entrevista. Recibí el artículo de diario que me entregó el conde y me fui convencida de que Tomás le interesaba tan poco como a la marquesa.

En el trayecto de regreso, me detuve a admirar el paisaje y aproveché para leer el artículo que extraje del bolsillo: otro aviador llamado Byrd relataba cómo había volado –y luchado contra niebla y tormenta–, perdido durante horas buscando las luces de París. Me interesó tanto el tema que comencé a seguir todas las noticias sobre los adelantos de la aviación. Gracias a que olvidé que había tomado del conde ese interés por los aviones, pude seguir cultivándolo tranquila cuando tiempo después me enemisté mortalmente con él a causa del cuidado de Tomás. Recién muchísimos años más tarde logré atar cabos y reconocer que mi pasión por «los pájaros de metal» había sido provocada por el conde. Para ese entonces los enormes aviones de línea ya no llamaban la atención y la rareza eran las personas que todavía salían a verlos pasar.

*   *   *

Una noche, después de cenar con nosotros –cosa que sucedía en contadas oportunidades– la marquesa se retiró a dormir. Herbert y yo apagamos la luz de la araña con caireles que nos resultaba excesiva y nos quedamos tomando café, solos en la penumbra del gran comedor con paredes de roble. Yo hablé de mi hermano y volví a decir que tenía que ir a visitarlo a la prisión.

Escuchen ahora cómo Herbert intenta, con voz muy tierna, un nuevo argumento para disuadirme:

—Yo tengo que ir en noviembre por la firma de unos documentos, dejálo para entonces y vamos juntos...

—Mejor si voy antes y aprovecho para trabajar un poco. Atiendo los partos de primavera y después vuelvo con vos para las fiestas...

Me había ido quedando en «El Capricho» porque me resultaba una vida añorada, pero había empezado a sentir una ambivalencia: me gustaba vivir protegida pero me aterraba la perspectiva de perder el oficio y la clientela y terminar dependiendo de otros... Era buen momento para pasar una temporada en la Capital trabajando y, de paso, tomaría distancia para pensar qué me convenía...

Miren a Herbert que sonríe y me acaricia la mano:

—¿Y Tomás? Te va a extrañar demasiado... Aunque, ¡nunca más que yo!

—¡Pobrecitos!... Se pueden hacer buena compañía... —Yo he decidido tomármelo en broma.— Hablando de eso... ¿No tendrías que intentar vos otra vez que la marquesa pase un ratito por día con su hijo?

—Ya has visto... No hay nada que hacer...

—Sí, hay algo que se me ha ocurrido recién: digámosle que lo vamos a llevar con nosotros a la Capital, a ver si reacciona...

—No la conocés; no se le va a mover un pelo.

—Bueno, si vos la conocés tanto, yo mañana voy a empezar a pensar con seriedad qué diablos tengo que hacer en el futuro —digo, tomada por un bostezo que parece deformar mi pensamiento.

—¿Cómo mañana? —pregunta él, preocupado.

—Y... Sí... Ahora tengo sueño... Pero todas las noches me acuesto pensando que voy a tener que decidir qué hacer... De mañana, me olvido, y los días se me van pasando... No voy a poder quedarme acá eternamente... Al fin de cuentas, no es mi vida. Es una vida prestada...

—Es tan prestada para vos como para mí. La vida parece prestada en todas partes, ¿o no? —Él me mira en profundidad y me hace sentir que me quiere.

—No es igual para vos que para mí: yo no entiendo de los negocios de ustedes, hay tantas cuestiones que yo no sé... Por ejemplo, esos movimientos misteriosos de noche, que la gente comenta...

—De eso vamos a hablar, pero antes quiero saber: ¿no estás bien, Negra? —me gusta mucho cómo me acaricia la mano.

—Sí, por ahora estoy bien, pero tengo miedo de estar rifando mi futuro por quedarme apoltronada acá...

—¿Cómo apoltronada?... Cobrás un sueldo de la marquesa por todo lo que hacés como ama de casa, o de llaves, o como quieras llamarlo... Vos misma dijiste que eso era lo que ganabas los meses que más partos atendías... Si querés aumento, habrá que hablar con ella. Si es por el oficio... algunas clientas ya tenés en el pueblo... Y es seguro que van a venir más... —siento que me presiona la mano queriendo contagiarme optimismo—. Además, cuando nos tengamos que ir, nos vamos a ir juntos... Acá, al lado de la marquesa, nos va a ir bien; yo no tenía dónde caerme muerto y pasé a ser dueño... Nos podemos casar, así tenés tu protección, Negrita... Ahora vení —ha alzado mi mano y me hace poner de pie— que te voy a mostrar algo y te voy a explicar todo lo que yo sé...

—¿Ahora? Tengo sueño, alemán... ¿Qué locura querés hacer?

—Tengo que mostrarte, hace tiempo que te quiero mostrar... no quiero que sientas que te escondo secretos... Vamos a vestirnos... Ponéte pantalón y botas... El otro día me volviste a preguntar por los ruidos... Tenés que ver y saber... para decidir si te querés quedar... y si estás dispuesta a casarte conmigo...

Así fue como nos vestimos para salir a medianoche. Él se calzó un revólver en la cintura y partimos a pie rumbo al arroyo. Miren: falta poco para comenzar la primavera, la noche está templada, con la luna en cuarto creciente y el cielo como un mar de estrellas. Vamos a seguir la huellita que corre paralela al cauce del Arroyo del Perdido, que ha quedado bordeado por las dos hileras de sauces recién plantados. Entre las ramas lloronas de los árboles, veremos bajar el brillo tranquilo del agua dulce. Escuchen los ruiditos sosegados de la brisa en la naturaleza de la noche y algunos llamados de animales que nos resultan tan curiosos como poco identificables. Andaremos de la mano y en silencio, el kilómetro que hay desde la altura de la casa hasta el pequeño puente de piedra que une «El Capricho» con «La Nostalgia». Al cruzar el angosto puente de tres arcos y tomar el sendero que bordea la otra margen, comenzaremos a oír el jadeo del mar. Ahí estamos: hemos divisado la silueta sombría del faro, erguido en las rocas como un centinela ciego y empedernido. Escuchen cómo se oye de fuerte el sonido de las olas. Nos detenemos en la cima de un médano. Miren cómo nos sentamos sobre la arena fría y descubrimos maravillados como dos chiquilines que hay fosforescencia. Nos quedaremos un buen rato admirando la mágica luz de las noctilucas que iluminan el agua salada, no sólo en las olas de la rompiente sino también en el revoltijo que se arma allí donde el agua dulce del arroyo atropella el mar para metérsele adentro y unirse con él. Oigan cómo Herbert se ha puesto a hablar mientras descansamos y contemplamos el espectáculo de aquella noche excepcional:

—Como el faro está en tierras del conde, él lo usa a su santo antojo. Tiene contratado un farero, pero creo que sólo viene cuando hay movimiento, así que ahora podemos ver. Si no está o está dormido, subimos sin pedir permiso. Yo ya lo hice una vez, también de noche y a escondidas... Se domina un paisaje que parece de sueños y que te transforma... Vas a ver que no se olvida...

—No entiendo bien para qué funciona el faro...

—Bueno, eso es lo que te quiero explicar... Parece ser que el conde les dio una especie de «permiso» a algunas personas relacionadas con los ferrocarriles, que tienen una organización de comercio que viene de otros países... y que, como no pagan los impuestos, trabajan en forma clandestina... de noche.

—Eso en criollo se llama contrabando...

—Así es... El conde hizo un acuerdo con ellos para que la administración de los ferrocarriles le pusiera el servicio de tren hasta El Relicario como él necesitaba… Trató con esos de la banda de Bechstedt y Caravías que le hablaron de «una servidumbre de paso entre caballeros» porque el faro permite a los barcos descargar en el punto exacto y después subir la mercadería por el arroyo en botes…

–¡Suerte que es entre caballeros!…

–La marquesa dice que cuando ella vino no sabía que esto iba a ser así, pero que Arieta se lo explicó porque había sido el proyecto del anterior propietario…

–Algo así me dijo Nacha.

–A mí me preocupan estos negocios ilegales… Además, no lo puedo ni ver al conde y estoy seguro de que él cobra un porcentaje aunque no lo reconoce… Con el cuento de que tiene unas ovejas en pastaje en «El Capricho», nos ingresa unas sumas mensuales demasiado importantes… que deben ser para que callemos y no preguntemos más. La marquesa dice que a ella le ha ido bien con el conde y que no le preocupa lo que él hace ni debe preocuparme a mí, ya que lo nuestro está separado… Ellos hacen tres o cuatro desembarcos por mes y algunos más cuando empieza el buen tiempo… Debo confesar que no sé si me preocupo por lo que hace o porque lo odio…

–¿Y no se les dan vuelta los botes en la boca del arroyo, con esos remolinos de agua?

–Claro, tienen que hacer un trasbordo… Si te fijás, entre el arroyo y la estación hay una especie de explanada y ahí enfrente hay unos lanchones amarrados. Por un lado, usan los botes que bajan de los barcos para descargar la mercadería en la playa… Después, con las mulas de «La Nostalgia», llevan todo a los lanchones que esperan en el arroyo. No sé por qué a veces usan los motores y a veces hacen enfilar a las pobres mulas por el senderito y las hacen tirar de los lanchones hasta la estación del tren… A veces se oyen gritos porque es la forma que tienen de avisar que falta descargar o que ya está completo, pero también se oyen tiros que debe ser la forma de avisar que nadie se meta… De hecho, ni el conde ni nadie de acá se mete: hay una organización de hombres que vienen de afuera, parte en los barcos y parte en el convoy especial que llega antes que el barco. Ellos se arreglan.

–O sea que es más grave de lo que yo pensaba…

–¿Te parece? En cierta forma, yo ya me acostumbré. Aunque no le creo a la marquesa cuando me dice que ella no cobra nada de ese negocio…

–¿Y qué traen?

–De todo. Por ejemplo, esas tazas de porcelana inglesa que tanto te gustan y que no tienen platos, son una muestra: venían en una caja que se les cayó al mar y que apareció luego en la playa con la mayor parte del contenido roto.

–¡Qué locura! ¡Vamos a terminar todos presos como mi hermano!

–Vos no tenés nada que ver…

–Salvo que estoy con vos y que vos sos el prestanombre de la marquesa… ¡Vaya uno a saber qué hizo antes y por qué no quiere figurar en nada ni hablar de su pasado!

–Bueno, ese tema no tiene salida… Vení, vamos a subir al faro…

Subimos a tientas los ciento ocho escalones después de constatar que el farero no estaba. La oscuridad no era absoluta porque el faro tiene cinco pequeñas aberturas redondas que a través de los vidrios cubiertos con salitre dejan pasar un poco de luz de afuera. Seguramente todo sigue igual en el Faro Ciego. De noche, cada dieciocho escalones uno encuentra un reflejo mortecino que ilumina apenas una pequeña superficie, a causa de la espiral de la escalera. Allí nos deteníamos a apaciguar la respiración y a disfrutar de los pálidos círculos con su tenue encanto de luna: en cada uno de esos descansos él me abrazaba y me besaba. Después del último escalón de piedra, trepamos la escalerita de hierro oxidado y salimos por la puertita –que se quejó con un chirrido– a la estrecha galería que rodea el faro como un anillo encajado en el dedo de un gigante. Una vez afuera, sentimos primero el cachetazo del aire y luego el vahído de la altura. La oscuridad tiene algo circular. El cielo y el mar parecen una sola concavidad. Vean cómo, tomados de la mano, nos apoyamos de espaldas contra la pared y nos quedamos en silencio, mirando las estrellas. Ahora nos asomamos con cautela para mirar hacia un lado y hacia el otro por encima de la reja. Observen que la playa parece una larga tela que sube hacia el cielo y se pliega hacia el agua. Vean cómo hablo. No recuerdo qué estoy diciendo, pero él ríe y me abraza y nos embriagamos de aire y de caricias y sentimos que la altura acelera la atracción de nuestros cuerpos, como también la imaginación para excitarlos y… va a ocurrir lo que una mujer como yo jamás hubiera soñado que podía suceder allí arriba.

Han pasado tantos años y sin embargo les puedo decir que el recuerdo de aquella noche tuvo una influencia decisiva en mi vida, tal como me había anunciado Herbert. No sólo me transformó y no la olvidé, sino que ese paisaje y aquellas sensaciones me inspiraron más de una vez para volver y después para terminar optando por quedarme aquí para siempre.

¿«La donna è mobile…»?

Pocos meses después del nacimiento de Tomás, la marquesa volvió a quedar embarazada. Lo que más llamaba la atención en aquella época era que no se avergonzara ni intentara disimularlo. Ella decía: «Mira cómo estoy gruesa» o «Tengo mi estado interesante» y –muerta de risa– lucía su panza como una muestra más de su culto a la osadía y a la libertad. Continuaba visitando al conde con cierta regularidad y por lo general con alguna coquetería de sombreros y flores. Pero entretanto Herbert y yo habíamos notado que dos o tres veces a la semana las baterías se descargaban por completo, porque las luces del escritorio quedaban prendidas hasta muy tarde y, justo antes del canto de los gallos, se oían unas inconfundibles pisadas que no lograban ser sigilosas. Al asomarnos, habíamos visto el monumental cuerpo de don Gerónimo que se alejaba sin prisa, como si volviera de una ronda de control de madrugada. Lo cierto era que la marquesa había estrechado la relación con su parsimonioso administrador gracias al desarrollo de una vertiente nocturna de la relación de trabajo. Ni Herbert ni yo podíamos comprender qué encanto le encontraba la marquesa a ese hombre pelado, voluminoso y cubierto de lunares que tenía tantas grasas sobrantes como falta de gracia. Un día, riendo, dije:

–Hay alguna gente que tiene sus encantos ocultos.

–Hay otros que se dedican a buscar siempre los encantos más

ocultos y por más que no los haya… –respondió Herbert con notorio malhumor.

–¿Será que le gusta sentir todo ese peso encima? –pregunté como para probar hasta dónde le importaba a Herbert y, cuando él se sumió en el silencio y dio por concluido el tema, supe que había ido demasiado lejos.

El cuidado de Tomás fue quedando en manos del ama de leche, con mi ayuda y la de Herbert. Gracias a todas las ocupaciones que se imponía de día y de noche, la marquesa se desentendió con toda naturalidad de la crianza del chico. Ella siempre estaba en otra cosa. Como el ama de leche era muy dormilona, con frecuencia desaparecía bajo el peso somnífero de un magnífico edredón del que se había apropiado. La combinación de aquel edredón con mi buena disposición dio como resultado que yo me fui encariñando cada vez más con el bebé, mientras ella se desquitaba del cansancio y el sueño del amamantamiento. Comencé preocupándome por distinguir las sutilezas de los gemidos y los matices del llanto. Al principio Herbert me decía, de distintas formas, que me quedaba bien eso de ser madre y que esperaba algún día tener un hijo conmigo. Yo, de diversas maneras, le contestaba que más le valía olvidarse de ese proyecto porque ya estaba demasiado vieja y además parecía ser que no necesitábamos hacerlos nosotros por nuestros medios ya que los hijos venían sin encargo. Pronto los gestos y las gracias del bebito –que cada día era más pelirrojo y más pecoso– le fueron ganando el corazón: primero quedó fascinado por un bostezo, luego por un puchero y más tarde por sus sonrisas. Poco después, se acercaba a propósito para que Tomás se prendiera de su nariz y de los pocos pelos que le quedaban. Todavía hoy me emociono al recordar esas escenas porque nunca nada me enterneció más que ver a Herbert –con su corazón de oro– encariñándose de las criaturas que iban quedando a nuestro cargo. Sin grandes aspavientos comenzó a compartir conmigo la crianza y en poco tiempo se sintió tan ligado a Tomás que tendía a actuar y pensar como si se tratara de su hijo. Un día confesó, enojado consigo mismo, que le significaba un esfuerzo mental recordar que Tomás era hijo del conde, alguien a quien él seguía considerando un enemigo, a pesar de ser socios y de la aparente distensión que eso había creado.

Miren esto: es un día de malhumor, estoy cabreada con la indiferencia de la marquesa y he ido a quejarme porque la nodriza se pasa el día durmiendo y no colabora en nada.

–Debe ser una rumiante –contesta risueña la marquesa.

Vean, con cierta preocupación por mi enojo, porque se da cuenta de que no he sonreído, tuerce la boca y agrega:

–A mí la Madre Naturaleza no me lo dio lo instinto maternal… ¿No cree que tiene que ser un poco vaca de la cabeza, la lechera? –Muchas veces ella hacía eso: largaba una sentencia, agregaba una pregunta que no pretendía tener respuesta, espantaba una mosca con la mano y se iba o cambiaba de tema. Ya no me acuerdo qué hizo ese día, pero sí que me quedé pagando, como se dice vulgarmente.

Lo cierto es que nadie se había preocupado por inscribir el nacimiento de Tomás. Recuerdo que él ya se sentaba y mostraba sonriente su pachorra contemplativa y glotona cuando comentamos que alguien iba a tener que ocuparse del tema porque el «pobrecito» todavía no había merecido un apellido. La marquesa, que no firmaba escritura alguna a su nombre porque no quería develar su identidad, tampoco parecía dispuesta a acudir al Registro Civil a documentar una maternidad que no le interesaba defender. En el caso del patrimonio, ella había decidido que Herbert apareciera en su lugar.

–A vos ti toca ser «el propio-otario» –decía en un juego de palabras que había inventado Herbert.

Ella le había cedido la titularidad de sus propiedades contra un simple papel –de validez relativa– que guardaba en la gaveta del escritorio. En ese documento privado Herbert Wulf había escrito y firmado, de su puño y letra, el siguiente texto, redactado vaya a saber por quién: «Por la presente doy fe de que sólo el cincuenta por ciento de todo lo que figura notarialmente a mi nombre es en realidad mío, y que ese cincuenta por ciento fue adquirido en parte con fondos provenientes de un premio de la Lotería Nacional y en parte por donación de "la llamada marquesa". La otra mitad le pertenece a ella, aun estando a mi nombre».

Miren, estamos festejando el primer cumpleaños de Tomás, que vive con nosotros en el ala este de la casa. La marquesa ha acudido muy contenta con un magnífico regalo: es un trencito con estación y vías que Herbert va a armar. ¿Ven cómo luce la barriga de su segundo embarazo bajo una amplia blusa color vino? Por su gran tamaño parece estar en término. Ella se detiene muy oronda, echa hacia atrás el pelo rojo que lleva suelto y dice:

–Hay muchos motivos para celebración.

Se refiere a la noticia que ha recibido pocas horas antes. Esa mañana –justo al cumplirse el primer aniversario de su anterior parto– accedió a dejarse revisar. Antes, se había negado varias veces, diciendo por ejemplo:

–¡Ni el pensar! ¡Ya sé, tú encuentras algo raro y no me dejas montar!

Retrocedamos un poquito hasta esa misma mañana, cuando ella regresa preocupada de su cabalgata e irrumpe como una ola de malhumor en la cocina:

–No sé lo que pasa, pero mi aparece que ya bajó y no me deja trotar más… Es demasiado antes, no lo entiendo…

Nacha, Herbert y yo, que estamos ocupados –en una ronda– estirando nuestros brazos en dirección a Tomás, apenas nos interrumpimos, sólo para no ignorarla. Enseguida retomamos el desafío, convencidos de que, con un poco más de incentivo, el chico puede empezar a caminar en su día.

Miren, con la fusta un poco arqueada sujeta por ambas puntas sobre la barriga, las botas llenas de arena y la blusa como una carpa por encima de los *breeches*, la marquesa observa las piernas rollizas de Tomás y la falta de decisión en su rostro y agrega:

—Déjanlo en la paz, que no camina por muchos meses eso niño...

Luego muerde su labio inferior, pone cara de haberse portado mal y murmura, mirándome:

—Venga mi ver, así nos sacamos las cibollas...

Nacha y yo nos miramos sin entender y cuando ella ya se había ido, Herbert nos dijo:

—Quiso decir «las dudas», quiere sacarse las dudas porque no se siente bien.

Muchos años después la marquesa cometió otra vez el mismo error y entonces Herbert me explicó que en su lengua de origen se parecían ambas palabras.

Como partera sentí una gran responsabilidad cuando comprobé que esa vez la marquesa no andaba sangoloteando una criatura en su vientre, sino dos. Recuerdo como si fuera hoy que exclamé:

—¡Son mellizos! ¡Y usted descuidándose de esta manera! Yo me voy hoy mismo si usted no comienza una vida tranquila con mucho reposo. Además, no sé cómo vamos a cuidar tres niños.

Estaba muy contrariada y ni siquiera pensé en contenerme. La marquesa, en cambio, perdió su preocupación y pareció alegrarse sinceramente.

Mírenla: primero estalla en una risa exagerada que pretende ignorar mi reproche, y luego, con espíritu travieso, dispuesta a transgredir todas las convenciones, quiere contagiarme el ánimo de fiesta que la ha invadido:

—Boino, boino, boino... ¡No se preocupe, Eulialia! ¡Si es sólo eso! Yo apensé que era uno diabolo insatisfecto... porque había como una pelea ahí dentro desde la mañana tempranito... Hasta lo caballo se puso nervoso... Está boino que pelean todo antes de salir, así ya salen amigos para después. ¡Dos veces mejor son dos! ¡Mejor para mí y mejor para ella!

Yo no tengo por qué saber a quién se refiere y la marquesa enseguida me lo aclara, bajando la voz con cierta teatralidad:

–Doña Clemencia no sabe lo que hacer para tener hijos... ¡Se los vamos a mandar a regalo, con bombas y plantillas...! Queda tranquila que ió me cuida y todo salga bien.

* * *

Ese segundo parto se adelantó bastante a los cálculos hechos por nosotras dos en distintas oportunidades con la ayuda de un calendario apergaminado, tomando como base la única menstruación que había tenido la marquesa después del nacimiento del primogénito aún no reconocido.

El día que nacieron las mellizas resultó ser un día de concordia porque el país festejaba el centenario de la paz con uno de los países vecinos y en París se firmaba un Pacto Antibélico. Aquella mañana de «magnas celebraciones», la marquesa se preparó entonando fragmentos de óperas italianas y luego, cuando llegó el momento, bramó una y otra vez esos mismos pasajes ante el placer del parto que le tocaba por partida doble. Dio a la luz del mediodía dos niñas idénticas, salvo por unos mechones de pelo rojo que tenían arriba de la frente, una a la derecha y la otra a la izquierda. Aunque eran mucho más feas que Tomás, la marquesa no las miró con mayor rechazo y resentimiento que el que le había dedicado a él al nacer. Enseguida dio instrucciones para que la «Cabeza de Vaca» llevara las niñas en dos canastos –que había mandado preparar llenos de volados y moños– hasta la casa inglesa frente a la estación. Dijo que allá les iban a elegir los nombres. Quiso agregar una tarjeta que decía «En un día de Paz» y en el reverso hizo anotar que la del mechón a la derecha había nacido primero.

Es don Gerónimo el que sale a recibir los canastos. Miren cómo toma uno con torpeza y, nervioso como un colegial portando el estandarte el día de la bandera, hace pasar al ama de leche con el otro moisés. A través de la puerta que ha quedado abierta se oyen las expresiones de júbilo y emoción de doña Clemencia, que suenan como trinos de pájaros desafinados. Esos grititos de alegría son su primera reacción. Enseguida se van a transformar en un llanto incontrolable. Según la nodriza, las mellizas se contagiaron, llorando por primera vez a dúo y, cuando don Gerónimo le advirtió a su mujer —en tono grave y terminante— que si no iba a estar agradecida él las devolvía de inmediato a la marquesa, Doña Clemencia se calmó al instante y se puso a atenderlas con toda la serenidad y la dulzura que las criaturas necesitaban. A partir de ese día, para demostrar su gratitud a don Gerónimo, ella siempre le decía:

—Usted ha encontrado la mejor solución, usted sabe administrar muy bien las dificultades.

Otros adoptaron esa frase, que se hizo célebre para hablar en sorna del administrador.

Durante las semanas siguientes, la marquesa usó hasta el cansancio una victrola ortofónica portátil que el conde le había traído de la Capital y que ella se hacía trasladar al baño, a la galería y al jardín. Desde lejos, yo la oía acompañar las grabaciones con su voz y cada tanto reconocía dos óperas que me recordaban el nacimiento de las mellizas. Como distinguía algunos tramos que la marquesa había cantado jadeante y eufórica, averigüé los nombres de esas obras y por eso, muchas veces en broma decía «Rigoletto y La Traviata» cuando mencionaba a las mellizas.

* * *

Cumplida la cuarentena, Herbert y yo descubrimos que la marquesa había emprendido nuevas andanzas y que esa vez el elegido de turno era Nicanor Guerra, el petisero, un petiso retinto, ocurrente y apasionado —carbón con chispa y fuego— de quien decían que hacía honor a su apellido porque con cada mujer intentaba algún lance o algún embate. Yo era testigo y no excepción. La situación nos resultaba molesta y sin embargo después me di cuenta de que nos fuimos acostumbrando hasta que tomamos la necesidad de la marquesa de copular y procrear a mansalva como algo tan comprensible como inevitable. Fue en esa época cuando ella diseñó y mandó construir esta caballeriza de verano con forma de barco, aunque, por alguna razón que ahora no recuerdo, demoraron tres años en hacerla. Después les voy a contar por qué quedé viviendo en esta construcción. También por ese entonces comenzaron a circular los distintos apodos de la marquesa. No se sabía quién los inventaba, pero cada tantos días se agregaba un nuevo mote a la larga lista de sobrenombres con los cuales la gente de la estancia y del pueblo comentaba –y se burlaba de– sus extrañas costumbres. Creo que los primeros apodos fueron «Corazón Seco» y «Vientre Caliente». Ya no recuerdo en qué época surgió cada uno pero hubo muchos más: «Yegua Madrina», «Yeguata», «Potra», «Caballa». En algún momento se agregaron los nombres de famosas yeguas de carrera de la época como «Flechera», «Signorina», «Escobita», «Monserga»... Con el correr de los años, la lista fue creciendo, pero dos nombres –«Pura Sangre» y «Signorina»– prevalecieron y se consagraron como los predilectos. Al principio Herbert se enojaba con aquella afición en la cual todos se deleitaban y querían ejercitarse. El deporte consistía en nombrar con ingenio la triple e incontrolable pasión de la marquesa por los hombres, los caballos y los partos. Con el correr del tiempo y el aumento de la prole, el mismo Herbert tuvo que reconocer que el apodarla no era más que una forma simpática de tomar con humor aquella condición estrafalaria de la marquesa que también había inspirado la siguiente frase de un peón: «ella se anota en todas las carreras y en todas pierde, aunque con cada uno sale ganadora...».

Miren, esto ocurre cuando ya se acerca el primer cumpleaños de las mellizas... La marquesa me ha convocado para controlar su presión sanguínea y los latidos del corazón del nuevo vástago que va a nacer en una luna. Ella está echada y yo le hablo con un oído hacia el cielorraso y el otro en la corneta auscultadora:

–¿Hasta cuándo va a seguir así? Se va a arruinar el cuerpo... ¿Todos los años piensa traer hijos al mundo para dejarlos en manos de las Cabezas de Vaca?

—¡Pünctualmente! Soy avestruz que tragó reloj en lo útero... Deja pasar cuatro meses y «¡Apunta, fuego!» —La marquesa ríe mirando al techo:— Tenemos lo coerpo para usarlo... Si desgasta más la máquina que no si usa... ¡Que no hay que gastar es lo espíritu!...

Ella ha sentenciado y mueve los ojos como dos molinetes. Vuelve a reír con ganas y yo siento cómo el corazón de la criatura se acelera con la risa de la marquesa.

—¿Y qué vamos a hacer con este niño?

La marquesa suspira y me dedica una sonrisa capciosa:

—Si es mujer, no hay problemas. Blanca tiene cinco niños y echa culpa en Nicanor que no sabe hacer mujeres... Cuestión es nena, Blanca no tiene la razón y le damos a premio una hija.

Yo no quise preguntar qué iba a suceder si era varón porque sabía que ella me iba a responder, tajante como siempre: «Si quiere adelantarse a los fatos, piense a una solución». De todas formas, estaba decidida a no pensar más soluciones para los problemas que ella inventaba. Sentía que recrudecía una gran confusión que alimentaba el proyecto de marcharme. Recuerdo hechos y sentimientos relacionados: Herbert andaba malhumorado sin razón aparente... yo sabía que él padecía de celos y que su sufrimiento había aumentado desde que la marquesa andaba con el petisero... la gente hablaba mucho... decían que Nicanor era un gran jinete... sobre los pingos y también en la catrera... Yo me sentía cautiva de la situación: seguía pensando que no me convenía casarme, pero tampoco me convenía quedarme así, sin un futuro claro y desatendiendo todo lo que había construido por mí misma... Hacía dos meses que había regresado de la Capital, de visitar a mi hermano... Estando allá, había extrañado mucho, no sólo las personas —incluida la marquesa, por qué no decirlo— sino también el paisaje y las comodidades, y me había sentido muy desaclimatada... Tanto es así, que había regalado todo lo que no podía trasladar para no seguir pagando el depósito que había hecho contratar al dueño de la pensión donde antes vivía. Pero, desde mi regreso, me mortificaba la idea de quedar atrapada sin alternativas y tan alejada de mi hermano, quien había confesado que me necesitaba... Herbert, como buen compañero que era, me decía: «Tenés que ir todas las veces que sea necesario. ¿Una vez cada tres meses? ¿Cuántas veces necesita él que vayas?»

Cuando faltaban sólo dos semanas para comenzar la primavera del año de la Gran Depresión, a la marquesa se le anunció el parto junto con el mal tiempo. Mientras afuera arreciaba una tormenta eléctrica vespertina, ella coronó sus cantos epopéyicos con gritos de aleluya y aplausos entusiastas, al comprobar que acababa de traer al mundo una niña. Yo me alegré con ella, por su excelente desempeño, por el sexo de la criatura y porque me apresuré a creer que una vez más íbamos a salir del parto sin complicaciones. Les confieso que en estas lejanías y sin ayuda, siempre vivía los partos pensando en su salud y en la posibilidad de que se me muriera. Miren, mientras yo la cubro con la manta escocesa, ella dice satisfecha, sin dejar de tiritar:

—Nicanor ha gañado una discusión y Blanca una hija. Que la lleven rápido en casa de ella.

El temblor duró mucho más de lo normal y llegó a preocuparme seriamente porque la marquesa, en lugar de descansar, hizo prender la radio para seguir la información sobre un buque cuyo destino la ponía muy nerviosa. Se trataba del *Highland Pride* que había encallado en Punta Lameda, cerca de la entrada del puerto de Vigo, en medio de una tormenta lejana. La excitación del parto se le había pasado muy rápido y no había hecho comentarios sobre su hazaña como en las oportunidades anteriores. Mientras su cuerpo temblaba como una hoja, ella sólo hablaba de las «contsecuentcias» de las tormentas. Parecía obsesionada. Por un lado, estaba atenta a los truenos y los rayos locales, repitiendo que la tormenta eléctrica iba a traer las lluvias que todos esperaban después de la larga sequía que afectaba los cultivos... Por otro lado, estaba atenta a las noticias de la radio, preocupada por la fuerte tormenta de mar que, en las costas de Galicia, ponía en riesgo la vida de los tres toros que había mandado comprar en Europa como reproductores de primera y que estaban embarcados en el *Highland Pride*... Por la radio decían que las olas amenazaban destrozar el buque contra los arrecifes si no se conseguía hacerlo zafar... y no había forma de hacer que la marquesa durmiera un rato.

A la Cabeza de Vaca de turno la habían mandado hacia la casa de los Guerra con la niña en un moisés decorado con encajes y cintas y un ajuar completo en un gran canasto, mientras la marquesa seguía preocupada por la vida de sus toros y la humedad de sus cultivos y continuaba entrechocando involuntariamente sus rodillas. Yo pasé toda la noche en vela con ganas de romper la maldita radio y preguntándome qué hacer. Por fin, los temblores desaparecieron a la madrugada.

La tormenta eléctrica había pasado sin lluvias y el agua se hizo esperar una semana más. Mientras guardaba cama, la marquesa siguió preocupada por la sequía y por las alternativas del naufragio de los tres reproductores. Le costaba sintonizar noticias del buque, pasaba todo el día pendiente de eso y su humor iba variando de acuerdo con las novedades. El primer día quedó expectante cuando consiguió oír: «los pasajeros y la tripulación han abandonado el barco que la mar gruesa golpea furiosamente contra las rocas...». El segundo día desfalleció y supuso que los toros se ahogaban cuando oyó por la mañana: «las bodegas se han inundado...». Por la tarde, renació su esperanza cuando la voz con acento español dijo: «trabajan para salvar el ganado ubicado en la cubierta de popa». Por la noche rió cuando informaron: «un pasajero que viajaba clandestino se desvaneció al ser descubierto en uno de los botes de emergencia...». Al final, despotricó y se levantó indignada para apagar la radio, al tercer día del parto, cuando una voz dramática dijo: «el barco se hunde poco a poco levantando la proa, a medida que se sumerge la popa donde quedó apresado el ganado...».

—Dentro de todo, no es un castigo tan grande que se te mueran tres toros, y gracias a eso, apagaste ese aparato infernal, que nos estaba por volver locos a todos —le dijo Herbert cuando fue a jugarle al ajedrez y ella se lamentó por los reproductores.

* * *

A los tres meses de nacer Azucena Guerra, hubo una flor de pelea entre Blanca y doña Clemencia. Estuvieron a punto de arrancarse el cuero cabelludo, además de propinarse golpes, rasguños y mordiscos a raudales. Todo comenzó porque alguien tuvo el mal tino de decirle a Blanca que Clemencia había dicho que la marquesa le iba a quitar la hija por maleducada. Allá fue Blanca, que no tenía pelos en la lengua y se mostró dispuesta a perder todos los que tenía en la cabeza. Llegó hecha un torbellino de insultos y palabrotas a la casa que antes había sido del jefe de estación inglés... Fue decidida a defender a su beba de rizos rubios y ojos de malaquita, pero también su dignidad. Le dijo de todo a Clemencia, menos la palabra de cuatro letras que según ella no se merecía:

—Y te digo caraja porque es lo que sos... No servís ni para eso, que es lo más fácil y lo más natural... Ni siquiera te merecés el insulto más vulgar, el que nos echan a todas para mentarnos...

No paró de gritar hasta que Clemencia inició la riña de gallinas con un arañazo de gata y sin hacer el menor honor a su nombre... Rodaron por el piso y las tuvieron que separar los vecinos para que no se mataran a dentelladas, una negra y dura como india montaraz a pesar de su ambigua gracia, la otra blanca y blanda como quesillo sin cuajar de cabra holandesa, las dos con las manos llenas de cabellos ajenos...

El pueblo entero repitió lo que Blanca había gritado hasta perder el aliento:

—Yo le empresto mi hombre a la gringa para que sepa lo que es güeno, para que vea cómo monta un buen jinete... Si total no me lo gasta... Al contrario, al Negro me tienen que ayudar a cansarlo, y bien orgullosa de él que estoy... La «Signorina» ha de ser igual, no la cansa nadies... Se echa de ver que ellos nacieron para eso... ¡Y vos parece que nacistes cansada y sólo servís para andar hablando de más! Le das mucho a la lengua porque de abajo andás fallada... Cerrá el pico de una buena vez, si no querés que te lo parta a patadas, que el tuyo se va a otro colchón por falta de atención... ¡y no porque le sobren güevos!

La marquesa siempre me mandaba llamar cuando le parecía que yo podía serle útil. Aquel día me llamó y, como ya tenía varias versiones de la pelea, me preguntó:

—¿Vos qué piensas en eso problema de las mujeras?

—¿Quiere mi opinión sobre las causas o sobre las consecuencias?

—Causas son así: Kerónimo es ciloso... en razón que Nicanor sabi hacer cosas que nadie sabi... Todo lo que si habla de Nicanor e verdad, que se guelga a los árboles, que puede hacer cosa gálopando... e verdadero malabarista en amor... Y a Kerónimo, que siempre falta montura, eso no tolera... Non e problema de polleras, Eulialia, e problema de pantalones... La gente gusta mucho hablar, y ió gusta mucho dar hablar, Eulialia... Las mujeres como cotoras en los éucaliptus... ¡Tenga suerte que Graf no tiene esposa! Si no, grandes líos tenderíamos... Y contsecuentcias, ¿qué digan por ahí?

—Clemencia anda llorosa, pelada y dolorida, diciendo que ahora usted va a tener que echar a Nicanor y a su familia.

Entonces la marquesa dijo riendo:

—Claro, si ió echa a Nicanor, Clemencia sará profeta... Nicanor e puro imaginación, y non se va porque a Kerónimo se le mete a la cabeza, porque él e puro necesidad... No quiero más malos: ni malos dichos ni malos entendidos... Se intiera toda la cosa y santo si acabó... Si tenga que ir alguien, va Kerónimo.

Como Herbert y yo le habíamos dicho que tenía que ocuparse de sus hijos, la marquesa había establecido la costumbre de enviar regalos los domingos. Aunque era miércoles, al día siguiente de la pelea mandó una gran canasta con frutas, dulces y ropa a casa de los Guerra y por la tarde detuvo su caballo frente al puesto, para saludar a los hijos de Blanca y Nicanor que jugaban por allí y les encomendó que le dieran saludos a su madre. A casa de los Ferro mandó una caja de madera de ébano con dos pequeños elefantes de marfil y plata, acompañados por una nota donde decía: «Puedan traer niñas a pasear por el parque y a conocer regio estanque, donde ya pusimos muchas lindas plantas acuáticas».

Doña Clemencia llegó al día siguiente y dijo que venía a ventilarse con las mellicitas. Acompañada por una niñera tuerta, las traía cubiertas de moños y bordados. Llegó haciendo ostentación de las huellas que le había dejado la trifulca con Blanca. Pero la marquesa no estaba y yo no presté mayor atención a las moraduras rosáceas y a los surcos de uñas ajenas que Clemencia pretendía mostrarme... Me limité a informarle que la marquesa había mandado regalos a lo de Blanca también, porque esperaba que no hubiera más maledicencias y malentendidos...

¿Encantos orientales?

Durante la primera semana de diciembre del año de la Gran Depresión, llegó a «El Capricho» un comerciante de caballos del sultanato de Neyed.

—Éste también cae en las redes de la marquesa... —me dijo Herbert con expresión de malhumor cuando vio cómo ella recibía al vistoso árabe de piel reluciente y ojos rasgados.

—Estás ensayando tus dotes de visionario, sin tomar demasiados riesgos...

—Bienvenidas todas las razas que quieran poblar con ella este suelo...

—En la variedad está su gusto...

—Tenemos tres chances todavía: la mejor, que sea impotente; la segunda, que sea estéril; la tercera, que a ella le fallen los cálculos del período...

Me molestaba que Herbert se pusiera cada vez más celoso de las compañías de la marquesa, pero apreciaba mucho que conservara su sentido del humor cuando a los dos nos preocupaba la irresponsable perspectiva de un nuevo parto.

El árabe se hacía llamar Abdal Halaifa. Miren: llega una mañana de brisa suave, que hace ondular su delicada túnica de seda, dándole un ritmo lánguido y lejano a su estampa de sultán. Observen cómo el sol matinal brilla en los pliegues de su turbante y desprende un hálito mágico a su alrededor. Fíjense cómo mira después de entornar los párpados con lentitud, en un movimiento que evoca vientos y desiertos. Ahora fija la vista, encendida por una antigua fuerza de caballos en tropel. Ha llegado con la intención de permanecer unos días pero se quedará más de un mes.

Era uno de los principales exportadores de caballos árabes de pura sangre. Había aceptado la invitación del conde y la marquesa, que ya eran sus clientes, porque ellos le ofrecían asociarse en «un interesante negocio». Pronto descubrimos que él estiraba la discusión con el conde —sobre las condiciones en que le convenía asociarse en un haras— para disfrutar más tiempo de los placeres que le brindaban la playa, el campo y la marquesa.

Miren, ésta es la primera reunión que mantiene a solas con la marquesa. Están en la terraza, bajo la sombrilla, frente a un abundante desayuno con frutas y panecillos de centeno, una de las especialidades de Nacha que él va a ponderar. Él ha comenzado a hablar en un inglés lento y dubitativo, matizado con miel y quesillo. Con las dificultades propias del precario inglés que aprendí en las misiones y de la distancia desde la cual escucho, comisionada por Nacha y por Herbert, alcanzo a comprender que dice ser nieto de un famoso mercader y que guarda gran admiración por su abuelo. Explica que, a pesar de haber nacido en un pueblito de la costa de Italia, su abuelo se transformó en un verdadero musulmán, adoptando el nombre de Sakadim Ubdaif. Observen con qué interés lo mira la marquesa mientras él habla largo rato de su abuelo. Fíjense que en su expresión se nota que lo admira, no sólo por lo que cuenta y cómo lo cuenta sino porque le ha parecido que está hablando de sí mismo: se ha dado cuenta de que el árabe domina esa forma elegante y pausada de estar en el foco de atención y ponderarse sutilmente.

—Fue un hombre muy sensible y muy inteligente —dice— y por eso fue flexible: se asimiló a las costumbres musulmanas y llegó a tener un completo dominio del idioma... Era además un gran dibujante. Pasaba largos días bajo las tiendas y largas noches bajo las estrellas, en el desierto... Dibujaba todos los caballos que compraba y todos los que no le querían vender a ningún precio; dibujaba los caballos que imaginaba y no cejaba hasta encontrarlos... Hizo amigos en todas las tribus y fue aprendiendo, con su tesón de inmigrante y converso, los puntos finos del pura sangre. Era el único europeo que podía atravesar el desierto en todas las direcciones sin peligro... Cruzaba el mar de arena del Gran Nafud con los caballos y vivía con los nómades... Adquirió el espíritu aventurero y el coraje de ellos... También aprendió la astucia y la sagacidad de los beduinos. Sirvió a muchos gobiernos que apreciaban sus especiales condiciones de experto y su posición privilegiada, a caballo entre la cultura árabe y la europea... Así, fue comisionado para adquirir padrillos árabes para los establos de Napoleón III y Vittorio Emanuel II. Se decía de él que seleccionaba los sementales sin errar... y que podía hacerlo con los ojos cerrados: sólo le hacía falta oír los cascos sobre distintas superficies y los resuellos del tranco, el trote y el galope, con sus ecos ventrales... Después hacía el dibujo del caballo y era exacto, ni siquiera necesitaba indicaciones sobre el pelaje...

Al cabo de ese largo parlamento sobre su abuelo, en el cual ha mezclado la historia con la imaginación como un prestidigitador, Abdal Halaifa dice:

—Los europeos, al igual que los caballos, mejoran su raza por cruza con árabes.

Miren cómo ríe la marquesa. Y cómo Halaifa la mira reír y mueve sus ojos en unos lentos movimientos ondulantes que la van envolviendo como una caricia hipnótica, hasta que agrega:

—En efecto, mi abuelo europeo decidió cruzarse con una beduina para mejorar su descendencia...

Ahora vean cómo la marquesa echa hacia atrás su pelo de fuego y estira su largo cuello hacia adelante como una garza, desafiante bajo la luminosa sombra del parasol, para preguntar:

—Es posible mejorar a alguien tan sensible, tan inteligente y tan flexible como su abuelo...

Observen cómo Abdal Halaifa contesta con un cabeceo suave y risueño:

–La respuesta la tiene usted muy cerca, sólo hace falta que se apodere de ella...

Fíjense que la marquesa lo mira desconcertada. Él se pone de pie, deja la servilleta prolijamente doblada sobre la mesa y pide recorrer los jardines. La marquesa va a recobrar su sangre fría y va a preguntar, riendo mientras bajan los escalones en dirección al bello estanque recién inaugurado:

–¿Ha hecho ensayar usted a alguna europea la teoría de su abuelo?

Abdal Halaifa no va a reír. Dirá con sencillez y mirando hacia el horizonte:

–Usted es una europea muy especial y para que pueda comprender la emoción que me inspira en este momento, le prometo hacer algo que jamás he hecho antes con ninguna mujer: le voy a enviar como regalo y testimonio, la mejor yegua y el mejor padrillo que tengo en mi propio establo.

Abdal Halaifa cumplió con su promesa después de marcharse. Para ese entonces la marquesa ya había averiguado que su nombre y el de su abuelo eran grotescas formas occidentales de sus verdaderos nombres árabes. Ella recibió emocionada el envío porque jamás había tenido unos ejemplares tan perfectos como la yegua llamada Jaaifa y el semental que bautizó como Uakim. Con ellos mejoró mucho su caballada y nunca quiso hacer caso a lo que le aconsejaba el Graf: venderlos o cederlos por un tiempo determinado al dueño de un famoso haras, que se manifestaba muy interesado y dispuesto a pagar una fortuna. La marquesa había aprendido muchísimo de Abdal Halaifa sobre las cualidades de los pura sangre y decía que no iba a «prostutuir» esos regalos. Abdal le había contado las supersticiones referentes a las marcas y a los pelajes, que él repetía porque las conocía por tradición familiar y le parecían divertidas, aunque no creía en ellas. La marquesa las adoptó y entretenía a más de un invitado con esas historias y las deformaciones que les introducía. También adoptó las mismas palabras que Halaifa usaba para juzgar a los caballos: cuando veía un animal ordinario decía con desprecio «kadisha», a los de calidad intermedia los perdonaba con el término «shalat», mientras que para los mejores ejemplares reservaba la palabra «asl» que pronunciaba con verdadero respeto y haciendo una involuntaria reverencia.

A mí me cayó bien el mercader, pero no tuve oportunidad de conversar con él porque tenía programado viajar para ver a mi hermano justo cuando él llegó. Según Herbert a él le tocó hablar con Abdal Halaifa porque éste le había manifestado a la marquesa su deseo de llevarla con él y ella le contestó que las reglas locales indicaban que debía pedir permiso a Herbert por ser su hermano. Él contó que se sintió confundido y reconocido a la vez, porque era otra picardía de la marquesa. Herbert reía a carcajadas y me decía que habían pasado cosas increíbles en mi ausencia... Decía que había atendido el pedido del comerciante árabe y le había preguntado: «¿Para su harén?». Según Herbert, Abdal Halaifa enseguida dijo que si eso era un problema, él era capaz de adoptar las costumbres occidentales y dejar a sus otras mujeres por ella. Entonces Herbert, que según dijo quería divertirse a costa de los desarreglos de la marquesa, aunque sólo fuera por una vez, le explicó al árabe que la marquesa misma ya tenía un harén. Con gestos y mezclando su escasísimo conocimiento del idioma inglés con algo de alemán, dijo que le había informado que él iba a ser el cuarto después del conde, de don Gerónimo y de Nicanor, que la compañía no lo iba a honrar, que podía ser favorito por un tiempo, que cada año ella se reproducía, que no siempre elegía bien, que nadie perdía derechos y que si tenía hijos, él decidía qué hacer con ellos si pagaba alimentos y educación... Según Herbert, el árabe había respondido muy serio y con la mirada perdida que lamentaba no poder dejar los compromisos comerciales en Arabia y en otros lugares del mundo, por la crisis que se vivía y agregó con lágrimas en los ojos:

«quisiera honrar a esta mujer que se merece muchos hombres, yo por ella creo que podría cruzar el océano muchas veces a caballo...». En este punto de su relato Herbert se desternillaba de risa. Varias veces le pedí que me contara bien esa parte y reía a más no poder repitiendo la misma historia y multiplicando la incertidumbre. Porque también me transmitía su cosecha de unas versiones que daban mucho que hablar y que él hilvanaba maliciosamente con lo anterior, para concluir diciendo con aire solemne:

—No te podés ir tranquila, partera. Te vas vos y se arma el desastre.

Si me atengo a lo que Nacha contó, el último día de diciembre la marquesa organizó una magnífica fiesta para agasajar a Abdal Halaifa y también para despedir la década de los veinte y ese difícil año de crisis mundial. El festejo fue en la playa frente a la confluencia del arroyo con el mar y a la luz del faro, que para la ocasión tenía suprimida la intermitencia. Entre las cuarenta personas que llegaron, había relaciones políticas y comerciales del Graf, dueños de campos cercanos y no tan cercanos, e invitados de éstos y aquéllos que habían viajado desde la Capital. Como Nacha estaba a cargo de la organización anduvo por allí desde que se sirvieron los aperitivos. Según ella se notaba en los comentarios de todos que concluía un año muy complicado: hablaban de la difícil situación, de las pérdidas en la cosecha de trigo, de las condiciones caóticas del comercio mundial, del martes negro de octubre, de la sensación de calamitosa inseguridad, de aprovechar la situación desde esta posición geográfica privilegiada... Criticaban al gobierno por su ineficiencia y por su injerencia en temas que no le correspondían. Uribe, el del campo vecino, elogiaba las declaraciones del anterior presidente desde París: «Se atraviesa», había declarado, «el último período agudo del mal del caudillismo». Según Nacha, el conde Eichen, que ya había tomado lo suyo, se sumó al grupo que comentaba ese pronóstico y dijo:

—¡Qué iluso! Acá no termina la historia... En este país el caudillismo va a durar todo el siglo, cada vez más plebeyo... Nosotros podemos celebrar, que eso para negocios no es malo: mientras functzionarios no defienden el interés de la Nación, estaremos aprovechando oportunidades que en la Europa no hay más… Y además, pronto viajaremos a la Europa en avión…

Nada parece más cierto que estas frases en boca del conde porque el conde no perdía oportunidad de dejar ver que para él cualquier noticia política era trivial comparada con las hazañas de la aviación. Ante aquella rueda de invitados que lo escuchaban con interés, pasó a comentar el vuelo de Byrd sobre el Polo Sur. Ponderó el artículo donde el aviador relataba su magnífico vuelo y destacó una frase –«la inmensidad que tiene la blancura de la leche»– que luego, según dijeron, iba a repetir hasta el desmayo durante la velada, bajo el efecto conjunto del vino y el champagne.

Siempre según Nacha, aquella reseña del conde y los demás diálogos de los invitados se interrumpieron pronto, porque la marquesa apareció con un despliegue de sus ocurrencias y les hizo olvidar a todos, por unas cuantas horas, sus ocupaciones y preocupaciones. El ambiente de fiesta comenzó cuando sonaron los primeros acordes de una banda musical. Enseguida se dieron cuenta de que la banda tocaba como acompañamiento de las pruebas de destreza que la marquesa había pensado para sorprenderlos junto con el árabe. Ella, vestida de amazona, y Abdal Halaifa, en sus ropajes de seda arremangados, maravillaron a los asistentes con sus hazañas sobre dos caballos pura sangre que intercambiaban una y otra vez, sin detener la marcha. Los convidados aplaudieron el espectáculo y brindaron, entusiasmadísimos, con el champagne francés que la marquesa había provisto en abundancia. Luego, ella y el árabe se ausentaron largo rato, mientras los invitados bailaban sobre un tablado dispuesto como pista, al compás de los ritmos en boga, entre los cuales destacaba el charlestón. Todo estaba previsto como escenario para un gran acontecimiento. Sobre la extensa mesa cubierta por un mantel de hilo de Flandes que rozaba la arena en las cabeceras, había vajilla de porcelana china, copas y cubiertos de plata, candelabros con velas encendidas y tulipas de cristal, cuidadosos arreglos realizados con rosas, jazmines y ramilletes de flores silvestres. La marquesa y Abdal Halaifa aparecieron en una volanta y cerraron los bailes con su regreso triunfal, recién bañados y acicalados al estilo árabe, justo en el momento en que el director de la pequeña orquesta anunciaba que sería servida la comida al ritmo de valses vieneses.

Hasta aquí llegó el relato de Nacha porque ella se descompuso y tuvo que retirarse cuando todavía no habían servido la comida. Ella se enojaba y decía que Herbert no podía ni hablar de la fiesta porque se había quedado dormido y no había ido. Lo cierto es que cuando yo volví había muchos que seguían hablando por lo bajo de un soufflé de hongos envenenado, de un pato a la naranja que había echado a volar, de comensales que se desvanecían, de algunos que salían corriendo a tirarse al agua, del faro que se había apagado, de algunas voces que llamaban por encima del ruido de las olas, de un montón de hombres con dormidera o desmayo... Según el doctor Antonio Sarratea —un personaje pintoresco que aún vive en el pueblo— le llevaron una señora dormida y él, que estaba más dormido que ella, como sonámbulo en sueño ajeno, le diagnosticó «una intoxicación ligeramente alucinógena y profundamente somnífera, de pronta recuperación». Recomendó reposo y descanso, y repitió en el orden inverso: «Descanso y reposo», que era lo que él mismo necesitaba después de la juerga a la cual había concurrido. Herbert decía que el conde había metido la pata hasta las de andar porque con las primeras claridades del alba lo habían encontrado en la playa del este que lleva hacia «La Nostalgia», a la altura de la última entrada de la marea, semivestido junto a la viuda de un estanciero poderoso y que ella tenía inmensas y descubiertas «las blancuras de la leche». Se hablaba de un escándalo que había hecho peligrar sus negocios, decían que el conde se había acercado a decirle a la marquesa: «Se te fue la mano», para que ella supiera que no creía en su inocencia y que la marquesa le había retrucado, haciéndose la enojada: «Qué me digas vos, Graf, con la gorda esa teutona, en la playa... Ni me hablas, por favor». Nacha decía que los había visto a través de la ventana del escritorio cuando él vino para redactar unas notas de disculpas: él enarbolando la pluma e interpelándola, con un mechón de pelo que le caía sobre la frente y el bigote tusado que usaba en esa época; ella, de espaldas, sacudiendo el pelo en un sí o un no y luego en carcajadas. Porque finalmente consiguió hacerlo reír. Según Nacha, entre los destinatarios de las cartas había un oficial de caballería y eso parecía ser lo que más preocupación le causaba al conde. Pero Herbert sostenía que el conde jamás había pisado «El Capricho» y que él mismo había corregido las cartas.

Por momentos yo tenía la sensación de que habían inventado esa historia para divertirse a costa mía, porque nadie podía dar una versión creíble de los hechos cuando volví en la segunda mitad de enero y me encontré con que el árabe ya había partido y la marquesa estaba melancólica. De todas formas daba la impresión de que había nacido una especie de leyenda con dosis cambiantes de imaginación y realidad...

La tarde de mi regreso el sol parecía envuelto en nubes de mercurio cuando la marquesa se me acercó en el parque y me sorprendió con algunos comentarios en tono de nostalgias:

—Que boino que estás otra vez. Pensé que no vuelvas. Van pasando años... Habremos que inventar algo distinto para entritenernos... Voy organizar el salto o areglar equipo de polistas... Si vos quieras hacer vivero o tener vos también caballos... Parto tarda siempre a llegar...

En ese momento, reparé en la enormidad de sus senos, hice un cálculo rápido y comprendí que ella me había conseguido un nuevo compromiso profesional que justificaba mi permanencia: el reloj del útero del avestruz había «funcionado pünctualmente» otra vez. En ese instante me hizo gracia la situación y hasta se me ocurrió preguntarle si lo hacía por mí...

Al día siguiente de aquella conversación en el parque, ella mandó preparar una pista según un modelo copiado de una revista inglesa, con tanquetes, charcas, vallas dobles y triples. Simultáneamente, hizo venir un profesor de Tres Picos y, con unas vallas provisorias que hizo instalar cerca de los tamarindos, comenzó a adiestrarse para saltar, siguiendo las indicaciones del profesor, a quien pronto se dedicó a desautorizar. Una cuadrilla de veinte hombres trabajó de sol a sol y muy pronto la pista estuvo lista. Parecía que la marquesa no podía pensar en otra cosa: era así, cuando se le metía una idea en la cabeza, no paraba. Durante aquellos meses, su interés por todo lo relacionado con los caballos y los jinetes se expandió con el mismo ritmo que crecía su panza. A menudo invitaba gente de los campos de la zona a admirar sus caballos e insistía en mostrar su talento frente a las vallas. Sus vecinos partían tan impresionados por los caballos como por sus habilidades y no menos impactados por sus «peculiaridades» ya que ella, muerta de risa, decía que había sido «premiada» por un mercader de caballos. En los pueblos de la región se rumoreaba todo tipo de cosas de la marquesa y –como siempre– las murmuraciones no buscaban coincidir con la realidad. Lo cierto es que por aquella época, ella empezó a cultivar su admiración por los jockeys más famosos, aquellos que hacían capote en el Hipódromo de Buenos Aires, como Irineo Leguisamo, y consiguió hacer venir de visita a más de uno. Todo eso dio que hablar, además del hecho de que continuó su ejercitación en salto hasta que el crecimiento de su «premio» le impidió mantener un ángulo adecuado sobre el caballo. Cuando tuvo que despedirse de la pista de salto hasta la temporada siguiente, decidió inaugurar la práctica del polo en «El Capricho» y durante días estuvo ensayando en forma frenética con los tacos, hasta que logró concertar el primer partido amistoso que tuvo lugar en esta estancia con la participación de varios vecinos. De más está decir que era la única mujer que jugaba.

* * *

Alguien contó, bastante después, que el capitán Arias, oficial de caballería destinado en la guarnición militar de la zona, había llegado invitado por el conde a la fiesta junto al faro de «La Nostalgia», el último día del año de la Gran Depresión. Parece ser que Archibaldo Arias le había hablado a sus amigos de «la extranjera de "El Capricho"» que había conocido en aquella fiesta. Decían los amigos que el oficial se había sentido flechado por la enigmática y extravagante gringa que estaba acompañada por un árabe. Había quedado tan impresionado por el boato del festejo como azuzado su anhelo por el accidentado y misterioso final de aquella fiesta que sería recordada por muchos como «la Noche de los Hongos». No sólo quería conocer a la dama sino que se le había transformado en una obsesión. Así fue como el Graf recibió varios pedidos solicitando que hiciera invitar al capitán Arias a la estancia de la marquesa. El conde jugó calladito y fue probando todos los subterfugios que se le ocurrían para evitar, o por lo menos para postergar, las consecuencias del pedido. Porque él no tenía ganas de compartir a su marquesa con otro hombre más, pero además temía... Temía que el militar le pudiera complicar sus negocios si no se la presentaba y que se los pudiera embarrar del todo si se la presentaba... Porque la opinión de ella había sido: «Interesante lo soldado, no parecía nada de tonto». Para el conde era suficiente el elogio. Por si todo aquello fuera poco, ella había quedado embarazada del árabe, que ya no estaba y esa situación le resultaba tan vergonzosa al conde que ni se le ocurría comenzar a promover dudosos encuentros sociales...

Eichen, que nunca había dado pelea para tener la exclusividad de su marquesa, en este caso consiguió retrasar la intrusión del nuevo amante durante más de un año, sin que ella se enterara de las reiteradas solicitudes de aquel pretendiente. Pero sus negocios se complicaron de todas formas porque el gobierno decidió clausurar y demoler el faro. Aunque el conde presionó y consiguió que la medida fuera pospuesta –según él, porque nadie encontraba buenas razones para ejecutarla– no estaba tranquilo. Entretanto, hubo un golpe de estado que cambió las perspectivas, tanto para el conde como para el capitán. Un General había ocupado la presidencia de la República en lugar del presidente electo a quien llamaban «el Peludo». El capitán, que seguía teniendo entre ceja y ceja su encuentro con la marquesa, sintió que ya había esperado demasiado y que seguramente tenía mayores atractivos que muchos «civilacos» que andaban por ahí. Sintiéndose en posición de fuerza, emplazó sin escrúpulos –y con términos prepotentes– a un conocido de él y amigo del conde, para que gestionara sin dilaciones una entrevista. El Graf, indignado, le contestó a su amigo que él no era jefe de protocolo de nadie. El capitán mandó decir que él sabía mucho de las prósperas actividades «comerciales» que el conde administraba en asociación de hecho con la marquesa, y que todo podía transformarse en un escándalo de proporciones si se ventilaban las múltiples irregularidades de dichas actividades.

Pareció que el capitán tenía la sartén por el mango. Pero el conde, ni lento ni perezoso, había recapacitado y le hizo llegar unas «sugerencias» a través del amigo. Nacha, que tenía una sobrina trabajando en «La Nostalgia», accedió a la información de primera mano. Según el mensaje, tanto el conde como la marquesa iban a ver con muy buenos ojos que el oficial diera muestras de buena voluntad aprovechando su influencia en el gobierno militar recién constituido. Lo único que tenía que hacer era lograr que se revirtiera la decisión del anterior gobierno en relación con el Faro de «La Nostalgia». Si además conseguía que se firmara una concesión oficial para la administración del faro, tanto el funcionario interviniente como el propio oficial podrían recibir una interesante comisión por la gestión. La marquesa iba a quedarle muy agradecida y por supuesto lo iba recibir con muchísimo placer, para manifestarle en persona ese agradecimiento. Mientras no estuviera garantizada la seguridad de sus explotaciones, ella no se encontraba con disposición a recibir visitas, porque sentía peligrar la posibilidad de permanecer en un país donde todo se volvía imprevisible… y había que tener en cuenta que ella todavía estaba buscando un buen partido para casarse...

Arias contestó que en principio no iba a haber problema: que se revertiría la orden de clausura y demolición del faro y que luego se conseguiría la firma de la concesión, pero que para él esa gestión no tenía precio, que sólo lo hacía en atención a la marquesa porque sabía mucho de «las generosas cualidades de la dama» y del «espíritu tolerante de su socio»... También agregó que él podía estar tranquilo porque confiaba en la eficiencia de sus servicios de información... El conde mordió el freno: le mandó decir que sin duda un oficial de caballería podría compartir con la marquesa la pasión por los caballos y que quedaba a la espera de novedades relativas a la concesión. La marquesa desconoció por mucho tiempo –o quizá siempre– este intercambio de mensajes, que Herbert también me escondió a mí y que el conde registró con lápiz en la contratapa de un libro de filatelia.

Por aquellos días, y vistos los riesgos de la jugada, el conde pidió la opinión de Herbert, como socio y «pariente» de la marquesa, para protegerla sin perder la oportunidad de apuntalar los negocios que empezaban a peligrar. Hubo entre ellos una suerte de complicidad para dificultarle el aterrizaje al capitán, y esto mejoró bastante la relación del Graf con su antiguo mucamo, que se había puesto muy tensa –por otra razón que ahora pasaré a contarles– cuando ya llevaban cuatro años en estas latitudes...

* * *

Como noticia tardía de los desastres que ocurrieron durante mi corta ausencia, algunos años después la marquesa rió con melancólico regocijo cuando descubrió en un diario neoyorquino un comentario bajo el título «curiosidades». Decía lo siguiente: «Un exportador de caballos sostiene que en el sur de este extenso continente, las mujeres extranjeras forman harenes de hombres y fabrican –con hongos– drogas caseras que sirven para motivarlos». Me lo mostró y me confesó que, a pesar de haber pasado varios años, seguía extrañando la encantadora risa del árabe y su suavidad de gacela. Nadie, salvo ella, podía decir que había visto reír a Abdal Halaifa durante su estadía en «El Capricho». El conde y Arias tenían sus buenas razones para no recordar sus gracias ni querer oír hablar de él.

¿Enroque de hijos?

Aprovechando la ausencia de Herbert que se había ido a la Capital, un mediodía de aquel año 30, Eichen se presentó ante la marquesa. Yo lo vi pasar. Me llamó la atención, no sólo que viniera sino que entrara así, como Pancho por su casa, y también que estuviera algo más serio que de costumbre y un tanto despeinado para lo que era habitual en él. Nacha le oyó decir que venía a reclamar sus derechos y a cumplir con sus obligaciones. Nadie hubiera imaginado que hablaba de Tomás. Luego dijo que no podía entender cómo no se había inscripto el nacimiento del «chiconiño» cuando ya tenía tres años... que él se iba a ocupar de eso y de otras cosas importantes: por ejemplo, de que su hijo y heredero hablara el alemán. Por fin, subió bastante la voz para agregar:

–Se acabó, no va a seguir así, a la deriva, sin madre ni padre, con sólo el cuidado criollo de una simple partera que cohabita con un mucamo, mientras su patrona se entretiene y le garantiza un parto por año...

Nacha creyó que el caballero había perdido los estribos. Pero no. Muy compuesto, llegó hasta el patio y se acercó adonde Tomás jugaba con unas piedras, mientras yo acomodaba las ramas de la glicina que se habían descolgado con la lluvia nocturna. Intentó conquistarlo con promesas y confites para llevarlo por las buenas hasta su coche. Antes de que yo cayera en la cuenta de cuáles eran sus intenciones, Tomás buscó refugio en mis faldas.

Miren: es una escena rápida y terrible.

Vean cómo me arranca al chico por la fuerza y lo introduce en su auto. Tomás se ha largado a llorar con ojos de tormenta, patalea con todas sus fuerzas y sacude la melenita rubia y coloradiza, queriendo resistir por todos sus medios. Tomada por sorpresa, yo grito y gesticulo:

—¡No tiene derecho! ¡Ahora se viene a acordar de que tiene un hijo!

Pero el auto ya arranca y el conde, furioso, contesta por la ventanilla:

—¡Pregúntele a su patrona si no tengo derecho! ¡Yo no sabía que este chico estaba sin madre... ¡Ahora por lo menos tendrá padre!

A mí me faltó decisión para reaccionar como después imaginé que debería de haber reaccionado. Me quedé ahí parada como una tonta, puro caracú, sin fuerzas, llorando y sobándome las manos, hasta que Nacha acudió a abrazarme. Lloré tres días seguidos y se me saltan las lágrimas ahora cuando lo recuerdo. No podía dejar de recriminarme todo lo que no había hecho para impedir que me llevaran a Tomás. Cuando regresó Herbert, volví a llorar como los primeros días y, en medio de mi congoja, en varias oportunidades y de distintas formas, le pedía disculpas por no haber creído lo que él sostenía: que ese vanidoso aristócrata era una basura de persona. Lejos de mí imaginar que Herbert pronto se iba a aliar con el conde por otras razones.

Tantos años después, sigo recordando aquella época asociada con la imagen de la noticia trágica que leí en el diario el día que el conde se llevó a Tomás. La nota se titulaba: «Tranvía de la Muerte» y el texto decía así: «Un tranvía lleno de gente se precipitó al Riachuelo en medio de una densa neblina. El puente estaba abierto con el fin de dar paso a lanchas y remolcadores...» Mi mundo recién reconstruido desde que había encontrado a Herbert en este lugar y juntos habíamos armado una especie de familia, también se precipitó en unos segundos... La imagen de ese accidente quedó ligada a la fuerte sensación de vacío y de error que me embargaba... A partir de esa sensación, creció el enojo, primero contra los demás y después contra mí misma. Ya nada fue igual.

Fue inútil que la marquesa me explicara que el conde podía cambiar de idea, que quizá lo había hecho como venganza porque ella no lo visitaba hacía dos meses, que a lo mejor era sólo un ataque de celos, que era probable que no supiera qué hacer con el chico, que ella se sentía capaz de convencerlo y que todo iba a volver a la normalidad... Yo no tenía consuelo y amenacé con irme si la marquesa no lograba traer otra vez a Tomás. Pero me faltó coraje y determinación.

Lo cierto es que el Graf había contratado una institutriz alemana y no pensaba ceder. Herbert y yo dedicábamos mucho tiempo a planear distintas estrategias para llegar hasta «La Nostalgia» y raptar a Tomás. Pero nos dejábamos estar porque podía más el miedo de dañar al chico. Los días seguían corriendo entre llantos, recriminaciones, planes, insultos, últimas advertencias y compases de espera. La marquesa había prometido pensar una solución mejor y más «duraderra».

Una tarde, al regresar a caballo desde el arroyo, la marquesa nos llamó al escritorio diciendo que tenía «una solución para areglar lo tema del Tomás». Allí nos comunicó su propuesta con aire victorioso y solemne: yo podría figurar como madre en los documentos de Tomás Eichen para, de esa forma, adquirir derechos legales. Era sabido que la marquesa no firmaba escrituras ni documentos públicos y eso parecía un rasgo más de su personalidad, aunque nadie sabía si ella tenía algún impedimento. Mi reacción fue de indignación: por primera vez le subí la voz a la marquesa. Llorando, grité que a mí no me interesaban los derechos y los documentos y que lo único que quería era ver a Tomás ese mismo día... Hecha una furia, me marché del escritorio con un violento portazo. La marquesa se puso de pie y le dijo a Herbert:

—Vamos dejar que se suban los vapores... Mejor vos vas con ella... —y concluyó la reunión.

Herbert sintió una vez más que estaba ante un callejón sin salida: le revolvía las tripas que yo tuviera que declarar que había concebido un hijo con «ese canalla pretencioso» pero, por otra parte, ya sabía que toda la situación era aberrante y que, si nos importaba Tomás, teníamos que hacer concesiones... Después de un primer rechazo, fue aceptando: argumentó que podía ser una solución para salvar al chico de quedar entrampado en las garras del conde, una forma, aunque fuera muy imperfecta, de crearle alternativas... que en la práctica él ya estaba asociado a su enemigo... que no tendríamos problemas porque la marquesa se ocupaba de organizar todo para que no existieran fricciones...

Yo lloré y volví a llorar, despotriqué y volví a despotricar, amenacé y volví a amenazar. Cuando pensaba en irme, las imágenes de Tomás me retenían y además, ya no lograba imaginar la vida sin Herbert y sin la marquesa, aunque esto último era lo que más me costaba reconocer. Poco a poco, y después de tanta insistencia como resultaba necesaria para compensar mi gran resentimiento, me dejé convencer por Herbert. Dije sí a condición de que él organizara de inmediato una visita a «La Nostalgia» para ver a Tomás.

Miren, el chico está vestido con ropa tirolesa y calzado con zapatitos de charol. Corre a echarse en mis brazos con una alegría que estalla instantánea y desprovista de vestigios, como un brote nuevo que no lleva memoria de las flores marchitas. Muy decidido, se prende de mi mano y dice:

—Vamos.

Vean las lágrimas de rabia e impotencia que brotan de mis ojos, cargadas con su sal de memorias e imposibilidades. Quisiera ser insensata y llevármelo corriendo, sólo por no ver la desilusión en sus ojos de turbia aguamarina cuando yo pronuncie mi injustificable negativa:

—No podemos —digo.

Sé que no voy a llegar lejos, que me va a perseguir la policía, que no tengo escapatoria, que sólo me queda la posibilidad de llorar en brazos de Herbert y de odiarme a mí misma por haber sido tan ingenua con la marquesa.

Tomás suelta mi mano, me mira como si mis lágrimas fueran pura cobardía y me dice orgulloso:

—Tengo unas plumas, son mías... —Mira hacia atrás para cerciorarse de que nadie nos vea y, con la resolución de un jefe que confía en que lo van a seguir, se da vuelta y camina derechito hacia el tilo que hay detrás del patio.

Yo lo sigo. Miren cómo con sus deditos muy juntos extrae unas plumas muy vistosas que ha escondido bajo la corteza del árbol. Vean cómo elige una y la pone en el bolsillo de mi chaleco. Ahora, con gran sigilo, guarda concienzudamente las restantes plumas en su escondite, y me dice en tono cómplice:

—No la toques mucho, porque te podés morir... Él es un malo... Mató los pájaros poque decían hola y no decían grussgot... y no me deja guardar plumas poque dice que te morís si tocás plumas...

Su lengua se enreda en algunas palabras y ya acusa los estragos fonéticos del alemán superpuesto. Tengo la sensación de que Tomás se ha transformado en un adulto muy menudito, cuando él ve aparecer al conde a lo lejos y me dice muy bajito:

—Si te vas, no te quiero más.

En ese momento siento la fuerza absurda de quererlo tanto como lo quiero, sin poder cuidarlo. Me agacho, lo miro fijo y le digo, con mi cara más linda de cuenta-cuentos:

—Vos sabés, él es el que mata los pájaros y es el que manda... Pero me va a dejar venir si no lloramos... Y vos me vas a juntar plumas de pájaros para que yo no me muera y yo te voy a juntar plumas de pájaros para que vos crezcas y seas más fuerte que él y lo puedas mandar, y entonces vamos a hacer lo que queremos nosotros... Mientras mande él, nos vamos a acordar de lo que queremos hacer y nos vamos a guiñar el ojo así, cuando tengamos ganas de llorar… ¿Podés? ¿A ver cómo hacés?

Tomás observa cómo yo guiño el ojo y sonríe. ¡Qué linda inocencia la de sus ojitos gris azulado y sus labios plegaditos! Miren: lo está intentando, pero se le cierran los dos párpados al mismo tiempo con bastante fuerza cuando pretende imitarme, y yo le digo:

–Muy bien, mi campeón. Cada vez te va a salir mejor. Hacéte fuerte, que un día vamos a mandar nosotros…

En la pluma que llevé y le mostré, Herbert reconoció el colorido del ave que el conde había comprado para obsequiarle a la marquesa en el Mercado de Pájaros. Ni él ni yo podíamos creer que el conde hubiera matado sin más motivo que el saludo aquellos ejemplares tan bellos y parlanchines. Cuando conseguimos indagar a un empleado sobre el tema, nos enteramos de que el conde había mandado sacrificar la pareja de guacamayos porque había leído en los diarios que una enfermedad llamada psitacosis –introducida en Alemania por unos loros procedentes de América del Sur– llevaba causadas varias muertes.

* * *

El invierno se hizo largo con el dolor de aquella situación. Mientras la marquesa se distraía con las nuevas variantes del montar, la primavera comenzó triste y sin apuros: esa cuarta vez el parto se hizo esperar tanto, que ella tuvo que permanecer inactiva, «como uno parásito», durante casi dos meses.

El nacimiento recién se produjo la noche del primer domingo de noviembre, cuando concluía el Día de Todos los Muertos. La marquesa había estado sintonizando los resultados de las carreras en el hipódromo y justo sintió el aura de la primera contracción fuerte cuando el locutor informó los nombres de dos ganadores: «Veneno» y «Mar de Fondo». En ese momento rompió la bolsa de agua y, en medio de sus risotadas histéricas, me convocó a los gritos.

Miren, ahí estoy –partera en acción– ordenando los preparativos. Vean cómo la marquesa ríe y canturrea mientras yo trajino con toallas, tijeras, tinas con agua hervida y paños calientes. Enseguida, cuando todo esté dispuesto, me va a hacer señas para que me acerque y, con tono irresistible, dirá en mi oído:

–Puedo ti contar el segreto de la noche de los hongos...

Sin pudor alguno, me va a confiar sus remembranzas de aquella noche escandalosa y la hilaridad de sus recuerdos va a ayudar a acelerar la frecuencia de las contracciones de ese parto que ya lleva un mes de atraso. Con imágenes desbordantes de herejías y delirios, llenará los espacios de tiempo entre contracciones y, en lugar de las combativas óperas con las cuales había saludado los anuncios de hijos anteriores, en este caso ensayará unas canciones árabes que suenan a añoranza.

Mírenla, ahí la tienen. Vean cómo se sacude como una bolsa de risas, en esa especie de algazara intempestiva e intermitente, mientras –entre contracción y contracción de ese alumbramiento tan retrasado– cuenta los recuerdos de la increíble Fiesta de Fin de Año:

–Entonces él mi propuso hacer uno complot y formar uno harén para mí... Él estaba picado por espíritu muy atravesurado... Teníamos de llevar hombres que eran escravos... Pero otros querían nos sacar los tipos... Apagamos las luces para les crear confundimiento... Ahí viene, ya viene...

Tararea para remontar la contracción como una barca llevada por la música de una ola... y luego vuelve a reír con su relato interrumpido:

–... Levamos siete al tún tún... Lo arastramos hasta lo médano y ahí montamos plaza de escravos... Trabajamos noche entera para valorarles los talantes físicos... porque «harim» quiera decir «lugar vedado»... Ahí viene, ya viene... O... O... O... ye... va... li... ya... la... mud...

Según su disparatada versión, ella y el árabe estaban «áktivados por la fuerza de uno-amor-enormo». De a poco, y como un homenaje-evocación de los momentos mágicos que había compartido con el padre de la criatura que estaba a punto de entregar al mundo, fue contando la inaudita historia, entre risas de celebración, suspiros de añoranza y respiraciones anhelosas con entonaciones árabes que le servían para cabalgar los dolores del parto.

Al concluir uno de sus jadeos y el correspondiente canto, me miró a los ojos y me tomó por el brazo para asegurarse de que atendiera a su relato:

–Teníamos los porros de la piel todos abiertos y lo corazón deseoso, ió veía ejército de hongos gigantes que mi perseguía ripitiendo con gritos: «Nuestra reproducción es priferentemente asexual»… ió sintió miedo, buscó cobija en brazos de Abdal Halaifa… y fuerza errótica creció otra vez de nada, rápida y carnosa como verdadero hongo… Halaifa era el mío Espartaco y se mi sublevaba con muchos éxitos hasta que yo lo vencía… Loigo yo tenía a selectivar los hombres… Les calculaba en años por las dentaduras como en los caballos… Les calculaba en potencia de los moluscos por apretar las nalgas… Les medía en los genitales para no imaginar cosas ímposibiles como oveja descarregada… Les tocaba en… Ahí viene, ya viene…

Después de entonar sus melodías orientales siguió contando, cada vez más entusiasmada:

–Sí, les tocaba en las orejas donde se sabi de tantas cosas de los hombres, si son boenos reproductores, si tienen fantasiosos cuando pueden, si gustan también de maschos en sus pensamientos,… y todas cosas que mi enseñó lo árabe sobre lo que prefiren, sobre lo que dicen y callan las orejas… en orejas están todos secretos y todos órganos representados… Así descobrí lo mejor… Ahí viene, ya viene…

Yo, partera, había escuchado –por momentos sobresaltada y por momentos pasmada– esas confidencias extravagantes que parecían sueños o alucinaciones, intercaladas entre las melodías del mismo origen que el fecundador de turno. Debo confesar que aquella reseña entrecortada y delirante no dejaba de causarme gracia, sobre todo por las caras de la marquesa, aunque sentía una rara cruza de gracia con resentimiento, porque seguía muy herida por lo de Tomás. Después de los «secretos de las orejas», pude comprobar que el cuello del útero se había borrado a gran velocidad y que la dilatación ya era casi completa.

En la siguiente contracción, la marquesa tuvo ganas de pujar y, pronto, entre remedos de lamentos musulmanes que se transformaron en imitaciones de relinchos, con un ánimo muy peculiar, dio a luz un niño que parecía un duende de cuento. El bebe traía obvias señales de atraso: la piel anaranjada y arrugada por demás, los cabellos negros tan largos que tocaban sus hombros, las uñas tan crecidas que se incrustaban en las diminutas yemas de los dedos. Nació con gestos demorados, pero con el tiempo quedó claro que el exceso de vida uterina no había afectado su entendimiento. Fue el único bebé para el cual la marquesa eligió un nombre: dijo que había sido concebido el día de la Adoración de los Reyes Magos y que debía llamarse Epifanio. Pero hubo otro detalle aún más llamativo en su comportamiento: quiso tener al recién nacido en brazos mientras éste lloraba con signos de agotamiento.

—Parece miniatura viejo escapado de lámpara Aladino... —dijo con ternura y sonriendo—. Seguramente, sará boin jinete y apasionado en caballos —agregó soñadora.

Conmovida por esa conducta excepcional en la marquesa, quise favorecer su instinto maternal y me apuré a sugerir:

—¿Por qué no prueba ponerlo al pecho? Dicen que es una sensación tan bella como dar a luz. Y no tendríamos que fajarle los senos que duelen tanto...

Fue un error y un apresuramiento porque la marquesa hizo una mueca de asco y enseguida me devolvió la criatura, diciendo:

—Son cointos... Para eso ió haga venir las Amas de la leche. Ió llama ellas «Cabeza de Vaca» porque tengan las glándulas bien entrenadas y los sesos para rumiantes todo lo tiempo que puedan...

ellas hagan algo tan valioso que ió no quiera hacer y doy gracias que otro hace...

A ella poco le importaba que la nodriza fuera nueva; todas cabían en el nombre genérico que les había inventado. Quizá pudo percibir que a mí me había sonado ofensiva su respuesta y por eso intentó suavizar sus arbitrariedades con esa frase más ecuánime y agradecida hacia el final. De cualquier manera, cambió de tema y comenzó a hablar en un tono excitado que me preocupó un poco: quería avisarle a Abdal Halaifa que había nacido «El Mejor de todos los Jinetes», mandarle decir que ya podía enviar el oro que había prometido para ese niño concebido entre cálidos aromas de incienso y mirra... pedirle que mandara más caballos y...

Miren: yo me ocupo del bebé e ignoro expresamente su cháchara porque pretendo que ella se vaya apaciguando para inducir el cansancio y el necesario reposo, pero también porque estoy harta de oírla y —entrampada entre la rabia y la pena— no puedo dejar de pensar en algo que no me animo a preguntar y que me tiene mal. La marquesa va a tener que hacer varios esfuerzos para vencer mi resistencia a hablar, pero por fin va a lograr que le conteste.

Escuchen cómo insiste:

—... me diga, Eulialia... ¿Se lo imaginas montando a los caballos a eso bebé con botas y casco? No, ¿eh? Tiene algo sacado de Abdal, pero no me aparece mucho que va a crecer... Mira si queda pequeno como porterito... ¿Vos qué digas, Eulialia?

Por fin yo contesto con toda la bronca que he ido acumulando:

—Yo digo que sí va a crecer, como crecen todos los chicos cuando hay quien los críe... Alguna cabeza de vaca o alguna cabeza hueca siempre se ocupa de ellos... También digo que es seguro que cuando esté criado, el padre va a venir a llevárselo...

La marquesa hace silencio porque ve que lloro. Después, mirándome fijo como para calmarme los sentimientos, agrega en tono de voz muy grave:

—Sos boina y fiel. Eso ió creo... Vos elijas lo que quieras que ió pueda dar para vos... ió no piensa que tienes a cargar más peso y sofrimento a tus espaldas... No te préocupas, si no quieras lo niño, damos para alguien que quiera... Abdal dijo para mí que va a volver y va a pagar educación... Pero ió crea que no vuelva, y que sí paga... Verás... Ese padre es distinto, ese no lleva lo niño, esto bebe queda si vos quieres y no tienes lo tuyo... Vos lo piensa y lo habla conmigo.

¡Qué fuerza y qué determinación parecía tener aquella mujer! ¡Qué debilidad y qué confusión, las mías! En ese momento –estoy allí para siempre en mi memoria– mucho más joven que ahora pero también mucho más atormentada, llorando en silencio con un bebé que llora en mis brazos. No quiero rechazar, pero tampoco puedo agradecer. Me va a llevar muchos años y muchos dolores superar aquel rencor y entender la extraña habilidad de la marquesa para ser buena y cruel al mismo tiempo.

* * *

Nunca acepté formalmente ocuparme de Epifanio, pero tanto para Herbert como para mí entró dentro de nuestras costumbres adquiridas. Ocupada de nuevo con pañales y «provechitos», me iba haciendo a la idea de verme privada para siempre de Tomás, a no ser por el consuelo de las visitas semanales. Quizá fue la intuición que acarrea noticias la que le avisó a Tomás que alguien lo estaba desalojando de mi corazón, porque en la primera visita después de nacer Epifanio, armó un escándalo de proporciones a la hora de despedirse. Le quise recordar el acuerdo de las plumas, pero él no oía: lloraba y pataleaba, prendido de mis polleras. La institutriz no tardó en intervenir –sin duda con la autorización expresa del Graf– y pude comprobar lo que Tomás me decía «en quequeto» de la señorita: que era fea y mala. Cuando esa mujer estreñida, con el rostro lleno de frunces, lo tironeó y le dio dos palmadas en la cola, yo me sentí tomada por una carga de odio inconmensurable y no pude controlarme. Como una fiera en defensa de su cachorro, atraje al chico con una mano y golpeé a la institutriz con la otra, mientras le gritaba al conde que era un desalmado. Eichen acudió enseguida: se acercó y dijo en tono grave y terminante, sin perder la calma:

—¡Vaya a reclamar a su patrona! —Luego, en el rigor del alemán y con muy pocas palabras, se dirigió a Tomás.

El efecto fue inmediato; Tomás se soltó con rapidez y se marchó sin despedirse. Sobre la contundencia del ser dueño, el conde había bajado la barrera del idioma: me tuve que marchar más sola y preocupada de lo que había llegado y sin saber cuál había sido la amenaza, que pasó a poblar mis sueños —y también mis peleas con Herbert— durante mucho tiempo.

Una noche, desperté de una pesadilla cubierta por un sudor frío: la institutriz había azotado a Tomás porque no hablaba correctamente el alemán y luego el conde le había cortado los dedos con una tijera por no tomar la sopa y porque estaba flaco, flaco, como un muñeco de soga... Pero no era de soga el muñeco, porque los dedos le chorreaban sangre tal como me había mostrado Tomás en un libro de cuentos alemán... Herbert me dijo que los alemanes eran así, que a él también le contaban ese cuento de chico, que era un cuento muy famoso que se llamaba «Strubel Peter», que eran muy severos, pero que al fin de cuentas, algunos salían buenos como él... Consiguió tranquilizarme —con chistes y caricias, como solía hacer— y nos dormimos otra vez. Pero al día siguiente me tocaba la visita a Tomás y, como amanecí muy pesimista, quise que Herbert me escuchara:

—Ya no veo solución y además estoy muy cansada. Cuando voy, sufro de antemano pensando en la despedida y no puedo disfrutar la visita... Si alguna vez pienso en dejar de ir, es peor: imagino que Tomás me espera, que lo maltratan y que me llama... Lo cierto es que ya no puedo seguir maldiciendo al conde, tenemos que hacer algo, además de hablar mal de él...

—¡¿Pero qué querés que hagamos, mujer?! —exclamó Herbert, con signos de rechazo e impaciencia, que yo tomé muy a pecho, aunque no sabía que por ese entonces él ya había tenido una reunión con el conde a causa de la insistencia de Arias por conocer a la marquesa y que ellos habían comenzado a entenderse como aliados en contra de un enemigo común.

–Hay que exigirle algo a ella... Al fin de cuentas, el conde tiene razón: ella es la culpable... ¡Y me habla de mi patrona! ¡Yo nunca tuve ni voy a tener patrona! ¡Y además me voy a ir! –le grité mirándolo con ojos de acusación.

Puedo verme a mí misma en aquella situación: estaba en camisón, tenía los cabellos desordenados, la mandíbula muy marcada, el mentón tembloroso y los ojos hundidos en unas cavidades de miedo...

–Pero pensemos un poco con tranquilidad... ¿Quién nos mandó a meternos con el chico, eh? Ella no lo pidió, ¿no? –el tono de Herbert era bajo y algo provocador–. Ahora estamos haciendo lo mismo con este otro bebé... y el más perjudicado termino siendo yo, porque a vos ya no te queda un minuto libre, ni para pasear conmigo ni para zurcirme una media...

Yo comencé a caminar por el cuarto, lanzando exclamaciones y desatando gestos de desesperación con los brazos:

–¡¿Quién querés que los cuide?! ¡Si es por ella, los deja tirados!...

Herbert había suspirado y hablaba como quien piensa en voz alta:

–Es probable que nos hayamos equivocado... Se lo tendríamos que haber mandado al padre cuando nació...

Pero yo estaba allí, lista para responder a cualquier cosa que él dijera:

–¡Bien que ella se los manda al padre cuando le conviene!... Y cuando no, los deja que vengan derivando hasta aquí, al «ala este»...

Herbert rió porque en la última palabra yo había imitado, con amarga burla, la pronunciación extranjera de la marquesa.

Inventaría si dijera cómo terminó la discusión ese día porque era una discusión que siempre se reeditaba, una discusión que no tenía fin porque agitaba «el fantasma», la idea de la cual nacía y que a su vez nutría: que Herbert siempre salía en defensa de la marquesa porque en realidad le importaba más ella que yo.

«El fantasma» aparecía jugándome malas pasadas en los momentos más insospechados... En sueños se transformaba en una imagen verde y monstruosa, una versión dinosaurio de la marquesa que me hablaba al oído mientras yo estaba con Herbert y me sugería tomar mi maleta e irme tal como había llegado. De día, me imaginaba sola en el andén o caminando por las vías con un pañuelo atado a la cabeza y una bufanda alrededor del cuello. Aquella fantasía siempre me trasladaba a la prisión a ver a mi hermano y si además recordaba el recibimiento de Herbert en la estación, terminaba sumida en un llanto de inevitable autocompasión, por no haber hecho caso a su advertencia inicial y por la rapidez con la cual se habían echado a perder los buenos tiempos del comienzo. Pero Epifanio me ayudaba a salir de esos pozos de angustia con su llanto perentorio y pragmático. Siempre me reclamaba a tiempo y a mí no me resultaba muy difícil sacar fuerzas de mi propia flaqueza para proteger al bebé de piel de bronce que parecía decirme con sus ojos ocres —casi amarillos— que sólo me tenía a mí en el mundo... Me había apegado tanto a él, que también me avergonzaba de mí misma y me preguntaba cómo podía quererlo casi más que a Tomás... «Quizás es por todo lo que él me falta», me decía para aliviar el peso de la recriminación que me hacía. Lo cierto es que con sólo manifestar su instinto de supervivencia, Epifanio me hacía sentir indispensable y me arrancaba de la serie de pensamientos oscuros que me ganaban el corazón. Hay que decir que Herbert también lo conseguía, pero tenía que esmerarse bastante más. Cuando yo esbozaba «el fantasma», él no sólo negaba y se enojaba, sino que a veces inventaba alguna de sus «salidas»:

—Pero, Negra, si yo para ella soy una muleta nada más, un apoyo... Un mal necesario, bah... Me da importancia porque soy el único que no se le ha metido entre ceja y ceja... ni entre muslo y muslo... Sólo por eso no me cambia... porque le soy fiel como un caballo… –y lograba hacerme sonreír porque me sobaba mientras reía como para vitalizar a un batallón de desahuciados.

De todas formas, los encuentros con Tomás se fueron espaciando por muchas razones. Cuando iba, muchas veces me decían que el niño dormía o había salido con su padre. Siempre que mandaba averiguar antes de ir, para no volverme frustrada, me contestaban que no iba a estar disponible. Cuando por fin lograba verlo, después de varias peregrinaciones fallidas, había pasado un mes o incluso dos. Pero además, la relación se iba debilitando y Tomás mismo ya no parecía tan interesado en verme.

Así fue pasando el tiempo. Tomás se mostraba cada vez más distante y más frío conmigo. Un día, mientras la institutriz no miraba, me confesó muy bajito:

–Si te doy muchos besos me dan muchos «peitche».

No sólo lloré cuando Herbert me confirmó que «Peitsche» eran azotes sino que además supe que tenía que hacer un esfuerzo muy grande para escapar de la cárcel de mis propios recuerdos, donde estaba Timoteo, mi padrastro, borracho, marcándome la espalda a fuerza de golpes de cinturón y prohibiéndome tocar a mi madre.

En otra visita, Tomás me preguntó:

–¿Es verdad que sos muy pobre, muy pobre y que no me podés cuidar bien porque no tenés nada?

Por fin, un mal día –cuando ya tenía seis años–, sin acercarse a saludar, me espetó:

–Tengo muchas cosas que hacer… Ya no soy un nenito para andar paseando y cortando flores…

Yo sentí que no era «mi» Tomás el que me hablaba y le pregunté:

–¿Querés que me vaya?

Él levantó un hombro. Ya no le importaba. Me marché con un nudo en la garganta y de ahí en más me limité a mandarle algunos regalos que nunca supe si le llegaban.

¿Un novio entre sábanas ajenas?

Cuatro meses después del nacimiento de Epifanio la marquesa organizó un baile para recibir al capitán Archibaldo Arias. Recién entonces Nacha y yo oímos hablar de él con nombre y apellido y atamos cabos. A partir de ese día nuestras historias pegaron un giro de ciento ochenta grados.

El contrato por la concesión oficial de la administración del faro se firmó y Eichen, mal que le pesara, tuvo que cumplir con su palabra. Le informó a la marquesa que se esperaba que ella organizara una recepción para agasajar a alguien que había influido de forma favorable en la gestión correspondiente. Cuando el conde nombró al oficial, la marquesa simuló indiferencia. El Graf opinó que sería mejor que la marquesa apareciera acompañada por alguien que no fuera él, para evitar suspicacias y malentendidos, teniendo en cuenta que el oficial era soltero. Ella estuvo de acuerdo: le pareció más excitante aún. Poco le importaba quién fuera su acompañante: dejó la elección en manos del conde. Ella decidió organizar un baile. Al conde le pareció adecuada la idea pero le advirtió:

—Marquise, pondrás mucho cuidado en que ese capitán quede siempre un poco insatisfecho, porque todavía debe conseguir más beneficios para nuestra sociedad. Vos sabés que estos criollos, cuando conquistan a una dama, sienten que la han doblegado y después la desprecian…

La marquesa con toda probabilidad pensó que le iba a resultar difícil cumplir con esa restricción inspirada en perspectivas económicas. Porque lo que el Graf no sabía y quizá no podía imaginar tampoco ni el mismo capitán Archibaldo Arias —aunque eso no lo sé a ciencia cierta— era lo que ella me había contado a mí en su estado delirante del último parto. Seguramente él había tenido, despierto o dormido, alguna participación real o imaginaria en los juegos de Espartaco y los esclavos para el harén... y ella recordaba las visiones y las alucinaciones de ese moreno alto y musculoso de unos treinta años, con pulcra y reluciente dentadura... Quizá —digo yo— hasta le había descubierto, en su estudio de las orejas, una amable inclinación por algunas perversiones...

Era el último día de febrero. Yo me había llevado a las mellizas y a Azucena para que no interfirieran en los preparativos de la recepción que la marquesa había organizado para impresionar al capitán. Mientras yo cuidaba a los chicos, Blanca se ocupaba de lustrar la platería, de arreglar los floreros y de decorar las mesas, y Clemencia, eximia repostera, trabajaba junto a Nacha en la cocina de «El Capricho», preparando varios postres, entre los cuales sobresalía el «Manjar de la Doncella». La marquesa, con su peculiar comprensión de las relaciones humanas dentro de sus dominios, hacía trabajar a todas las mujeres y demostraba que había logrado una convivencia más o menos pacífica entre personas en principio irreconciliables.

Miren: ahí estoy con los chiquitos entre el granero y el tendal. ¿Ven mi vestido celeste con florcitas rojas? ¿Ven cómo acuno a Epifanio en brazos? Miren cómo Azucena Guerra, con su andar de pañales y sus escasas palabras, se defiende de Patricia y Olga, las mellizas. Ellas la hostigan y no quieren compartir el maíz que tienen para lanzar a las gallinas. Las mellizas son el colmo de la prolijidad y el juicio. De dos años y medio de edad, con sus castaños de distinto tono y sus mezquindades compartidas, no se sueltan la mano; atrevidas y consentidas, le siguen negando el maíz a Azucena. Pero Azucena, criada entre cinco hermanos varones, ha resultado bravísima. Rubia y linda como una joya, es tan rápida para ensuciarse, que nadie consigue mantenerla limpia más de tres minutos seguidos. Miren qué gracioso resulta ver cómo ella, que se había alejado tras una gallina, avanza hecha un revoltijo de suciedad y las asusta. Vean cómo reculan y luego se dan vuelta y huyen, agarraditas, y cómo ella las persigue, tirando picotazos y cacareando igual que las aves que pululan alrededor…

Observen cómo desde el norte parece acercarse una tormenta de esas que sólo dan tiempo para algunos pensamientos inútiles. Acabo de darme cuenta y pienso, sin querer: «Que se embrome por testarudo». Yo creo que Herbert se ha ido en sulky hasta la estación. No sé por qué, precavido como es, al ver el plomo del cielo, a último momento decidió ir en coche. Estoy enojada porque quise acompañarlo con los cuatro chicos en el auto y él dijo que no, que prefería ir solo en el sulky para hacer los mandados tranquilo, ya que tantos chicos juntos no lo dejaban pensar bien. Ni bien ni mal, yo estoy rumiando mi enojo conmigo misma y qué hacer con la tormenta, cuando oigo un trote a mis espaldas y me doy vuelta. Es la marquesa que ha elegido a Dórico, «el Zaino de las Tempestades», para su paseo vespertino. Viene erguida y feliz, olisqueando el temporal. Todos los días monta alguno de sus caballos antes de la puesta del sol: galopa de ida hasta donde le alcanza la luz y regresa como surgida del manto de oscuridad que se apodera de la Tierra. Poco le importa cuáles son las condiciones del tiempo: siempre vuelve renovada y contenta, con alguna idea nueva, alguna ocurrencia recién concebida que suele servirle para encarar el día siguiente. Bajo la luz de la luna y las estrellas, con noche cerrada o luchando contra los elementos, unas veces cubierta por el salitre y las ráfagas de arena, otras veces chorreando lluvia… sea como fuere, jamás se arrepiente de haber salido. Orgullosa de ser capaz de vencer todos los desafíos, esa salida a caballo al atardecer se ha transformado para ella en un rito vitalizador, una ceremonia que cumple con pasión. Cuando llegó por primera vez al campo, alguien le dijo que la caída del sol es «la hora de la oración». Fiel a su escala de valores nórdica, ella sin duda entendió que es la hora de la privacidad, del repliegue, de sentirse libre de toda atadura que no sea la de la inmensidad.

La observo desde lejos y la envidio: ¡qué lindo ser así!

Ahí está, ahí viene. Oigan cómo grita desde lejos:

–¡Iujúuuu, Eulialia! ¡Mujeres allá en casa, están rato más ocupadas! ¡Habrá lluvias! ¡Fiesta igual será stupenda! ¡Notche facunda!

Ha completado su parlamento. Taconea con energía el zaino que parte al galope. Los cascos arrancan latidos de la tierra; siento admiración y rabia, siempre esa extraña mezcla de sentimientos. Pienso incoherencias: que ese sonido tan fuerte es el corazón de la marquesa, que a lo mejor por sus venas sólo corre sangre de caballo, que ella ama como una bestia y monta como una diosa, que se consume íntegra en cada instante y por eso queda fría... Recuerdo algunas expresiones que le he oído:

–Unica religuión para mí es religuión de libertad... No importa si estás hombre o mujer... Importa si estás tonto o tenés alguna idea, si estás decidido o tenés cibollas... Si estás con plata o sin cobre...

Yo quisiera preguntarme por qué no he podido aprender a ser libre... Pero de repente, algo se ha abierto camino en mi mente y me sorprendo hablando sola:

–¿Noche facunda? ¿Será que se prepara otra de sus travesuras con el milicote ése que va a venir? ¡Que Dios nos proteja de tanta libertad! ¡Ay, Eulialia! ¡Ay, Eulialia! –Las chicas han dejado de correr y de saltar y me miran divertidas porque yo repito mi propio nombre mirando al cielo.

Muchas veces yo imitaba la forma de hablar de la marquesa porque me hacía mucha gracia, en especial esa fría i de más que le ponía a mi nombre.

Miren, Epifanio se ha dormido en mis brazos, mientras yo paso unos minutos en cavilaciones más silenciosas. Vean cómo oteo el horizonte para comprobar que la tormenta no se ha decidido ni presenta apuro alguno. Miren, me voy hasta el granero para depositar a

Epifanio con su mantita sobre una montaña de paja. El bebé está por cumplir cuatro meses y yo cuarenta y tres años. Aunque aún no lo sé, se me va a presentar una oportunidad inesperada para alterar por completo mis conductas habituales. Voy a aprovechar en parte esa oportunidad pero voy a tener que sufrir lo que el destino me tiene reservado. Ahora me asomo a controlar a las chicas, mientras sigo masticando mi resentimiento: «¡Ella se llena, y los demás que revienten! Ahora es el turno del milico presumido, me juego la cabeza. Ése, aunque me caiga muerta, no se lo crío... Ellos son los que exterminaron a los indios... los que atacaban y quemaban las tolderías, la raza de los Timoteos... los mismos contra los que peleaba Arieta... Todos cortados con el mismo cuchillo».

Miren: estoy intranquila, voy hacia el tendal con dos canastos. Como si pudiera anticipar la escena que se está gestando, insisto en pensar cómo hacer para soltarme de alguna atadura, para sentir distinto... Vean cómo Azucena recoge granos de maíz del suelo y corre a las mellizas y se los tira en la espalda mientras vuelvo a otear el horizonte entre dos sábanas: ahora sí, el temporal se está armando y calculo que el agua me va a dar el tiempo justo para recoger la ropa sin que se moje. Pero el viento se adelanta: pantalones, toallas, camisas, pañales y polleras bailan sobre mi cabeza y alrededor de mi cuerpo. ¿Ven cómo se me escapan las prendas de las manos y flamean intentando envolverme? Las chicas, con toda naturalidad, siguen a las gallinas que han ido a cobijarse del viento en el granero. De repente, descubro la figura que se acerca a buen paso desde la tranquera del noreste. Entrecierro los párpados y alcanzo a distinguir el porte de un desconocido que arrastra las piernas como si fueran largas bolsas de arena cosidas a un tronco encorvado. Un linyera que se arrima a pedir permiso para pasar la noche, pienso mientras termino de llenar el segundo canasto de ropa. Entro otra vez al granero cuando comienza a llover.

Caen gotas enormes. Vuelvo a salir, protegida por un gran sombrero de paja que he encontrado en el galpón. Las pocas prendas que han quedado en la cuerda son sólo el pretexto; no quiero perder de vista al linyera, por curiosidad y porque me gusta saber a quién se le franquea la entrada... Recojo un par de camisas y no más de una docena de medias... El hombre ha acelerado el paso, ya comienza a chorrearle agua por el ala del sombrero, por la barba, por los zahones de cuero de vaca que le llegan a media pierna, atados a los muslos encima de unas bombachas mugrientas. Parece tener más de sesenta años. Miren: él ha visto que hay alguien, se quita el sombrero haciendo señas y se larga a correr en dirección adonde estoy, con su atadito a cuestas. ¿No es cierto que sin sombrero y en carrera, da la impresión de haber rejuvenecido más de una década?

Observen: ya no se distinguen las gotas, es un torrente de agua que cae como una cortina oblicua que se renueva a sí misma. ¿Ven cómo corro también, sujetando el sombrero sobre la cabeza y las pocas prendas que he recogido contra el pecho? Vamos a entrar casi al mismo tiempo en el granero, empapados. Ahí estamos. Vean cómo las chicas acuden curiosas y se arremolinan, con su bullicio natural, alrededor del intruso y cómo la presencia de las niñitas y la abrupta quietud del tinglado, que tamiza la lluvia como si fuera música de percusión, han creado una escena que nos infunde una arrebatada conciencia de nosotros mismos. ¿Alcanzan a ver cómo los dos estamos tomados por una especie de pudor o vergüenza que nos impide mirarnos mientras reímos y nos sacudimos el agua?

¿Oyen a las mellizas que preguntan con vocecitas de prodigios?

–¿Cómo te llamás? ¿Adónde vas? ¿Dónde está tu casa? ¿Qué querés? –todo al hilo y repetido varias veces.

Miren la manito de Azucena que ha descubierto y acaricia el cuero de aquellos enormes calzones mojados. Vean cómo el hombre toca con un dedo encallecido la miniatura de mano, que de inmediato se retira arisca, y ahora contesta las preguntas mirando a las mellizas:

—Me llamo Espinosa y vivo en todas partes.

Un resorte salta en mi pecho. Vean cómo levanto la vista de inmediato y quedo inmóvil, escudriñando con asombro las facciones que el tiempo ha transformado. Con tono de memoria y gratitud, exclamo:

—¡Aniceto!

Él, al oír su nombre pronunciado por mi voz, mira incrédulo. Me sonríe fascinado porque estoy ahí, al alcance de la mano... y porque recuerda tan bien como yo que fui su primera novia cuando todavía éramos unos borregos, hace más de treinta años.

Enseguida nos abrazamos riendo con toda naturalidad y sin la menor suspicacia. Pero en el abrazo se rozan nuestras mejillas y el roce de pieles y olores nos hace caer de golpe por un empinadísimo tobogán de recuerdos hasta una emoción que hibernaba con toda su fuerza adolescente.

El enamoramiento rebrotó como si hubiera estado esperando su segunda oportunidad en aquella insólita circunstancia, gracias a un inconcebible golpe de suerte con lluvia. Iba a decir que Aniceto buscó mi boca. No es verdad. Las bocas se reencontraron, atraídas por un beso pendiente, iluminadas por la casualidad que les daba cita en un tiempo de madurez y arrugas y en el lugar más insospechado. Se podría decir que perdí la cabeza por unos instantes y que la recuperé recién cuando sentí que tironeaban de mi vestido. Las chiquitas habían quedado mudas, mirando hacia arriba, probablemente impresionadas porque casi toda mi cara había desaparecido en medio de esa enorme barba sin boca. No se me ocurrió mejor expediente que sacar unos puñados de maíz del delantal para que fueran a alimentar las gallinas, sabiendo desde el vamos que el recurso iba a durar muy poco. Cuando ellas se apartaron, Aniceto aprovechó para tomarme la mano y llevarla a palpar la testarudez de su amor.

—Mirá la quemazón que me hacés, todavía —me dijo en un susurro, mientras yo comprobaba cómo se había inflamado de virilidad el hombre del cual había huido justamente por eso... porque se inflamaba todo el tiempo y a mí me asustaba, convencida de que esa atracción que yo sentía era obra del demonio y que mi única salvación era iniciar el camino de la santidad en un convento...

Miren cómo Aniceto desata una punta de su lío y extrae un pirulí de la Habana, dándose aires de mago, para que las chicas —que ya han regresado— se entretengan un rato más. Miren cómo lo parte en tres pedazos y lo distribuye haciendo una ceremonia. Ellas lo miran con esa redondez brillante de las golosinas y le preguntan:

—¿Vos por qué no tenés boca?

Vean cómo las sienta en el suelo y les habla, haciendo bailar sus ojos de mago y modulando con gruesos labios de duende para mostrarles que sí tiene boca:

—Chupen esto, mientras nosotros le vamos a pedir al cielo que no tire más agua. Si se quedan quietitas, el cielo va a hacer luces oscuras y yo les voy a dar más dulces y después va a salir el sol...

Yo lo escucho como transportada, admirando la gracia que tiene para hablarles a las chiquilinas, con la curiosa sensación de que a mí no me importa más nada todo lo circundante: sólo existe él. Miren cómo me dice algo al oído y me guía detrás de una pila de fardos, donde hay una montaña de heno y donde la oscuridad de la tormenta es casi total. Ahora no se ve más.

Él me había dicho: «Tomémonos el tiempo del pirulí». Muy pronto estuvimos desnudos, regocijándonos en la maravilla de tener un cuerpo con ganas de ser reconocido y amado después de tanta vida. Nos tomamos el tiempo del pirulí y el de las bienaventuradas lombrices, el tiempo que sentíamos que nos debíamos desde aquel entonces, desde que yo me había asustado de tanta pasión y había salido corriendo bajo otra lluvia. Cada tanto, como una bendición para colmar la excitación de los demás sentidos, alcanzábamos a vernos unos segundos con la luz de los relámpagos. Yo vi que él tenía el rostro, el cuello y los brazos tostados y curtidos hasta los bordes de la camisa y que el resto del cuerpo brillaba tan blanco como escueto.

En medio de aquella sabia escalada de amor y placer, Aniceto me fue diciendo muchas cosas y también rió en mi oído.

A mí me deleitaba oír la alegría de su risa y la ternura de su voz, más allá de lo que dijera. Pero muchas de sus ocurrencias calaron en mi memoria con el sonido de chispas y burbujas de su forma de pensar y de decir:

–Qué bien te quedan las redondeces de los años... tenés gorriones mojados en los ojos... tus manos parecen palomas charrúas... tu risa pica directo en mis ganas... te voy a llenar la panza de huesitos...

Yo no contestaba, sólo reía mi risa cosquilleante y cada tanto le decía las pocas palabras, algo tontas, que me salían del jolgorio que tenía en la garganta. Él respondía para volver a oír lo que le gustaba:

–¿Cómo decís?... A ver, contáme eso otra vez...

Habíamos caído sobre la paja y sobre la ropa, y allí nos hundimos retozando con ímpetu creciente, para hacernos un hueco a la medida de nuestros cuerpos acoplados entre susurros y jadeos. Había un olor muy fuerte a carbón sudado en aquel entrevero de cariño antiguo y excitación renovada. El vestido de las florcitas rojas estaba en el fondo de ese nicho de paja que cavamos con las rodillas, los codos y las oleadas de nuestro amor reverdecido. Quedó para siempre impregnado con ese olor tan particular y es otra de las cosas que aún debe de estar en el desván.

–El pirulí ya se acabó hace rato –dijo Aniceto bajito.

–Algo habrán encontrado a cambio –me apuré a contestar y, arrebujándome en sus brazos, me puse a hablar en secreto, intentando adivinar la vida que Aniceto quería olvidar y resumiendo la propia que él hubiera preferido no oír. Hasta que una gallina inoportuna nos pasó por encima, huyendo de un gallo, y apoyó la pata sobre la oreja de Aniceto. Él pegó un alarido y se puso de pie. Las chicas –que según vimos después habían estado jugando con una mágica invasión de lombrices en la semipenumbra cerca de la entrada– se asustaron y empezaron a gritar. El pequeño Epifanio despertó, la lluvia recrudeció y el galpón quedó transformado de repente en un caldero donde retumbaban los llantos, el aguacero y la queja cacareante de la gallina que Aniceto había pateado, vengativo.

Lo circundante volvió a imponerse de una forma tan perentoria, que tuvimos que hacerle lugar y darle el tiempo que le habíamos estado escatimando. Lo único cierto, y lo más absurdo, era que resultaba imposible dilatar el encuentro en ese momento: era hora de cubrir los cuerpos aunque fuera con ropas mojadas, era hora de acudir a calmar a los menores, aunque nos resultara un incordio. Urgidos por tanto grito y tanto llanto, nos vestimos a las disparadas:

—¡Ay, mamacita! ¡Qué castigo! —gritaba Aniceto y zapateaba para teatralizar el rechazo de la piel al contacto frío y pegajoso de su ropa.

Las criaturas estaban muy asustadas, y tranquilizarlas nos exigió bastante esfuerzo, porque, para colmo de males, habían comenzado los truenos y a las chicas les importaba un bledo que Aniceto dijera que Dios estaba moviendo su mesa y su cama, porque todavía no pretendían saber quién era Dios.

—¿Qué demonios tengo que hacer para que estos gurises vayan con sus mamás? —Aniceto hablaba con pucheros, imitando una protesta infantil.— ¡Soy capaz de rezar una novena, de venderle mi alma al diablo!... Lalia, hace treinta años que te perdí la pisada, ¿me vas a decir que justo el día que te encuentro tenés que cuidar cuatro chicos ajenos?

Él rezongaba divertido y acariciaba la cabeza de Azucena que se había tranquilizado en sus brazos y jugaba con su barba.

—No, ya los podría dejar —contesté sonriendo—. Pero el problema es la lluvia, esperemos un poquito. Seguro que ya los van a venir a buscar —agregué esperanzada.

Nos sentamos a esperar.

—¡Esto no me sorprende! «¡Lloverá cuando la encuentres!» ¡Dicen que así decía la Biblia que ella se llevó al convento! —Aniceto hablaba lentamente para las niñas, redondeando mucho los ojos y la boca.– ¡De seguro que va a durar toda la noche, muchachas! ¡Siempre se comporta así el cielo, cuando ocurren milagros! ¡Y no va a terminar como cualquier chubasco de verano! ¡No es para menos! A ver, díganme ustedes cuánto más tiempo hubiera podido durar este misterioso sortilegio de las lombrices que las mantuvo tan entretenidas y a salvo –las chicas le habían traído unas cuantas y él las revolvía con un palito y les hacía hacer pruebas de acrobacia sobre el mismo palito– de no haber sido por la imprudencia de ese gallo malquerido y salvaje que vino a desatar la cadena de pánico, molestando a una pobre gallina, el muy desamorado.

Olga se acercaba mucho al cuello de Aniceto y olfateaba, retirándose luego con expresión de repugnancia. Patricia se ocupó de preguntar por ella:

–¿Qué olor tenés vos?

–Olor de macho cabrío –replicó Aniceto, entretenido.

Justo en ese momento se oyeron los excitados relinchos de Dórico que se había detenido frente al granero. Iluminada por un refucilo, vimos la figura de la marquesa recortada sobre el caballo que se movía nervioso. La marquesa alcanzó a vernos a nosotros también, y gritó:

–¡Eulialia! ¡Espera acá! ¡Mando coche! ¿Están los cuatro infantes con vos? ¿Hay alguno élemento más, ahí?

Aniceto se asomó y yo grité:

–¡Un hombre que pide lugar para pasar la noche! ¡Buena persona! ¡De mi pueblo!

La marquesa contestó:

–¡Diga venir conmiga! ¡Préciso aíuda!

Apenas alcancé a soplarle al oído:

–Acercáte a la cocina, despúes.

Lo vi partir corriendo a la par del caballo, bajo la lluvia. Quedé a la espera del auto, envuelta en un ansia que parecía impostergable.

El coche me buscó y nos llevó a la casa. No demoré mucho en estar lista: con la alegre premura del deseo entregué las niñas, tomé un baño y me acicalé. Entretanto Epifanio se fue durmiendo prendido a una botella de leche color malva, una versión antigua de los biberones que la marquesa había hecho traer de Francia y cuyo folleto explicativo decía «arrulla a su bebé desde la lengua hasta las tripas». Calculando que podía anticiparme al regreso de Herbert, hablé con Nacha:

—Vino un amigo de mi hermano que está de paso. Me trajo noticias, voy a ir al bajo a charlar con él. No creo que Epifanio despierte ya, pero pronto va a llegar Herbert, así que avisále para que se quede a cuidarlo.

Nacha me miró con picardía, porque le pareció sospechoso que estuviera tan contenta y tan arreglada por un simple amigo de mi hermano. Contestó como quien tira una red para averiguar algo más:

—Vaya tranquila, doña, que de mí no han de salir secretos...

—No hay secretos —dije muy seria.

—Pues si no hay, por eso digo... Usted me da la razón: si no hay, no han de salir —retrucó Nacha, sonriendo con los ojos.

La lluvia había parado. Recorrí una por una las instalaciones de «El Capricho», hasta que me di por vencida: nadie había visto a Aniceto. Insistí varias veces en el bajo —en las casas de los peones y de las mucamas— porque pensé que me estaban engañando. Luego llamé en los galpones y sólo oí mi propio eco. Llegué hasta las caballerizas altas. Allí me pareció que los caballos me miraban en forma extraña.

—Dórico, ¿quién te trajo? —pregunté y sentí que el zaino me contemplaba con un dejo de compasión.

Revisé la fiambrera, el chiquero, los corrales, los galponcitos de herramientas, el cobertizo del tractor y la maquinaria, la casita del motor y cuanto cobijo había, llamando el nombre de Aniceto de viva voz o en susurros cada vez más desesperados. Por fin, como último recurso, vine hasta las caballerizas de verano, esta estructura con forma de barco y con boxes que la marquesa había diseñado y que por ese entonces estaba en construcción. Aquí, en este mismo lugar, se me hizo presente otra vez el temperamento alocado de la marquesa. Viendo este diseño concebido por ella para recordar el barco en el cual había llegado a este continente, encallado en la playa para dar abrigo veraniego a sus caballos preferidos, pensé en las chifladuras que era capaz de inventar y encontré motivo de creciente desazón. Regresé a la cocina con un mal presentimiento. «Pero claro, ¿cómo no se me ocurrió antes?», me decía indignada.

Permanecí en un rincón de la cocina, taciturna y ausente, sólo atenta a los ruidos que venían del patio, rogando, a mi manera, para que mi presentimiento estuviera errado. Nacha me vio tan triste y ensimismada que no se animó a preguntar por el amigo de mi hermano. Estaba claro que algo había ido muy mal. Solícita, a cada rato me ofrecía algo para probar y me hacía algún comentario sobre la cena que estaba preparando. Pero yo no quería probar nada ni hacía caso de los comentarios. Había mucho movimiento de mucamas con cofias y guantes, y sin embargo –contra todos mis hábitos– yo permanecía inactiva y aislada del nerviosismo que me rodeaba. Veía los platos, las copas y los cubiertos que iban y las bandejas que volvían vacías, veía las caras de los ayudantes que me observaban e intercambiaban miradas intrigadas entre sí y con Nacha: todo me tenía sin cuidado, que pensaran lo que quisieran.

La tormenta arreció otra vez. Cuando Nacha oyó que llegaban los primeros invitados, se manifestó molesta por el hecho de que Herbert no hubiera regresado aún. Pero en ese preciso instante se abrió la puerta del patio y el don Jérber apareció embarrado y chorreando. Nacha justo decía «vino blanco» en su enumeración de las vituallas que faltaban para la fiesta. Herbert venía radiante y contestó:

–No, vino blanco, no. ¡Vino Barbarroja, que tuvo muchos percances!

Había ido al pueblo a realizar la acostumbrada provisión de mercaderías –que llamábamos «la provista»– y a traer unos pedidos especiales que debían llegar como encomiendas en el tren del mediodía.

—¡Siempre los demás tienen percances y yo soy la que tiene que correr a último momento! ¡Total, todo se arregla con chistes alemanes! —protestó Nacha sin querer oír los cuentos de Herbert sobre el retraso del tren y el auto empantanado. Él había traído, entre muchas otras cosas, una caja de bombones llena de moños y papeles brillantes. Eran mis bombones predilectos. Herbert me los ofreció en un gesto galante con intenciones de reconciliación. Como no lo miré y sólo hice un lento cabeceo por toda respuesta, él pudo suponer que yo seguía enojada porque no me había llevado con los chicos y por la pelea del día anterior, y se fue murmurando, con la caja en la mano:

—India Maula sigue enojada y no acepta trato con Alemán Corajudo, aunque él los salvó de mojarse en esta tormenta...

La discusión del día anterior había sido una vez más por la actitud complaciente que adoptaba Herbert frente a la marquesa. Yo lo había acusado de cobarde. Oí lo que él masticó entre dientes y le agradecí en silencio que no me hubiera llevado.

Apenas Herbert salió de la cocina, tomé a Nacha por el brazo y le dije en una súplica de tono brusco:

—¡Andá a ver qué hace la marquesa!

—¿Yo? ¿Ahora? Justo cuando...

Nacha había reaccionado como quien oye una locura, pero no la dejé dudar. La interrumpí con toda convicción:

—Sí, vos. ¡Y ya! ¡Me tenés que ayudar! No puedo perder un minuto. ¡Es urgente!

Nacha era buena compañera y buena entendedora: hacían falta pocas palabras. Cuando vi en sus ojos que estaba decidida y que había entendido, agregué en tono cómplice la información que ya era innecesaria:

—Tengo que saber si hizo algo con mi amigo.

En el momento en que Nacha iba a salir, retorciendo sus manos en el delantal, agregué:

—Si ella no está en su habitación, fijáte si hay alguien allí. Si está él, que baje ya mismo, que nos vamos.

—¿Qué digo si me encuentro con alguien en el camino? Porque yo nunca subo... —se cuestionó Nacha preocupada.

—Decís que yo me descompuse y que andás buscando agua alcanforada —repuse.

Nacha volvió diciendo que la patrona ya estaba en el salón, rodeada por varios invitados, y que arriba no había nadie. Yo murmuré:

—¡Lo ha echado! —y me sumí en el mutismo más absoluto, dispuesta a pasar la noche en vela para poder pensar todo lo que se me ocurriera y atenta al amanecer para ir a buscarlo.

Pasaron un par de horas de trajín y, cerca de medianoche, Nacha se sacó los zapatos y se fue a espiar el baile. Herbert, disgustado por mi empecinado silencio, se había ido a dormir. Nacha regresó a la cocina e intentó distraerme con sus chismes:

—La gente no es de venir siempre, el único conocido es el conde. Las señoras son muy, pero muy delicadas, mucho más que la marquesa... Pero siempre es ella la que tiene a todos en un puño... Hay un militar, vestido de gala, ¡que parece un dios! ¡Como para hacerle una estatua!

—Nunca me gustaron los militares —contesté con un seco gruñido.

—¿Qué pasa, doña? ¿Por qué no hablás un poco y te sacás el entripado? —dijo Nacha cuando terminó de ordenar la cocina y puso dos tazones con café sobre la mesa, antes de tomar asiento.

Pero eso tampoco surtió efecto. Miren cómo tomo el café sin pronunciar palabra y mordiendo con insistencia mis labios hinchados, lenta de entendederas. Oigan cómo Nacha anuncia que se retira a descansar y entonces yo salto de la silla, la cara de pronto oscurecida por la luz de una idea funesta que me urge despejar:

—Andá a ver si no hay un hombre con una gran barba en el salón.

¿Ven cómo Nacha asiente sorprendida? Luego hace un gesto con sus manos para marcar una enorme barba redonda, mientras dice entusiasmada:

—¡Es el que mejor baila!

—¿No... no tiene aspecto de... de linyera? —pregunto dolida y tartamuda.

—¡Qué va! Ese, de seguro es profesor o algo así —sostiene Nacha—. Vení, vamos a verlo...

Miren cómo me dejo arrastrar hasta la gran puerta de roble que separa el comedor del salón. Observen cómo la abrimos con sigilo y espiamos por la ranura. Mi primera sensación es de orgullo: mi Aniceto tiene estampa de caballero. Por momentos río bajito y disfruto viéndolo bailar, por momentos se me llenan los ojos de lágrimas y se me tranca la quijada porque no está conmigo.

—Hace temblar los pisos —me susurra Nacha al oído—. Y debe de ser muy cariñoso...

Miren mi cuerpo apoyado sobre el de la araucana que se ha agachado un poco para hacerme lugar. Vean cómo nos arreglamos para tener las dos caras pegadas a la ranura de la puerta, ella encogida y yo en puntas de pie. En un vaivén de emociones, no puedo evitar las olas de rencor que me suben de los juanetes: ¿cómo me pudo traicionar así, sin siquiera avisarme que no esperara?, aunque también vuelvo a admirarlo y a sonreír, cuando compruebo cómo goza bailando como un condenado. Por fin, va a predominar la rabia y me voy a escapar de Nacha que me quiere retener.

Fui directo hasta mi cuarto y eché llave en las dos puertas. Me metí desnuda en la cama y cuando oí que Herbert golpeaba con los nudillos en la puerta que comunicaba ambas habitaciones, me hice la sorda. Afuera llovía en forma persistente y yo, tapada hasta la coronilla, lloraba sin parar: porque no podía perdonarme el haber dejado a Aniceto cuando era una chiquilina ni el haber perdido parte de mi vida en un convento ni el estar perdiendo el resto en esta estancia... ni ser tan zonza como para no haber imaginado, durante tantas horas de espera en vano, las cosas que era capaz de tramar la marquesa...

Cuando oí que ya no llovía y distinguí el primer quiquiriquí con la casa en absoluto silencio, dejé de llorar y volví a la cocina a sorber mi infinita tristeza con unos mates amargos. Había decidido cambiar mi forma de ser. Pronto comenzó a clarear y mi cansancio de la noche en vela y en llanto se acentuó con la luz. Cabeceé varias veces antes de dormirme apoyada sobre la mesa. Ahí estoy. ¿Me ven?

Voy a despertar estremecida por un beso en la nuca y voy a sentir una mano pesando sobre mi espalda. Miren: me enderezo, respiro un vaho de alcohol y no puedo contener los sollozos de esa gigantesca pena, de toda la vida, que me oprime las sienes y me sacude el esternón. Aniceto me abraza por atrás y me dice al oído:

–Quiero llevarte... Todo el tiempo lo pasé pensando en vos... Tu patrona es como garrapata... de seguro tiene algo de hechicera... No tenía forma de escaparme... ya te voy a contar... Vámonos rápido, antes de que amanezcan todos...

Miren, me pongo de pie queriendo creerle pero no puedo dejar de pensar: «Me miente, le gustó...» Las piernas me pesan como columnas y el cuello me duele la torcedura del desengaño y giro el cuerpo tieso y mi mano despliega una cachetada irreflexiva que suena apenas sobre aquella barba. Aniceto, por toda respuesta, baja los párpados y aprieta los labios. Veo sus zahones, su camisa gris harapienta y arremangada y su sombrero de fieltro aun húmedo y me gusta mucho más mi Aniceto del granero que el caballero que admiré en el baile. Enseguida se enciende otra vez el rescoldo del efímero encuentro en la montaña de heno y retoma su intensidad en el recuerdo. Él mantiene los ojos cerrados, como esperando una caricia o un perdón. Miro sus manos y vuelvo a sentir cómo me tocaban, observo sus labios y recuerdo cómo me besaban, y deseo, con el pecho que se expande, ver sus ojos con brillos de pájaros sobre tierra mojada. Me quedo mirándolo fijo y susurro su nombre sin darme cuenta. Él reabre los ojos y entonces sé que todavía nos queda mucho tiempo y que nos vamos a ir juntos.

–Vámonos, que me duele esta casa y el daño que te hice... Vámonos, que quiero tenerte a solas en medio de la pampa... –Él habla como para sus adentros.– Vamos, que todo se cura con sol y viento...

Busco un lápiz en el cajón y garabateo apurada sobre un papel: «Herbert, cuidá a Epifanio. Tengo que ver a mi hermano en la prisión. Eulalia».

Nos marchamos a pie. Ibamos tomados de la mano, sorteando los charcos. Pero Aniceto sentía la pregunta que insistía en mis ojos y en mi silencio, porque dijo:

—Sé buena, Lalia, dejáme ponerle distancia a esa bruja... Por la noche hablamos de eso.

Miren: yo sigo andando, callada. Ni sí, ni no.

Vean cómo Aniceto, al cabo de un rato, después de respirar hondo varias veces y mirando hacia adelante como si hablara solo, dice:

—Está bien, ya sé que te sigue lastimando lo que pasó... No te vas a creer que para mí fue un gusto...

—Te vi bailando lo más contento... —respondo de inmediato.

—Es que me tenía pialado, Lalia, te lo juro... Tuve que... ¡¿Cómo explicártelo, carajo?!... —exclama Aniceto, pateando una piedra y apretando los labios con gesto de desesperación resignada.

Seguimos andando. De repente, inspirado por la sabiduría del movimiento, Aniceto dirá:

—Vos mirá a lo lejos, que yo te lo voy a contar como un cuento... Pensá que es una historia que le ocurrió a un linyera hace muchos años, porque las cosas son según como uno las ve y duelen más cuando las mirás de cerca...

Así, mientras veía pasar algunas nubes, que por momentos parecían ovejitas, o zorros, o barcos, o pájaros vagabundos, oí el relato que Aniceto me hacía, con su voz templada y su gracia de oso:

—Un hombre barbudo llegó una tarde de tormenta a una estancia junto al mar. Ahí encontró a la mujer con la cual soñaba desde los dieciséis años. Se alegró como nunca y la vida se le hizo agua entre las manos. Porque además llovía... La hizo suya por segunda vez, porque después de la primera, la mujer, que en ese entonces era sólo una niña de doce años, se había marchado a un convento, asustada por la fuerza de ese amor, que, de tan grande que era... le había parecido pecado… Ella había sufrido mucho y él también… y estaban felices de tenerse uno al otro en un galpón, en el medio de la paja, a escondidas de los cuatro gurises que ella cuidaba. Pero no tuvieron tiempo de hacer planes. De golpe llegó, lloviéndole la lluvia por el cuerpo como una ducha, la patrona de la estancia. Iba de a caballo pero parecía una bruja montada en el demonio de la tormenta. ¡Allá tuvo que ir el hombre a ayudar! Y se fue descorazonado porque su corazón se le quedaba en el granero. Tuvo que galopar a la par del caballo bajo la lluvia. Y para su sorpresa, cuando la bruja con pelo de fuego le preguntó su nombre y él lo dijo, ella gritó con su tonada que era dura como navaja en la piedra: «¡Entonces usted es filósofo!», y comenzó a reír con una risa hechizada. El pobre hombre no entendía qué quería ella, pero cuando se quiso acordar, estaba en sus habitaciones… Y tenía que darse un baño en una bañera con dibujos de plantas porque iba a ir a un baile… Para él fue una pesadilla: la bruja llenó el agua con una espuma y el aroma lo emborrachó… Tuvo que cepillarse, escarbarse las uñas y después meterse en una toalla grandísima como él jamás había usado, con mangas y cinturón. Ella le hizo tomar licores y lo anduvo embrujando… Después le dio unas ropas negras muy extrañas, unos zapatos muy duros, una camisa de seda con firuletes y un moño para ahorcarse el cuello y además le quiso peinar la barba. Él dijo que la barba no se peinaba, y como ella insistió, el hombre contestó: «Si hay que peinarla, me la peino solo». Ella comentó que toda esa ropa la tenía de recuerdo porque había sido de su padre. Y gritó: «¡Usted, Espinosa, es el invitado de honor a mi fiesta!» Pero después, hablando más bajo, le dio instrucciones en su castellano enredado, que a él le costaba bastante entender. Él tenía que decir que era filósofo y si le preguntaban algo, no debía contestar en forma directa. Tenía que contar cualquier cosa que él hubiera visto en el campo, como dando ejemplos. Podía hablar todas las veces que quería, pero siempre sobre animales y fenómenos de la naturaleza, nunca sobre personas y si se veía en el brete de opinar sobre las personas debía decir que era imposible entender el mundo aceptando el libre albedrío de Dios y de los hombres. Esto se lo había hecho repetir, pero ella decía «alberdío» y él había tenido que corregirla. Después podría bailar, copiando un poco a los demás. El hombre quería decir que no, que no tenía voluntad para prestarse a todo ese enredo, pero no había forma... Ella seguía hablando: él tenía que tener bien claro que su trabajo era impresionar y confundir a un militar que la pretendía. Al hombre no le gustó ni un pelo lo del militar porque ya había tenido problemas con la policía y sabía que ellos no se andaban con vueltas... Pero ella decía que le iba a dar una joya como premio si todo salía bien, y que no le convenía ni averiguar qué iba a pasar si algo salía mal... El hombre pensó que además de bruja, era loca... Y estaba asustado, porque no se animaba a escapar... Cuanto más lo pensaba, menos le gustaba eso de andar jodiendo a los milicos, porque estaban más fuertes que nunca desde que habían tomado los gobiernos hacía unos meses... A él poco le importaba la joya, que si la quería hacer plata después, lo iban a acusar de ladrón... y durante todo ese tiempo se hacía mala sangre porque no podía dejar de recordar a su novia, que lo iba a estar esperando preocupada... Le pidió a la bruja que le hiciera avisar a la novia que él se iba a demorar y ella le dijo que se quedara tranquilo, que ya le haría decir, pero también que pusiera cuidado con esa novia porque ella ya tenía un marido... y que si lo agarraba ése, le iba a desplumar la barba pelo por pelo... Él se sentía muy raro porque era otra persona que él mismo... Tuvo que bajar las escaleras disfrazado de señor y fue presentado como un filósofo muy importante. El militar, que se llamaba Archibaldo Arias, dijo: «Espinosa... me suena, creo que he leído algún libro suyo...». El linyera, que nunca bebía, se sintió muy mareado con tanto licor, vino y champaña, porque todo el tiempo lo hacían brindar y todos tomaban como esponjas... Pero además él se sentía incómodo porque le burbujeaba la rareza de toda la situación... La comida llena de salsas le sentó muy mal a su intestino acostumbrado a comidas sencillas y peor con las chalchaleras que tuvo que bailar al compás de unas músicas de lo más extrañas… Se aguantaba la descompostura de estómago pensando que pronto iba a poder encontrarse con su novia otra vez. Pero la bruja estaba tan contenta con su desempeño como filósofo y tan ebria también, que, cuando se fueron los invitados, lo hizo subir a sus cuartos para que se cambiara las ropas. Y ahí otra vez a querer embrujarlo porque todo había salido tan bien… Según ella, tenían que festejar porque el militar estaba ligado al nuevo gobierno y había querido arruinar sus negocios… Pero ahora, con su ayuda –la de un simple linyera, pensaba el pobre hombre– el militar se daría cuenta de que ella era una mujer muy difícil de conquistar… Difícil es que usted lo deje a uno en paz, pensaba él, porque ella quería comentar, con su lengua dos veces trabada –por gringa y por borracha– cada una de las conversaciones de la noche. Lo mejor había sido cuando el capitán Arias, después de darse importancia con el tema de la guerra, le había preguntado a Espinosa cuál era la contribución de los filósofos a la humanidad. El hombre había dicho –y él prácticamente ni se acordaba qué había dicho si ella no se lo refrescaba–: «Vea, los hombres son como los pájaros, cada uno construye su nido como sabe y como le dicen sus necesidades… Unos lo hacen con tierra y ramitas, otros con hilos y hojas, otros con cañas… Vea, el hornero, por ejemplo…» Después de hablar un buen rato del hornero, de la oropéndola, del tucán arborícola, de la curruca costurera, del pinzón, del gavilán, de la garcita bueyera, del herrerillo, de los vencejos de las casas, del chiguanco, del pijuí, de la tijereta, del bandurrita y del biguá, dijo: «Pero hay pájaros, que también como los hombres, joden a otros porque no saben hacer su nido y entonces van y se apropian de un nido ajeno…». Y puso el ejemplo del cuclillo que le roba la casa a otro para desovar: «El cuclillo se mete en el nido del cerrojillo de las cañas y pone su propio huevo en ese nido ajeno, después saca uno de los huevos del cerrojillo y lo estrella en el suelo. Así, la cerrojilla, sin darse cuenta de que hay un huevo intruso, empolla el huevo del cuclillo y luego alimenta al pichón del cuclillo. Además, ese pichón, que nace antes que los suyos, le come los huevos a la cerrojilla. El pequeño cuclillo crece tanto, que pronto supera a la cerrojilla en tamaño y ella pasa el día buscando orugas e insectos y termina subiéndose al lomo del enorme pichón, tres veces más grande que ella, para poder alimentarlo… Y lo peor es que la pobre pajarita no se da cuenta de que está alimentando un monstruo…». Según la bruja, la expresión inteligente del filósofo y el reposo de su forma de hablar, habían dejado a todos, en especial al militar, sin argumentos. Reía mucho al recordar todo eso después de la fiesta y él no se podía ir porque ella seguía repasando los mejores momentos de la noche… Por ejemplo, había apreciado que «lo Graf», un señor de idioma un poco menos duro que el de ella –que le decían Conde y que parecía estar en el secreto porque le guiñaba el ojo cada tanto– hubiera estado de acuerdo con él, aportando datos sobre sus palomas… Por un momento el hombre tuvo miedo, porque pensó que quizás ese Conde era medio raro, amigo de andar con hombres, que los hay, y que esperaba su turno después de la marquesa… Pero no, ese Conde cambió de tema y dejó de guiñarle el ojo y los cansó a todos hablando de aviones, de planeadores y de vuelos de «pájaros mecánicos», como los llamaba, hasta que todos bostezaron y él mismo casi se queda dormido por su propio aburrimiento de no dejar hablar a nadie… Por fin el milico decidió irse, después de los bailes, porque no bailaba, ni lo dejaban hablar más de las guerras que nunca había peleado… Después de cansarlo con elogios sobre sus comportamientos, la bruja le colocó en el meñique un anillo finito con una piedra roja y le explicó que era muy valioso porque se llamaba rubí. Lo único que el hombre quería era que la mujer se durmiera y lo dejara volar a su nido. Por fin lo logró cuando se negó a dejarse tocar si ella no tomaba el resto del licor. Ella tomó de la botella hasta terminarla y quedó tendida en el piso. Entonces el hombre vació sus tripas y su borrachera y su humillación en el baño lleno de plantas… Se calzó su humilde ropa y bajó en puntas de pies, con bastante temor, a buscar a la novia. Su corazón se ensanchó otra vez cuando la encontró enseguida y vio que lo había estado esperando, quién sabe cuántas horas, y supo por su llanto y por su odio que lo amaba tanto como él a ella. Y se fueron juntos y comieron perdices… Y también algunos pescaditos y raíces… Y él anticipó que iban a ser felices, por lo menos por unos días, mientras la novia aguantara la vida de vagabundo que él no podía abandonar…

Miren: Aniceto ha concluido su cuento. Vean con qué alivio río y lo abrazo. Con la mejilla contra su barba observo unas nubes muy ligeras que pasan como duendes voladores y a mis pies los parches de agua dejados por la lluvia, donde el sol naciente se refleja contento, haciendo espejitos. Todo está húmedo y brillante, en un apuro de próximas lentitudes: mis ojos, los labios de Aniceto, los pastos, las hojas, la tierra. Desearía que ese momento durara para siempre, que los dos quedáramos allí como estatuas sin cuerpo. Me siento liviana. No llevo carga. No sé si volveré. No tengo más que el vestido verde y el abrigo de lana cruda que me cubren. Ya no somos jóvenes, pero todavía no nos sentimos viejos…: sólo existimos nosotros dos y esa combinación de velocidad y de luz de ese instante.

Aquel momento fue perfecto. Si fuera posible volver atrás en la vida como en el relato, yo iría directo hacia esa mañana y ese abrazo, y allí podría morir en paz, sin ningún resquemor, o vivir hacia el futuro que hoy ya es pasado, haciendo todo muy distinto para mí y para los demás. Dejen que me demore en esa imagen, mientras les sigo contando…

¿Filosofía armada?

Me llevó bastante tiempo comprender lo que se iba tejiendo en ese entrevero que eran nuestras vidas. Volvamos a lo sucedido antes de mi partida con Aniceto.

Miren, es una tarde nublada y oscura: la marquesa llega hasta «La Nostalgia» a caballo, como traída por el viento que se ha desatado. Está delgada, atlética y resplandeciente. Cada parto la pone más linda: pareciera que el gozo va sembrando atractivos en su rostro insaciable. El conde le dirá, preocupado por tanta belleza:

—Suerte que viniste, Marquise. Tengo mala noticia. El amigo George, que tenía que hacerte partenaire en el baile, enfermó con bronquitis ayer… No me gusta; señoritas sobran, faltan caballeros… Tenés que ser como zanahoria inalcanzable para ese orgulloso Pompeyo…

Observen cómo ambos ríen porque ha sonado gracioso el nombre «Pompeyo» en boca del conde y por la alusión involuntaria al color de pelo de la marquesa. Pero después de reír, él volverá a mirarla con ojos sombríos, como si pensara en una muerte inminente… Han tomado una taza de té en la terraza con vista a las dunas y el cielo se ha puesto plomizo. La marquesa se levanta, toma su fusta, se acerca al conde para acariciarle la nuca con disimulado gesto de ternura, y le dice:

—No te préocupes, Graf, no es tanto grave, todo sale bien. Yo le hago cosa muuuy difícil, prometo… —Le da una vuelta alrededor y pregunta:— ¿Por qué llamaste él Pompeyo? —Como el conde no responde y hace un gesto de no saber, ella continúa:— No importa, igual ió me comporta como si estoy rodeada por una legión de romanos. —Ríe, imita un saludo de venia y golpea sus propias botas con la fusta, antes de agregar con un guiño de ojo:— Estás cada día más buenomozo, socio.

El conde responde:

—Ya lo sé, pero ahora vete rápido, porque si no, te agaro y no te vas más… o te agaran las lluvias y terminas tú también enferma como George. —Mientras ella se monta al zaino, él le grita contento:— Cuando quieras hacemos otro viaje a la montaña…

Ella ríe con un balido de cabra y parte al galope.

Después, al apearse en el patio chorreando agua, la marquesa queda sorprendida por el porte y el semblante del linyera que ha corrido con agilidad a la par de su caballo: le parece que es evidente la solución. El cielo relampaguea sobre su cabeza y con la velocidad que tiene la luz para aparecer y extinguirse, la marquesa evalúa las interesantes facciones de ese hombre maduro, y concibe una mejora sustancial al plan del conde. Por sobre el fragor de la intensa lluvia, le pregunta su nombre y le parece demasiada coincidencia que confirme su aspecto de sabio reposado.

Es probable que haya pensado su frase predilecta: «matamos varios pajeros a un solo tiro». En este caso eran tres los «pajeros»: el conde, el capitán y ella. El conde iba a quedar más que satisfecho, el capitán a quedaría más que interesado y ella podría complacerse en provocarlo y azuzarlo en presencia de otro que no estaba nada mal.

No bien vio entrar a Archibaldo Arias en la sala, la marquesa se cercioró a primera vista de dos cuestiones. Primero, aquel hombre abrigaba un halagador deseo respecto de su persona y, segundo, ese mismo deseo lo volvía mucho más atractivo que cuando estaba dormido. No le cupo duda de que el conde estaba en lo cierto, aunque por otros motivos que los suyos: aun sin los intereses comerciales, valía la pena crear suspenso y dilatar la conquista, para hacer crecer el desvelo de ese caballero infatuado. El interés que ella leyó en el reflejo azulado de su mirada color azabache la inspiró más que nunca y agregó elementos suplementarios al juego químico de la atracción. Se limitó a decirle:

—«Enchanté»... de conocerlo e de en-corpo-rarlo a la rueda de los íntimos amigos...

Los que presenciaron ese saludo quedaron impactados por la forma en que ella seducía con los tonos y las palabras, y por la manera en que el capitán se había quedado mirándola como hipnotizado. Es que ella lo había observado con esa ingenuidad penetrante que sabía esgrimir tan bien, y los sonidos de «corpo» e «íntimos» sin duda habían recorrido una frecuencia especial entre ellos que los demás se sintieron llamados a sintonizar. La marquesa no volvió a hablarle al capitán en toda la noche, y sin embargo no lo desatendía. A una cierta distancia, se mostraba pendiente de él con la mirada. Sus ojos parecían transitar la edad temprana del «naïf-profundo» como los de una chica que quiere saber y pregunta todo a pesar del silencio. Cada tanto le dedicaba una ambigua sonrisa que prometía perspectivas. En apariencia, estuvo toda la velada más pendiente del «filósofo» y de la callada voluntad del conde, y sin embargo se las ingenió para hacerle entender al capitán que estaba dispuesta a mantener una relación «seria» con él. La conclusión quedó servida para el capitán: debía demostrar paciencia y esperar su turno porque la marquesa era un trofeo muy codiciado y en parte racionado por el conde.

Desde el comienzo de la cena, con un sutil manejo de la conversación, ella se dedicó a alimentar las naturales contradicciones entre el orgulloso capitán y su filósofo de ficción. Incentivaba la verborragia del capitán con sólo mirarlo de una determinada manera. Llegado a un punto de la exposición que ella consideraba adecuado, le hacía una seña gentil con la mano y con una sonrisa, como agradiciéndole y pidiéndole que esperara. Enseguida, le preguntaba su opinión al «filósofo». Luego agradecía, con algún comentario elogioso, la intervención de Espinosa, preguntaba algo a cualquier otro invitado y volvía a mirar al capitán para que interrumpiera. Entre medio, consultaba al conde con los ojos, como para estar segura de que todo iba bien.

El capitán ya había hablado sobre la defensa de los territorios, la gran capacidad de los estrategas romanos, la genialidad de los grandes conductores militares y la universalidad de la formación para el ataque y la defensa... Cada vez que la marquesa preguntaba: «¿Usted qué piensa, dóctor Spinosa?», el «filósofo» contestaba: «Si observamos otra vez en la naturaleza, vemos que...». Así, Espinosa se había ido explayando sobre distintos temas que parecían ser el contrapunto exacto de los temas propuestos por el capitán. Había hablado sobre las características y las costumbres de las aves amantes de carroña que se alimentan de animales muertos, sobre las aves sanguinarias que matan animales vivos, sobre las cigüeñas blancas que comen saltamontes después de sus nupcias, sobre las distintas arquitecturas de los nidos y sobre curiosidades tales como las plantas carnívoras, las ortigas, los hormigueros bajo las pajas bravas, las carreras de lagartijas asustadas, los jabalíes hozando en los montes... Parecía elegir al azar cualquier tema, pero muchos de sus párrafos terminaban sonando como alusiones muy inteligentes y rebuscadas a cuestiones que antes había mencionado el capitán.

La marquesa, en su doble juego de anfitriona, sonreía y miraba embelesada cada vez que el capitán hacía gala de sus dotes oratorias. O sea que él se sentía muy estimulado y seguía interviniendo con audacia y hasta con temeridad en la conversación, para rebatir las opiniones del «filósofo». En un momento dado, dijo:

–A mí me gustaría que alguien me explique cuál puede ser la utilidad social de las filosofías en épocas de crisis y caos... Porque, dicho sea de paso, la filosofía parece tener siempre una aberrante tendencia natural hacia las ideas de izquierda... Sólo alimenta la rebelión y el desconcierto, sólo nutre a los opositores y a los marginales... No en vano hombres de la talla de Julio César y Alejandro Magno tuvieron que concentrar todo el poder...

Ése fue el momento de máxima tensión, pero Espinosa supo salir airoso de aquella acusación de inutilidad viciosa, imaginando un paralelo entre los seres humanos y las aves. Se puso a hablar de las distintas variedades de pájaros y sobre cómo construyen sus nidos de acuerdo con sus necesidades, y entonces se explayó sobre las malas costumbres del cuclillo.

La marquesa, después de ponderar la exposición del «filósofo», consideró que era el momento de ceder la palabra al conde, quien debía aparecer como el dueño del reparto. Eichen habló hasta por los codos y luego, cuando todos estaban por quedarse dormidos, invitó al «filósofo» a inaugurar el baile con la marquesa. Éste danzó muy dignamente unos valses, pero, mientras bailaban, le comentó que conocía mejor las danzas folclóricas y ella quiso que hiciera una demostración, que fue muy celebrada. El militar sin duda sintió que perdía la posibilidad de ubicarse en el foco de atención, pero lo toleraba con bastante civilidad porque la anfitriona en ningún momento desalentaba sus esperanzas: le dedicaba sutiles movimientos del cuello, lánguidas caídas de párpados, contorneos ligeramente provocativos de las caderas en el baile con inmediatas miradas de reojo, austeros coqueteos con el Graf, todas señales de un código tan primitivo como transparente.

En todo momento la marquesa se había apoyado en la complicidad de su socio, quien ya estaba acostumbrado a su carácter y esa noche en particular la admiraba sin límites por la osadía que había demostrado al disfrazar a un linyera. Después, el conde confesó que la simulación le había parecido tan buena que creía que él no se hubiera podido dar cuenta si ella no se lo hubiera explicado al oído. Sin embargo, con el correr de los días, la admiración del conde se fue trocando en fundados temores porque le quedó claro que la marquesa había ido más lejos de lo necesario. Cuanto más tiempo pasaba, más lamentaba no haberla puesto en antecedentes respecto del previo intercambio de mensajes con el capitán, porque temía que la jugada, tal como había resultado, hubiera sido demasiado arriesgada...

—A vos te puedo perdonar cualquier cosa, Marquise —le dijo, a pesar de todo, unos días después.

Fue cuando ella quiso comentar otra vez la fiesta y él tuvo que admitir que el «filósofo» había sido «un sapo demasiado grande para un militar». El conde tenía que barajar sentimientos muy mezclados, porque no se le había escapado el erotismo que la marquesa descubría en aquella situación de un vagabundo transformado en filósofo por una noche. Le quedaba claro que habían acordado antes una astuta estrategia según la cual el linyera hablaba sólo de pájaros y otros animales, como si sus parrafadas sobre aves y bestias fueran fábulas con moralejas aleccionadoras. Pero sospechaba que se habían entendido muy bien en otros terrenos también, y además había comprobado que, apoyada en el filósofo como ariete y en él como dueño del juego, ella había incitado en forma peligrosa al capitán, aunque al final lo había tranquilizado con una invitación antes de partir. Su conclusión era que la marquesa se había entretenido con un juego muy excitante pero que a él el tiro le había salido por la culata.

¿Distintos hilos de un mismo entrevero?

Varias veces Aniceto repitió que no le había gustado «ni un pelo lo del militar» pero yo sentía que me lo decía para que yo no estuviera celosa de la marquesa. Nos fuimos rumbo al oeste y luego en dirección al sur, siempre bordeando la playa. Aniceto iba develándome, como un mago campestre, los pequeños trucos de su supervivencia y extrayendo del fardel de sorpresas que llevaba al hombro todos los implementos necesarios: una cantimplora con agua, un pequeño lazo de crines trenzadas que colgaba como una horca, una redecilla cosida a un alambre, boleadoras, puntas de flechas, un lazo, anzuelos, trapos, una mecha marinera para encender el fuego, una sartén sin mango y un trozo de grasa para cocinar los manjares que nos íbamos procurando. Aprendí a marear la perdiz, a lanzarle las boleadoras al ñandú, a pescar en el mar y las lagunas, a cazar mulitas, a juntar la pluma avestrucera para entregársela a algún pulpero a cambio de yerba, tabaco, o alguna otra especie, también a preparar la picana del ñandú y a hacer botones con los cañones de las plumas, mientras silbaba la tonada de una cueca.

Al comienzo, mi cuerpo era puro presente y no dejaba células libres para ocuparme del futuro, con esa sensación de amor que me tomaba el pecho y la garganta, engordándome por dentro. Sentía que lo quería más de lo que nunca había soñado querer a nadie. Tanto, que me gustaba decirle «mi vida». Así, durante muchos días, sobrellevé con excelente ánimo el cansancio de las piernas, la hinchazón de los pies y el reclamo de los huesos, unos más afectados por la marcha interminable, otros doloridos por el sueño duro y húmedo de la tierra. Me sentía nueva y victoriosa: no sólo había cambiado de costumbres, sino que también parecía estar mudando mi carácter y poco a poco se iba acomodando mi cuerpo a la libertad. El mayor cambio consistía en no pensar en responsabilidades y que el mañana no existiera en mi mente como preocupación. Pasé muchos días paladeando esa religión de libertad que hasta entonces había considerado patrimonio exclusivo de la marquesa. Vivía la ilusión de que gracias a Aniceto había logrado apropiarme de esa religión ajena.

Podíamos gozar de nuestros sentidos y ser parte de la Naturaleza todas las veces que se nos antojaba y las circunstancias ayudaban: la bendición de luz de las auroras, la promesa de descanso envuelta en la oscuridad de los atardeceres, el fresco de la brisa bajo los árboles, la vitalidad del agua en todas sus formas –las olas del mar, el torrente y los remolinos de los ríos, la calma de las lagunas, la cascada de un arroyo–, la maravilla siempre renovada de nuestros cuerpos, la tibieza de la leche espumosa de alguna vaca que conseguíamos ordeñar, el placer del galope de un caballo que lográbamos montar, la satisfacción de ensartar un animalito para alimento, la sorpresa de un fruto maduro y comestible... Podíamos pasar penurias sin que nos importara gran cosa, porque teníamos la ventaja de estar juntos para esperar y para idear con tiempo la mejor solución... Podíamos recorrer muchos kilómetros sin destino fijo y por el solo gusto de andar... Podíamos combatir la fiereza de los elementos y hacernos más fuertes, acurrucados en una cueva para evitar el frío y la mojadura de la lluvia, o echándonos al suelo en el descampado durante horas para no soportar el viento con sus ráfagas de tierra voladora... Podíamos compartir la ternura de los mejores momentos y la belleza o la desolación de los paisajes... Podíamos hacer lo que queríamos o no hacer, si no queríamos... y cuando decidíamos acercarnos a la gente, porque necesitábamos conseguir algún producto o averiguar algo, o sencillamente para charlar un rato, también podíamos hacerlo, siempre y cuando pusiéramos cuidado en no enojar a nadie; porque estábamos apartados de la sociedad, sin otra protección que la de vivir bajo las leyes de la madre tierra.

Sin embargo, esa sensación de plenitud tan abarcadora que disfruté noche tras día y día tras noche, no me duró todo lo que yo hubiera querido.

Poco a poco, él fue reafirmando, con una insistencia que se fue tornando en algo desagradable para mí, su necesidad de ser independiente y un cierto temor de que yo quisiera persuadirlo de hacer otra vida. Cualquier comentario mío podía incitarlo a defenderse de ese temor:

–No aguanto los patrones... Sólo me dejo mandar por el cielo que tengo encima y por las ganas que me asisten... No tengo muchas penas. ¿No dicen que la memoria está hecha de olvidos? La vida es siempre dura, pero así se hace más... más llevadera, porque la vas llevando para adelante... El cielo abierto, la tierra desnuda, las plantas, los animales... todo te hace pensar en la mejor parte de la vida... siempre según las ganas del momento, que son como una brújula... ¿Te acordás de las bandadas de golondrinas que llegaban en octubre y noviembre al pueblo, a sentarse en la copa de los plátanos de la plaza? ¿Te acordás que ponían negro el cielo, de tantas que eran, y que el maestro nos decía que se iban hasta una abadía de Estados Unidos cuando empezaba el otoño y volvían en la primavera? ¿Te acordás que no podíamos creer que fueran tan lejos y supieran volver siempre al mismo lugar? Yo me escapaba con Efraín, que era de mi edad, para ir a verlas llegar, porque había que caminar dos leguas hasta Arroyo Seco. Me copié de ellas: siempre migrando para volver al mismo lugar...

También fue contando versiones no del todo coincidentes de su historia personal. Primero dijo que su segunda novia había muerto de tifus y que él había decidido vivir como caminante después de eso. Pero otro día agregó más datos:

–Tiempo después de que te fuiste, yo también partí para la Capital... Trabajaba en una fábrica y encabezaba un grupo obrero... Después me escapé de todo, cuando me di cuenta de que me jugaban torcido porque yo no era parte de nada... Era un idealista, un idiota útil... Terminé saqueando una cervecería alemana durante las épocas de la Gran Guerra, cuando se movieron grupos para forzar al gobierno a declarar la guerra. Éramos anarquistas. Yo luchaba por ver a los hombres libres... Nunca más pisé los lugares que frecuentaba. Fue un momento, una iluminación que tuve... Me voy, me dije... ¿qué diablos estoy haciendo acá? Justo estaban por prenderle fuego a la cervecería. Voy a caminar hasta salir de la ciudad, me dije... Y así fue. Dejé todo: barrio, amigos, trabajo, recuerdos, proyectos. Hace ya catorce años... Y vos, ¡partera diplomada! ¡¿Quién hubiera dicho?! ¡Estás lindaza, Lalia! Con vos sí que me gustaría echar un hijo al mundo, antes de que se nos pase la edad... –Justo en ese instante divisó a lo lejos una pareja de ñandúes escoltando a un enjambre de polluelos que se apuraban alrededor de las patas de sus mayores y agregó sonriente:– Pero tendríamos que andar como ellos, tener los pollitos y echar a andar en familia...

Si en ese momento él hubiera callado y me hubiera mirado a los ojos le hubiera contado mi secreto, aquello que nadie más sabía: que yo tenía los ovarios infantiles, como atrofiados, sin desarrollar, que por esa razón no quedaba embarazada; pero él siguió hablando y ya nunca más lo dije:

–Me parece que por suerte o por desgracia, ya desaprendí para siempre el quedarme quieto... Y vos no sé si vas a aguantar esta vida... Puede resultarte más dura que la del convento. A mí me falta compañía, de verdad, pero también es cierto que este tren de vida a pie –sonreía– es más fácil de a uno que de a dos... No bien tenés que tener en cuenta las ganas del otro, se acabó la libertad... Ya iremos viendo, no hay que apresurarse... Mientras tanto, me gusta mucho tenerte conmigo y llevar a andar la vida juntos, andariega y llevadera...

Al cabo de dos semanas, Aniceto notó que comenzaba a entristecerme y que cada tanto me mostraba algo irritable. Luché por esconder mis sentimientos durante varios días, por orgullo y amor propio, porque me hubiera gustado no necesitar más que eso. Por fin, una mañana tuve que confesar —en medio de un llanto incontrolable– que había tenido muy malos sueños, que cada vez recordaba más a Epifanio y a Tomás, y que el mañana incierto había vuelto a dominarme... No mencioné a Herbert y tampoco conté que quien me reclamaba en el sueño, por un niño abandonado, era la marquesa.

Él dijo que estaba esperando aquello, que tarde o temprano tenía que ocurrir... y que no hacía falta enojarse... Entonces sí me sentí saturada y estallé en acusaciones:

—¡Encima te las das de profeta que sabe todo lo que va a ocurrir... y te las das de santo tolerante y equilibrado que todo lo puede aguantar sin enojo...!

Hasta que conseguí que él se cabreara:

—¡Si soy tan egoísta y no pienso en vos, andáte sola! ¡Volvé por tu cuenta a tirarte en los colchones con tu alemán!

Después de mucho pelear, hicimos un pacto:

—Me gustás porque sos tozuda, Lalia... Vos volvés y probás otra vez tu vida de allá... No quiero que empañemos con peleas y discusiones los días más lindos que viví en mi vida... Yo necesito buenos recuerdos para andar solo... Te amo aunque se abran nuestros caminos... No deseo dañarte ni obligarte... ¿No te das cuenta de que vos me querés también, aunque no puedas aguantar mi forma de vivir? No es una tragedia... Yo voy a ser más feliz que antes, porque la vida se me ensancha con tu recuerdo. No tengo rancho ni nido ni hogar ni trabajo para ofrecerte... Vos no tenés huellas ni caminos ni senderos ni montes para ofrecerme a mí... Y como supimos ser felices juntos, ninguno de los dos va a hacer, por el otro, una vida que no quiere...

Volvimos contentos porque aún nos restaba el camino de regreso para estar juntos. Todas las noches yo consultaba con las estrellas si no debía aplazar mi retorno y demoraba el sueño en inútiles devaneos, porque las vísceras me indicaban que mi destino no se podía leer en el firmamento, que ya tenía nombre sobre la tierra y se llamaba «El Capricho». Allí me esperaban y me necesitaban, más allá de todas las limitaciones y los sufrimientos, y aunque Aniceto me dijera:

—No te extrañe si alguien te cuenta que vio un barbudo llorando por los matorrales...

En el monte de pinos cerca de la playa nos despedimos y quedamos en encontrarnos todos los años para la misma fecha:

—Te vengo a buscar y si querés nos tomamos vacaciones de linyera, Lalia.

Lo vi partir como había llegado, llevado por el ansia insaciable de movimiento. Se me partía el alma entre dos caminos, entre dos mundos que me tiraban con fuerza demasiado pareja. Hoy que lo revivo con la distancia del tiempo, admiro esa juventud y ese fuego y se me vuelve a partir el alma, pero sin tanto dolor... se me parte como un hecho de la vida, con un espíritu más deportivo... y con una sensación de asombro mucho mayor.

Caminé acariciando el regalo que él me había hecho. Me emocionaba que me hubiera querido dar su mechero. Admiraba la sencillez de su diseño en piedra negra y la inteligencia de aquel invento con una mecha en caracol. El primer día él había dicho:

—Nunca encontré nada mejor, no podría vivir sin él.

Recordé otra frase que él había dicho:

—Así es el amor, das lo mejor que tenés, aunque al otro no le sirva...

Pensé que quizás Aniceto se había desprendido de su mechero para extrañarlo más que a mí o para saber que nos extrañaba juntos... De la misma forma, si él podía vivir sin su mechero, yo podía vivir sin su dueño.

De golpe, sonreí porque me vino a la memoria una frase que siempre decía mi madre cuando se enojaba: «Una de dos: o vas, o venís».

* * *

Entré por la cocina. Cuando Nacha me miró asustada, recién me di cuenta, en serio, del aspecto impresentable que traía. Pero Nacha enseguida se lanzó a abrazarme:

—¡Qué suerte que volviste! ¡Me estaba aburriendo tanto! —dijo muy contenta pero en tono muy bajo, como temiendo que me oyeran. Casi en secreto, agregó:— Vení rápido, que te ayudo a lavarte antes de que los demás te vean. —Como yo parecía lenta de reacciones, me quitó mi fardel de la mano y me llevó, apurada, hasta su baño. Hablaba con una prisa que a mí me resultaba curiosa:

—Se ha roto una cañería y están con llave de paso las canillas de mi tina, pero te la lleno igual, como hago para mí una vez por semana... Aunque vos te vas a tener que quedar en remojo todo el día —Nacha reía— porque tenés la mugre metida abajo de la piel... —Mientras yo me sacaba los zapatos rotos y el vestido verde acartonado por la suciedad, me hizo reír y reímos juntas como dos colegialas:— Sarna con gusto no pica, ¿eh?... Mirá esos codos... y los talones, y el cuello, mujer... ¡qué perfume!

Yo ya había preguntado por Epifanio, que estaba muy bien. Luego quise saber si Herbert estaba enojado y si la marquesa había tomado a mal que yo desapareciera. Mientras me acercaba los fuentones de agua caliente desde el otro lado de la cortina celeste que separaba la bañadera con patas de león, Nacha, dicharachera y comedida, me fue poniendo al tanto y me instruyó sobre cómo me convenía enfrentar la situación:

—No tenés que decir nada... Volviste y se acabó... Tomaste vacaciones y nadie tiene que averiguar más nada... A ver, te explico un poco: el día de tu partida, don Jérber hizo un bollo con el mensaje que tenía en la mano y dijo: «Me parece que se acabó. Esta vez no fue a ver al hermano...». Después vi lo que decía tu nota, la busqué en el basurero donde él la había tirado... Estuvo triste, sí, pero no enojado. Averiguó que no habías tomado el tren y no podía entender por qué habías concebido la idea de irte sola a pie.

Casi todos los días me decía algo en relación con ese tema, o me preguntaba: «¿Y vos qué pensás, Nacha?»... Se dedicó a Epifanio como una madre. Hay que verlo... si es de no creer... ¡Qué hombre! Todo lo que no tiene su parienta, lo tiene él... Cada vez lo respeto más por el corazón que muestra... Lo único que se me hace difícil de comprender es la paciencia que le tiene a la marquesa con esa fiebre de vientre de ella, que lo pone todo patas para arriba... Ahora anda coqueteándole al milico, por supuesto. Pero antes de meterme en ese tema, para que me entiendas, un día él le dijo: «Se fue porque estaba cansada de esta vida y no va a volver porque cree que nos aprovechamos de ella...» La marquesa, que se las sabe todas y bien se imaginaba con quién te fuiste, le contestó: «¿Y si vuelva? ¿Vos qué le digas?». Él insistió en que no ibas a volver... Pero para insistente, siempre gana ella... –Nacha se puso a imitar a la marquesa:– «¿Y si vuelva? Yo te apuesta que sí vuelva... Y si yo gaña, ¿vos qué le digas a ella? Todos tuvimos deretcho que hacemos alguna traves-sura. Ella cansó, fue tomar aire, ya cansa del aire, ya vuelva...» –Nacha disfrutaba imitándola, y lo hacía bastante bien, aunque parecía que el esfuerzo le obligaba a desviar aún más su ojo estrábico. Al concluir esa parrafada en acento extranjero, estornudó escandalosamente tres veces seguidas, con todo el cuerpo, que parecía sacudirse en una frenética danza indígena. Después volvió a contar:– Entonces él sonrió y contestó, empezando con un chiste, como le gusta hacer al Don: «Si vuelve, vos ganás la apuesta», dijo, «pero el que saldrá ganando soy yo... porque quiere decir que soy mejor que otros para ella... y entonces me voy a tener que poner contento... Pero no le voy a preguntar nada, porque no quiero saber y tampoco quiero que me mienta... Y no sé si la voy a perdonar, tampoco...».

Nunca supe cuánto de esa historia era cosecha de la cocinera, sazonada con oficio para arreglar mejor las cosas, pero lo cierto es que todos en «El Capricho» me recibieron con los brazos abiertos y me dieron muestras de alegría y afecto, salvo Epifanio, que en los primeros momentos no me miraba y no me reconocía. No tuve necesidad de mentir porque nadie me preguntó dónde había estado. Si en algún momento no había sabido precisar para qué volvía, me pareció ir descubriéndolo sobre la marcha.

Por la tarde del primer día, cuando jugaba con Epifanio, que estaba rozagante en su quinto mes de vida y pronto se avino a que yo lo alzara otra vez en brazos, haciéndole muecas, Herbert dijo, mirándome agradecido:

–Para mí estás acá como si nunca te hubieras ido, Negra...

Él me dio el tiempo que necesitaba para ir reacomodando el cuerpo. Me trataba con respeto y cariño pero tenía su orgullo y no me importunó con acercamientos hasta que yo no lo busqué. Cuando, algunos días después, sintió que yo lo miraba de nuevo con mi deseo de compañero, volvió a amarme con el ritmo lento y seguro que me había curado de los malos recuerdos y entonces confesó que había pensado que yo no iba a aparecer más... Me fui conformando con las alegrías, los afectos y las comodidades de mi contradictoria vida. Comprendía, mejor que antes de marcharme, que con Herbert tenía algo muy fuerte y valioso en común: un amor posible que nos permitía compartir lo cotidiano, más allá de cualquier otra pasión. Todo parecía reencauzarse sin mayores altibajos gracias al compañerismo fortalecido, desde el cual yo recordaba como una curiosidad aquel fantasma verde de la marquesa que me había sacado de las casillas antes de llegar Aniceto. Reía hacia mis adentros con cierta picardía porque sabía que ahora estábamos a mano: los dos teníamos una pasión más fuerte, un amor que había quedado fuera de lo legal y lo aceptable, un amor prohibido. Pero también pensaba con culpa en las asimetrías. Sabía que lo estaba trampeando cuando atesoraba una perspectiva de infidelidad que me daba mayor aliciente para soportar las imperfecciones de la rutina... Me apoyaba en Herbert y lo quería, pero soñaba con el día veintitrés de marzo, la oportunidad para volver a disfrutar de un placer tan intenso que me sentía incapaz de poner en palabras...

Así fue como me dediqué a Herbert con el cariño crecido de los primeros días, y a Epifanio, que él había cuidado como el mejor de los padres, con toda mi natural ternura más la que había acumulado en la distancia... Pero me encontré con un fenómeno raro que me dio mucho que pensar: la almohada que usaba antes de partir parecía haber quedado engualichada de sufrimiento. Sucedía algo muy extraño. Cada vez que apoyaba la cabeza sobre esa almohada, el llanto surgía de mis ojos sin motivo aparente y yo imaginaba que brotaba de un río subterráneo que corría bajo la cama, en el que se habían disuelto todos los malos recuerdos de mi vida.

Miren, el día de mi regreso, antes de acostarme, estoy sentada a la mesa que me servía de peinador, frente al espejo con marco de madera labrada. Sujeto con una redecilla mi pelo oscuro, que aún no ha comenzado a encanecer. Miren cómo observo las arrugas alrededor de mis ojos. Las veo como patas de ave dejadas por la risa y el sol y hablo en silencio con Aniceto. Recapacito que durante todas esas semanas no he contemplado mi propia imagen por falta de espejos y porque tenía a Aniceto para admirarme... ¿Ven? Ahora desvío la mirada y la fijo en un diario que está sobre la mesa. Así, casi en forma involuntaria, comienzo a leer un artículo que da cuenta de la visita de Chaplin a París. La nota, que después recorté y guardé, decía: «¡Pobre Charlot, carne de muchedumbre! ¡Pobre vagabundo malogrado! Arrastra la pesada cadena de su gloria, le gustaría pasear tranquilamente, y una jauría humana lo persigue por el mundo». Vean cómo leo y gozo de la lectura y recuerdo haber extrañado el hábito de la lectura durante las últimas semanas. Voy a descubrir que cumplo años el mismo día que Chaplin y que soy sólo un año mayor que él... y me iré a dormir con el diario en la mano. Será entonces cuando experimentaré el primer llanto provocado por la almohada.

Fue apoyar la cabeza y brotaron lágrimas a raudales. La vista se me nubló de tal forma que me resultó imposible leer, aunque no sentía tristeza alguna. Aparté de manera espontánea la almohada porque llevaba muchos días de dormir sin almohada y sentí que me molestaba. Como el llanto cesó de inmediato, leí un rato y, antes de dormirme, quise probar otra vez la almohada, más por curiosidad que por necesidad. Mis ojos volvieron a llorar con abundancia y sin una causa directa. Me sentí tan aliviada que a pesar de dormir sin almohada y de conseguir una nueva unos días después, guardé la antigua porque me pareció interesante tenerla a mano para provocar ese benéfico llanto que parecía servir para purgar el sufrimiento del organismo.

La crónica sobre Carlitos Chaplin que leí esa primera noche del día en que me separé de Aniceto, dejó asociadas en mi memoria las imágenes de ambos hombres. Cada vez que me llegaba alguna noticia del genial farsante, recordaba a Aniceto por eso de «vagabundo»… y mi corazón se llenaba de admiración y de ansias de verlo. Pero había otros temas que también lo evocaban con frecuencia y con más interés que pena. Cuando oía o leía algo sobre los anarquistas, me parecía que Aniceto se instalaba a mi lado y me hacía comentarios –por ejemplo, sobre el proceso a Di Giovanni y los trascendidos de su vida y su relación con América Scarfó–. Esas charlas secretas que mantenía con él, encendían mi romanticismo y mi fantasía. También el famoso corredor Zabalita me hacía recordar a Aniceto, porque le decían «el ñandú criollo», desde que se llevaba las medallas en las carreras en el exterior. Cada vez que se comentaban sus hazañas, aparecía Aniceto con sus boleadoras y yo me sentía fresca y ligera y me parecía estar viéndolo. Eran muchas, en fin, las vías que tenía Aniceto para llegar de nuevo hasta mí sin que los demás se dieran cuenta…

Desde el primer momento la marquesa me había mirado con ojos de dar todo por sabido y perdonado. Quedó claro que esperaba el mismo trato de mí y que no necesitábamos comentar nada de todo lo ocurrido. Miren, volvamos un poquito atrás. Acabo de entrar en la cocina, recién bañada y perfumada. La marquesa justo pasa, vestida para montar, y se sorprende de encontrarme allí:

—¡Eulialia! ¡Qué bueno que estás aquí! ¿Ya te vio el Herbert?

Se ha cortado el pelo a la «garçon» y se la ve muy moderna con una chaqueta de pana negra con solapas de cuero, muy ajustada al cuerpo. Deja el casco, los guantes y la fusta sobre la mesa y me toma las dos manos. Vean cómo brillan sus ojos con esa calidez de almendra tostada cuando me mira a los ojos y me dice:

—Se te ve mucho bien... Ió gañó una apuesta... y voy ser muy feliz que vos quedas contenta con nosotros... Acá somos muchos que te echamos a menos...

—De menos —corrige Herbert que ha acudido con gran alegría, alertado por las exclamaciones—: Ella nos echó a menos a nosotros... —agrega sin reír. Se acerca con cautela, esperando ver cómo elijo saludarlo.

Nacha ha dejado de alimentar la cocina económica. Miren cómo, con un leño en la mano, observa la escena para poder comentarla luego. La marquesa sigue hablando y dice:

—De menos, Profésor, es verdad... Ió no aprenda eso nunca bien... ¡no sé qué ió hacía sin vos!...

Yo he sonreído al oír el comentario de Herbert y al comprobar que su cara, tan luminosa como siempre, no tiene rastro alguno de sombras, pero sí unas manchas blancas. He dado unos pasos hacia él y lo beso sobre la mejilla izquierda, sin mayor ceremonia, mientras le saco los restos de crema de afeitar de la mejilla contraria, en una caricia práctica y circunstancial.

Divertida, le muestro mi mano blanca con crema y subo mucho las cejas, tal como él las tiene naturalmente. ¿Ven cómo hace una mímica de asombro mientras limpia el resto de crema de su mejilla y luego la de mi mano con su propia mano? Yo siento que está jugando y me alegro. Él ríe y recuerda en voz alta:

—Nunca puedo afeitarme bien... cuando estás por partir... —Así decía un personaje de una novela inglesa que yo le había leído poco antes de marcharme, aunque el personaje lo decía porque se había cortado con la navaja.— O cuando acabás de llegar... —agrega.

Reímos a dúo. En medio de nuestras risas, Herbert dice que le parece haber oído a Epifanio y parte a buscarlo. Nacha ha quedado observando en el ángulo opuesto a la marquesa, que parece algo incómoda, pero enseguida recupera su seguridad y dice:

—Después los vea.

Por la tarde, la marquesa se me va a acercar en el jardín cuando esté cortando unas flores y me dirá:

—Eulialia, ió estuvo pensando en decir para Kerónimo que toma tu ausencia como vacanciones y cuento terminado… Así mañana tengas tu sobre como siempre y nadie habla más… y como cumplas cuatro años en «Lo Capritscho», pronto él prepara para vos una gratifica de cuatro sobres más, de una vez, que a mí siempre están gustando más los números pares que los impares para agradecer…

Después, se pondrá a explicarme cómo van a quedar los canteros y otras mejoras que tiene planeadas para el jardín, con el asesoramiento de un parquista que ha venido en mi ausencia. Me comentará que el parquista va a volver pronto y que ha hecho traer unas hierbas aromáticas. Por fin, dirá:

—Me digas por favor cualquier buena idea que tengas para lo parque, que en vos gustan mucho las plantas y fueron muy buenas las que diste para lo estanque… Bueno, después te vea, ió siga mi paseo…

¿Patrona en establo impropio?

O sea que cuando yo volví de mi escapada con Aniceto, el capitán ya había estado varias veces de visita en «El Capricho». En mi nueva perspectiva de las cosas, yo tendía a olvidar que la marquesa había «embrujado» a Aniceto. Pero un par de meses después de mi regreso, tuve que recordar y luego procesar ese recuerdo. Había notado que la cintura de la marquesa volvía a desdibujarse y prefería sospechar que había sido obra del militar o, en su defecto, del parquista francés, «especializado en diseñar nuevas superficies exteriores», como rezaba su pomposa tarjeta de visita. Pero además me resultaba tedioso e irritante —como una pesadilla recurrente— el solo hecho de pensar que se avecinaba otra vez el ciclo de embarazo a caballo, parto con cantata, nacimiento con Cabeza de Vaca y entrega a mujer con problema reproductivo... La marquesa se dio cuenta de que yo miraba con ojo clínico su cintura ya inexistente y una tarde se decidió a hablarme, en el jardín, donde —había notado— me buscaba cada vez que tenía algo importante para comunicarme.

Ahí está, ahí la tienen... He salido distraída a buscar estragón a pedido de Nacha y la marquesa me toma por sorpresa —del brazo— entre los rosales y el conjunto de abelias. Me lleva casi una cabeza de altura y la miro hacia arriba. Es obvio que me va a decir algo sobre un próximo parto: apoya la otra mano sobre su panza que ha crecido muchísimo en pocos días. Fija sus ojos de almendra en los míos y me mira unos segundos en profundidad. Siento que me quiere transmitir reconocimiento y respeto porque sus facciones se han ablandado y por unos segundos no parece un ave de presa. De repente, a boca de jarro y sin un «buenas tardes», dirá:

—Esto hijo que nacerá a novembro, es suyo. Ió te lo llevo dentro porque vos no quedas gruesa...

Es casi de noche y a mí se me nubla la vista. Quedo paralizada, mirando el contorno de la marquesa. Ella me ha soltado el brazo y me palmea la espalda. En pocas palabras y sin ambages, tal como es ella para todo, me ha dicho que sabe de mi gran amor, que no tiene nada que perdonar o reclamar, y que puedo elegir perdonarla a ella, si quiero, y aceptar la descendencia del hombre con el cual escapé por pasión...

Cuando la marquesa ve que estoy emocionada, y quizá lee en mis ojos que con el corazón estoy intentando imaginar las facciones de la criatura, me toma otra vez del brazo para dar unos pasos juntas, y va diciendo:

—Ustedes dicen «Dios da pan al sin dientes»... Bueno, ió se lo devuelva a vos que sí tenés dientes... Si vos quieras... Te lo piensas... No nécesito que me rispondas ni hoy ni mañana... —Luego, en tono muy bajo, agrega:— ¡Pero Herbert no tiene a enterar nada, ah!

Ambas sabemos, sin necesidad de mencionarlo, que para Herbert es doble el motivo de celos en esa circunstancia tan enrevesada de amores... Yo siento que no voy a poder rechazar el ofrecimiento. Recuerdo la voz de Aniceto y su relato, y pienso que, sin duda, la marquesa tiene algo de bruja. Por un lado es tan brutal, tan seca y tan egoísta, y por otro lado a veces parece tener una notable delicadeza para cuidar los sentimientos ajenos... Sé que el recuerdo de Aniceto ha venido a traicionarme en la realidad, sin escapatoria. Miren: me suelto y me alejo sin decir palabra. He olvidado por completo el estragón que Nacha espera. Voy hasta mi baño y me encierro. Allí enciendo el mechero que extraigo de un cajoncito del ropero donde están mis toallas y mis jabones. Observando la pequeña llama, intento concentrarme para ver si aflora, todavía fresco, el cuento que Aniceto me hizo sobre la noche en que la marquesa lo sedujo. Pero no es suficiente.

Me acostaré con mi antigua almohada para purgar el cuerpo y la mente desvelada. Me levantaré a medianoche y me iré al monte de pinos. Allí prenderé un fogón y hablaré con el mechero como si fuera Aniceto en persona... Asistida por su buen consejo que me ha enseñado a transformar acontecimientos según la mirada que se les echa, podré aceptar sin rencores. Después de hablar con él, volveré tranquila, sabiendo que puedo poner mis condiciones porque he decidido que el hijo es mío y de Aniceto. Él me había prometido llenarme la panza de huesitos. Si sólo ha podido cumplir en panza ajena, ha sido por un defecto de mis entrañas secas... He decidido también que si el hijo es mío –y la bruja parece haber sido la primera en entenderlo– tengo que ser yo la que determine cómo se cuida ese embarazo. Es así de simple, pero además es una cuestión de orgullo. Lo cierto es que la marquesa, muy intuitiva, había detectado mi debilidad por los bebés, pero nunca imaginó lo que yo le iba a exigir.

Al día siguiente, contenta y segura, fui a hablar con ella y le comuniqué mi determinación con gran economía de palabras: si el hijo era mío, no se lo podía andar zarandeando a caballo.

–¿Y cómo eso? ¿Quién va a montar los míos seis cáballos? –preguntó sorprendida.

–Yo lo haré –contesté muy resuelta.

Rió sarcástica y luego intentó todos los argumentos que se le ocurrían para desenvalentonarme. Pero fue comprobando que mi decisión era inamovible. A pesar del enorme disgusto que le causaba, tuvo que ceder y aceptar el sacrificio que para ella significaba mi reclamo, porque yo me mostraba inflexible: ya había amenazado con contarle todo a Herbert y también había dicho que si no podíamos acordar una solución, me iría. Por supuesto, antes de ceder, la marquesa quiso probar si tales amenazas tenían fundamento. No le dejé márgenes para la duda:

–Usted no me conoce de verdad... Esto va muy en serio. No sé si Herbert se va a querer ir conmigo... No lo creo, porque antes que nada está usted para él... Pero que se va a enterar por qué me voy yo, eso se lo puedo garantizar. Decida usted: me debe el hijo y los cuidados que mi hijo se merece. Yo monto sus caballos. Lo sé hacer muy bien: me crié entre pingos. Me va a venir bien, después de tanta maternidad prestada... Ah, y la respuesta la necesito hoy, antes de medianoche...

Sentí que la marquesa me miraba sin creer del todo que fuera yo misma la que le hablaba. Vi una luz de nostalgia anticipada en sus ojos, que se habían puesto algo dorados y luego perdieron brillo cuando se dio por vencida:

–Está bien, no nécesitas esperar la medianoche: vos montas los cáballos y ió me inventa otros éxercicios pronto... para no ser los meses tan largos y aburientes...

Así fue como la marquesa se dedicó a explorar nuevos entretenimientos mientras prestaba su vientre para anidar el hijo que Aniceto me había querido dejar a mí. Yo comencé a experimentar parte de la vida de galope frenético y libertario que normalmente le estaba reservada a ella, aunque en un principio mi cuerpo desacostumbrado se quejaba y me hacía padecer intensos dolores. Durante los primeros tiempos de este cambio de vida, la marquesa parecía desesperada por la falta de actividad física, pero también por los celos. No podía dejar de pensar qué bien pasaba yo el día, montando y cuidando sus caballos... Cuando alguna vez se cruzaba conmigo me espetaba frases tales como: «Ió no aguanta así... esto es verdadero castigo sin los cáballos...», «Mejor digas para Nicanor de trabajar más los cáballitos a la cuerda en lo picadero y los montas menos...», «No es buena esta solución... voy pensar en otra...». Primero hizo venir un profesor de bridge con su discípulo y tomaba clases junto con Herbert, después mandó traer un juego de crocket y luego una mesa de billar. Salía en el coche a cazar patos y vizcachas y cuanto bicho se le ponía a tiro. Hizo construir una cancha de bochas y un polígono de tiro y se entretenía con ambas prácticas. Pero nada parecía ser suficiente. Por fin se le ocurrió encargar un velocípedo que había visto en un «réclame» en el periódico. Consultó conmigo y festejó como una chica cuando le dije que me parecía un ejercicio muy adecuado, ideal para descargar energías sobrantes, sin riesgo alguno. Puesta en situación de consejera, aproveché para decirle que lo más indicado para preparar sus piernas hasta que el velocípedo llegara, eran largas caminatas por la playa. La marquesa me miró como quien piensa: «no es tan tonta, al fin de cuentas» y partió a caminar.

El moderno velocípedo llegó en el tren y fue todo un acontecimiento –que marcó un antes y un después– cuando la marquesa se puso a pedalear sobre el césped, con los ojos de ave desencajados y los pelos sueltos como una gran aureola de fuego. Durante meses, se la vio ir y venir por el parque con su velocípedo, primero sola y después acompañada. Lo usaba a cualquier hora y sólo con los intervalos de descanso que el cuerpo le pedía. Si bien ella se sentía bastante ridícula pedaleando, pronto encontró un objetivo que justificaba el esfuerzo porque descubrió que podía fortalecer sus piernas para dedicarse seriamente al salto.

En un comienzo, tampoco fue fácil para mí ese cambio de vida, porque, aparte de los dolores de espalda y de los celos de la marquesa, tuve que enfrentarme con la renuncia de Herbert a colaborar ocupándose de Epifanio y también con el oscuro enojo de Nicanor, que se sentía traicionado. Fue Herbert el que primero hizo un planteo: le dijo a la marquesa que si ella no podía cabalgar, debido a «las características del nuevo embarazo» (ésta era la frase que usaba yo para referirme al fenómeno), bien podía Nicanor trabajar los caballos y montarlos. Sabiendo que Nicanor estaba ofuscado, fue a plantearle esa misma posibilidad. El petisero encontró muy sensato lo que Herbert proponía. Herbert fue y volvió, intentando negociar, y le transmitió a la marquesa la posición de su palafrenero, como él lo llamaba. La marquesa se sintió aliviada por esa idea y la gestión de Herbert, pero no contó con mi obstinación:

—Éste no es el trato que hicimos. Si Nicanor monta los caballos, también le puede dar el hijo a él. Y yo me voy. Pero antes le cuento todo a Herbert, que además no tiene por qué inmiscuirse en nuestro arreglo.

A mí se me había metido esa idea en la cabeza y se la impuse a la marquesa como una cuestión de honor. Pero lo más notable fue que logré mantenerme firme durante cinco meses, mientras ella pedaleaba como desaforada por el parque y me fulminaba con sus miradas de odio aguileño, tan perdidoso como perdiguero.

Parecíamos tan convencidas ambas de nuestras nuevas ocupaciones que todos creyeron —y en especial Herbert— que existía un verdadero peligro de pérdida de ese embarazo, que, por otra parte, nadie sabía a quién adjudicar. El conde estaba muy enojado porque pensaba que era obra militar mientras Nicanor no descartaba que pudiera ser propio. Si don Gerónimo sabía que no tenía nada que ver, aunque más de uno lo mirara con suspicacia, el parquista, que había desaparecido, era el blanco de más de una sospecha y ni se enteraba...

Para mí fue una etapa muy especial. Desde el primer día, reencontré en el sudor de los caballos ese olorcito que me recordaba a Efraín, y me enamoré de las caballerizas. A tal punto, que me costaba regresar a la casa. Muchas veces me quedaba allí sola, cuando Nicanor ya se había retirado, y emprendía alguna tarea como limpiar con una esponja los ojos, el belfo, los ollares y el rabo de los caballos. O me ponía a limpiar y acomodar los limpiacascos, el dandy, los cepillos, las rasquetas, las badanas, las mantas, los vendajes, las cinchas, los frenos, los bridones, los filetes, las sudaderas, los estribos, las monturas o cualquier otra cosa que encontrara desprolija. Así, mientras todo iba quedando reluciente y ordenado, yo me consolaba por mi falta de fertilidad y pensaba en mi hijo. Lo imaginaba, de chico y de grande, siempre varón y siempre parecido al padre. Llegué a pensar que podría aparecer el veintitrés de marzo del año siguiente con mi bebé, para presentárselo a Aniceto. Quizá por un rato lograría hacerle creer que lo había llevado en mis estériles entrañas... Después me iba a sentir obligada a decirle la verdad; aunque a lo mejor él reconocía los rasgos de la bruja y... Trataba de imaginar la reacción de Aniceto... Alguna vez me asaltaba el pensamiento de que quizás él podía odiar o despreciar al chico... y a mí también por ser una vaca seca... Luego recuperaba rápidamente mi optimismo. Pasaba largos ratos considerando todas las alternativas posibles: sabía que en el caso de callar y no mostrarle el hijo, tendría algo de él sin que él supiera... Pero rechazaba esa posibilidad porque me parecía el colmo de la deslealtad... Iba desovillando y ovillando, una y otra vez los mismos pensamientos con algunas variantes... De todas formas, sabía que la primavera y el momento del parto se acercarían mientras yo evaluaba una posibilidad, la contraria y otras versiones de la primera y de la última.

Nicanor comenzó por la burla y el quite de colaboración: hacía muchos años que yo no montaba y el petisero apostó a que no iba a poder arreglarme sola. Como yo me mantenía imperturbable en mi convicción, Nicanor pasó al sabotaje: me aflojó alguna cincha, le hizo cosquillas al tordillo en las verijas en el momento en que iba a apearme, se olvidó de herrar uno de los alazanes, se equivocaba con las raciones, escondía atavíos y bocados... Yo pasé con mucha paciencia, algo de suerte y bastante intuición, esas y otras pruebas. Por fin, Nicanor enfermó y estuvo ausente dos semanas de las caballerizas. Durante esa quincena todos me vieron con la carretilla de acá para allá: acarreaba desperdicios al estercolero y trajinaba con los fardos, la viruta y el heno. Junto con el auxiliar, me hice cargo de todas las tareas. Cuando Nicanor reapareció, débil pero no vencido, lo encaré:

–Las cosas son así. Te guste o no, yo tengo el lugar de la patrona acá, hasta noviembre. Podemos seguir peleando o podemos ser compañeros.

Miren, ahí estamos. Nicanor me mira socarrón y emite un chiflido:

—Te faltan algunos secretos para ocupar el lugar de Signorina acá.

Yo miro los ojos chispeantes del petisero y, bajando la voz, le digo:

—Pero yo te puedo contar un secreto que vos no conocés.

Como Nicanor está desconcertado, agrego en el mismo tono de confidencia:

—Yo no puedo tener hijos y ella se dejó preñar por un novio mío, de mi juventud. Así fue como hicimos un trato: yo le monto los caballos y ella me dará mi hijo...

Nicanor quedó boquiabierto. Luego se fue silencioso a cambiar el agua de los baldes y a tender las camas en los boxes. Estaba en eso, cuando estalló en una carcajada. Comenzó como un ataque incontrolable de risa. Al cabo de un buen rato, como seguía retorciéndose en el piso y riendo, acudí a ofrecerle un vaso de agua, porque no me parecía normal lo que le ocurría. Con mi presencia y la ayuda del agua, consiguió por fin reducir la risa a estertores decrecientes y las sacudidas del cuerpo a ligeros temblores. Ante mi curiosidad, se disculpó diciendo que no podría volver a recordar el motivo de su risa sin sufrir otro sacudón y entonces le pedí que por favor olvidara.

A partir de ese día, Nicanor se mostró muy dispuesto a colaborar conmigo: me ponderaba en mis progresos y me enseñaba todo lo que podía de su sabiduría sobre los caballos. Así fue como aprendí a leer la edad de los animales en su dentadura, dominé el arte de envolver el maslo en un vistoso vendaje ajustado, acompañé en la práctica del herrado y accedí a múltiples conocimientos que comprendían desde los pelajes y tusadas hasta los secretos de la doma y de las carreras de sortija. Pronto Nicanor comenzó a decirme:

—Vos te ocupás muy bien de los caballos de Signorina, pero te olvidás del petisero petiso.

Estas insinuaciones eran más o menos directas, dependiendo del humor de ambos. A veces venían acompañadas por un apretón de pecho realizado con toda la mano mientras miraba con cara de ángel que no ha hecho nada… Otras veces reclamaba con una palmada o un pellizco en las nalgas.

–Dale, partera, hacéme el servicio a mí también –rezongaba medio en serio, medio en broma.

Era bajito, con las piernas combadas, y tenía un aire retobado, pícaro y burlón.

–Sos un atrevido –lo reconvenía yo.

–Atrevido y caliente –respondía él.

Todos los días, a alguna altura de la jornada, él se ponía en una postura de reflexión –con una mano bajo el mentón y la otra sosteniendo el codo– y decía, balanceando apenas la cabeza hacia adelante:

–Vos tenés algo que me está haciendo hervir.

Todos los días, después de hacer ese comentario, ensayaba una respuesta diferente. Tenía dos posiciones preferidas para intentar sus conclusiones: lo hacía con los brazos cruzados y palmeando las manos contra sus costillas o con los brazos en jarra y el dorso de las manos apoyadas sobre las caderas con los dedos en movimiento. Yo sentía que el tono de las contestaciones de Nicanor a su propia inquietud avanzaba en una progresión que le iba a resultar muy difícil mantener en palabras. La primera vez dijo:

–No sé si es porque sos tan cabezona como yo… –se quedó callado mirándome un ratito con cara provocadora y luego retomó sus tareas.

Siempre callaba y miraba de la misma forma después de esbozar su no saber bien cuál era la causa del hervor que acusaba. Las siguientes veces dijo:

–No sé si es porque sos criollaza… porque mirás con ojos de estar de vuelta del paraíso… porque te hacés la distante… porque me parece que podría enterrarme en tus ojos… porque sé que fuiste monjita y me imagino que te habrás alzado más de un cura… porque ponés esa cara de mosquita muerta y sin embargo se te ve que no das más de ganas...

Las insinuaciones terminaron el día en que descubrimos que Gótico II tenía una espina en la ranilla. Ese alazán era uno de los caballos preferidos de la marquesa y el que lograba las mayores hazañas. Tenía una mancha blanca en la cara y la mancha tenía una forma tan peculiar que había suscitado una discusión entre la marquesa y su proveedor habitual de caballos, porque éste decía que se trataba de «estrella y raya conjuntas» mientras la marquesa prefería llamarla «flama». Fue uno de los caballos más famosos de «El Capricho» por su carácter sensible, su agilidad incomparable y su comunicación casi humana. Con esa notable capacidad de percepción que demostraba, Gótico II fue siempre fiel a la marquesa y a nadie más.

Aquella tarde, al volver con el Gótico, yo comenté que había notado una leve brusquedad de la mano derecha en el galope del alazán y que me preocupaba porque parecía haber perdido su normal suavidad de danza en el tranco.

–Algo tiene –confirmó Nicanor, al observar el andar del Gótico cuando lo traía del bebedero.

Miren, ambos nos hemos inclinado sobre el casco en cuestión, para buscar y luego extraer –primero con una pincita y luego con una aguja– la pequeñísima espina que molesta el sensible andar del caballo. Vean qué cerca están nuestras cabezas: los cabellos de él rozan los míos y se confunden, las respiraciones se mezclan... Escuchen cómo de golpe, Nicanor ríe y dice:

–Gótico se ha dado cuenta.

–¿De qué se dio cuenta?

–De que tenés ganas y no lo decís... ¿No ves cómo nos mira?... Te está oliendo. –Nicanor deja caer la mano del caballo de la cual acaba de extraer la espina.

Yo veo que Gótico mira a uno y a otro en forma alternada y me parece que el caballo sonríe. Cuando me quiera acordar, Nicanor ya me habrá mostrado en carne propia algunas de las proezas de las cuales es capaz y por las cuales dice que la marquesa lo aprecia y extraña tanto. Yo quedaré muy admirada, desnuda sobre las ancas de Gótico. La voz del mismo Nicanor me habrá susurrado en algún momento: «Tenés que resistirte, no está bien».

Lo cierto es que yo siempre lo recordé como un «Negro Bandido» que era irresistible y además lo sabía. Varias veces me lo volvió a demostrar, con aquel ímpetu y aquella destreza que avasallaban cualquier reparo y resultaban memorables porque, aparte del placer, entretenían y hacían reír hasta más no poder. Quizás a alguien le resulte chocante que una vieja como yo cuente estas confidencias, pero a mi edad ya estoy más allá que acá y ya no hay nada que me haga ruborizar. Al contrario, gozo recordando todo lo que viví. Aquellos momentos, y el espíritu de investigación creativa que Nicanor aplicaba al amor, iban a quedarme como recuerdos aislados y algo alucinados, porque después, al nacer Nicolás, yo volví a mi vida con la novedad de un hijo que consideraba propio y jamás se me ocurrió ir a buscar a Nicanor. Él tampoco a mí, aunque me mandó decir, por intermedio de Nacha, que se alegraba de que el nombre del chico empezara con el mismo sonido que el suyo.

Durante los cuarenta días que aún tuvimos disponibles antes del parto de la marquesa, «el Negro Bandido» se ocupó de hacerme probar a mí –la partera de su patrona– todas las hazañas de amor que había inventado, tan innecesarias como inolvidables y llenas de imaginación. Sin duda él tenía razón cuando decía:

—Yo estoy en el contrato, Negra, yo vengo con los caballos, soy de este establo… La que se ocupa de ellos, también lo hace de este humilde servidor.

Nunca más nos buscamos, pero estas caballerizas de verano con forma de buque encallado en la playa, donde ahora les cuento esta historia, quedaron para siempre impregnadas con el recuerdo de Nicanor y a veces me acuerdo más de él que de los otros, aunque parezca mentira. ¿Por qué? Porque esta construcción, que luego se transformó en mi vivienda cuando todo quedó abandonado, se concluyó justo durante el invierno del embarazo de Nicolás, según los planos ideados por la marquesa y las indicaciones que ella daba. La marquesa había aplicado su política de «todo o nada» y no pisaba el establo ni para ver los caballos. O sea que, cuando llegó el calorcito y el momento de hacer la mudanza para inaugurar este buque-establo, fuimos Nicanor y yo los encargados de poner en funcionamiento y probar las nuevas instalaciones... y también aplicamos la política de «todo o nada» en su primer extremo, política que volvimos a aplicar, en su extremo contrario, después del nacimiento, cuando dejamos de vernos de un día para el otro.

¿El capitán infatuado?

Durante aquel embarazo compartido conmigo, la marquesa se las arregló para ir avanzando en sus galanteos con el capitán Archibaldo Arias. Yo no atiné a restringir esos acercamientos a «mi» panza, porque, a la hora en que el capitán llegaba de visita, yo estaba montando y Nacha, que sí seguía de cerca todos los avances y retrocesos de aquella relación, no me informó a tiempo para no amargarme.

Aquella noche de lluvia y filosofía armada, cuando el capitán Archibaldo Arias ya se retiraba con muestras de cansancio y una indisimulable irritación, la marquesa le dijo:

—Lo invito sábado próctimo a recorer éstancia y conocer los míos cáballitos.

A partir de aquel sábado, el capitán comenzó a llegar a «El Capricho» con creciente frecuencia y la marquesa lo trataba como una dama que jamás sobrepasa las estrictas reglas del recato. Aquella distancia que ella intentaba mantener, para el capitán Arias era una táctica más de seducción de «esa nórdica hija de su madre»… Cada vez que la veía, él calculaba que estaba a punto de tumbarla en un abrazo sobre algún sofá o de apretarla entre su cuerpo y la pared o contra un tronco de árbol… Pero siempre ocurría algo para impedir que él provocara la caída o el apriete tantas veces imaginados, y el oficial volvía a su regimiento, irascible, dando de patadas y gritos con sus botas y su vozarrón autoritario y después mandaba traer alguna mujer del pueblo para desfogar su pretensión no correspondida. La marquesa, por su lado, no sabía ya qué hacer para sofrenar sus instintos porque no estaba demasiado entrenada en eso de controlarlos. Para colmo de males, pronto comprobó que había quedado embarazada de Espinosa y, sin ocurrírsele alternativa más «filosófica», fue a comunicarle la noticia al conde.

El conde, irónico, le dijo:

–Tuvo precio muy alto, entonces, ese chiste. ¿Puedo ayudar en algo?

Ella le contestó con los ojos: su impulso amoroso crecía con el estado de gravidez. Él la abrazó con la satisfacción del vencido que se sabe vencedor a la larga, y suspiró contento:

–Siempre volvés a mí.

En la intimidad de ese reencuentro, el Graf le dijo:

–Será mejor para nuestros negocios que cortes relación con el capitán.

Entonces ella averiguó con disimulo:

–¿Cómo? ¿No apreciamos más favores de él?

Él confirmó la sospecha de la marquesa: no necesitaban más gestiones del capitán y la prohibición de satisfacerlo que el conde le había impuesto se originaba también en otros motivos.

–Me diga, Graf, ¿es por los negocios o por los celos que vos me lo pides? –preguntó ella compradora, envolviéndolo en los reflejos más amarillos de sus ojos.

–Por las dos cosas, pero lo importante es que no se enoje y quiera perjudicarnos –admitió él.

Como el conde no confió en que la marquesa fuera a respetar su pedido, decidió asegurarse por medio de un recurso que le pareció más directo. A través de aquel amigo suyo que trataba al capitán, le hizo llegar el siguiente mensaje: el conde sabía que las relaciones irregulares con el sexo débil podían estropear la carrera de un militar. Por lo tanto, agradecido por los favores que le debía, quería advertirle que la marquesa se hallaba en «estado interesante sólo para ella». Juzgaba su deber informarle esta «intimidad» para que dejara de visitarla, antes de que esa relación pudiera manchar su brillante carrera. Quizás el capitán podía averiguar, mediante sus eficaces redes de información, cuál era el paradero de ese filósofo Espinosa que había abandonado a la marquesa después de prometerle casamiento y abusar de su hospitalidad. Esto último lo agregó sólo para burlarse del oficial y molestarlo: ya que se vanagloriaba tanto de sus informantes, que los pusiera a todos a buscar un filósofo, cuando se trataba de un simple linyera que andaría perdido por los caminos...

Aquel año el conde estuvo especialmente atareado. Participó del Primer Curso de Pilotaje en Deslizadores, organizado por el Club de Planeadores Albatros, y luego en varias giras y agasajos realizados a propósito de la visita de dos expertos aviadores: el Príncipe de Gales y su hermano Jorge. Sus negocios marchaban muy bien, mientras él iba y venía, siempre calculando las fechas en que debía estar en «La Nostalgia». También atendió a la organización de una Exposición de Aeronáutica que al final no se realizó. Por último, viajó a un Congreso de Filatelia. Antes y después de éste, intensificó su dedicación a ese pasatiempo con el cual llenaba sus horas solitarias. Y tuvo muchas horas de soledad durante ese año porque su estrategia ante el capitán no había surtido efecto: Arias seguía visitando en forma asidua a la marquesa, que cada vez visitaba menos al conde. Con el mismo gozo y devoción con que cuidaba a sus palomas mensajeras, Eichen se enfrascaba en el encanto de coleccionar estampillas, se carteaba con coleccionistas del extranjero y satisfacía su vanidad, porque tenía un álbum muy completo y reconocido, que le gustaba mostrar a todas sus relaciones sin desperdiciar oportunidades. Con el odontómetro, las bisagras, el compás de precisión, un buscafiligrana, un catálogo y las estampillas bajo la lupa, transcurrían días de estudio placentero hasta que estallaba en un indescriptible entusiasmo, cuando descubría una infinitesimal desviación o quebradura de una línea en el diseño del sello. A pesar de sus viajes, todos los meses permanecía unos días en el campo para controlar algún «recibo». Con esta palabra designaba él la llegada de un buque con mercadería. Ese trámite podía funcionar inclusive sin su presencia, ya que existía una organización que trabajaba para él, y Eichen ni siquiera tenía que aparecer dando órdenes. Pero él había adoptado un dicho criollo y se lo repetía a la marquesa con una frase que le había agregado de su propia cosecha: «El ojo del patrón engorda el ganado... y no deja adelgazar la balanza»... Sólo se dedicaba a comprobar que en la estación fuera despachada la misma cantidad que había desembarcado. Para ello se mantenía en vela toda la noche, de a ratos apostado en su caballo cerca del muelle del arroyo frente a la estación, y de a ratos deteniendo los lanchones a mitad de camino para que le mostraran cuántos bultos llevaban.

Pero además de todas sus ocupaciones, poco a poco comenzaba a descubrir cómo relacionarse con Tomás, interesándolo por las palomas, los aviones y las estampillas, y esa relación con su hijo lo fue transformando.

* * *

El capitán supo –gracias a la investigación que ordenó realizar después del mensaje del conde– que se habían burlado de él el día del baile. Afecto como era a los refranes, sin duda pensó: «El que ríe último, ríe mejor». La marquesa no se enteró por ese entonces de la sugerencia del conde ni del resultado de la búsqueda que Arias encomendó a un subalterno. Quizá nunca lo supo, porque Archibaldo Arias siempre se reservaba algunas cartas en la manga para jugarlas en el momento oportuno, y en relación con ese tema demostró que sabía esperar. Por el contrario, en lo atinente a su relación inmediata con la marquesa, juzgó que ya había hecho gala de excesiva paciencia y concurrió a «El Capricho» decidido a no regresar al regimiento sin antes cumplir su cometido.

Miren, el capitán está a punto de abrazarla para caer en un sofá, que esta vez es el de terciopelo azul cielo. Vean cómo la marquesa da un paso al costado y le dice:

—Tengo que hablar con vos, Cap.

—¡Qué hablar ni hablar, Monserga! —estalla él, aplicándole el apodo que circula por ese entonces entre la peonada para nombrarla. Ella se da cuenta de que Arias no va a ceder en su avance y se expresa con vehemencia:

—¡Sueño a vos todos los días! Pero antes tuve uno accidente y ió quedó gruesa...

—¡Qué carajo me importa! —exclama el capitán Archibaldo Arias y su voz sofocada de macho en celo se va por toda la casa como advertencia para que nadie se acerque. Miren, la abraza como queriendo quebrarle los huesos y los remilgos, y le susurra al oído con los dientes apretados:— Sos una hembra colosal... y encima me decís que soñás todos los días conmigo... Sos increíble... yo no soy guacho para andar jugando, gringa... y menos tanto tiempo y sin juguete... —Se ha abocado concienzudamente a la tarea del autocontrol y ha puesto en ejecución una estrategia de ataque por todos los flancos:— No te preocupes... que si tuviste un accidente antes y el accidente está prendido, te evitará otro accidente ahora...

La marquesa comenzó riendo hacia sus adentros de la soberbia del atacante y terminó bramando ante la certeza de su práctica. Él bramó también, pero pocos segundos después declaró, como quien expone la síntesis de su pensamiento:

—A buen viento, mucha vela, pero poca tela...

La marquesa creyó recordar que era la primera oportunidad de su vida en que sentía vergüenza de su desnudez después de hacer el amor. Mientras se tapaba, preguntó qué quería decir esa máxima. Entonces Arias, en lugar de aclarar el sentido del dicho, agregó otro:

—A la mujer y al viento, pocas veces y con tiento.

La marquesa insistió: no comprendía. El oficial contestó:

—Ya vas a ir entendiendo... ¿Sabés una cosa? ¡Hembras como vos hay pocas!

La marquesa sonrió, y entonces él prosiguió:

—¡Pero macho como yo no hay ninguno!

La marquesa reía porque le parecía grotesco que él siempre se colocara un escalón por encima. Le dijo:

—Arschi, ¡sos como pavo real!

Él retrucó:

—¡Qué casualidad! ¡Ése debe ser tu animal preferido, Gringa! ¡Por lo menos ahora, que estás sin los pingos! Tenés que estar contenta: más vale perder con un sesudo que ganar con un bobo... Y vos me parece que venías ganándoles a muchos bobos...

Ella le dijo que era la primera y la última vez que se dejaba desvestir allí, donde cualquiera podía verlos... Podrían ir al bosque, tenían que tener más cuidado, en especial por la partera y su hermano... Él rió y dijo:

—Está bien, está bien... sobre todo por tu hermano.

Archibaldo Arias resultó ser un buen acompañante para la marquesa durante esos meses en que se vio forzada a alejarse de sus caballos. Aunque intentaba controlar sus movimientos todo lo que podía porque me desagradaba el milico y me daba aprensión que anduviera cerca de «mi» panza, no descubrí gran cosa porque estaba muy ocupada con los caballos y con Nicanor y no podía atender a todo al mismo tiempo. Lo cierto es que Nacha no me informó que habían pasado a la vía de los hechos porque le resultaba escandaloso y calculó que si hablaba, yo me iba a ir.

El militar se hacía sus escapadas diarias hasta la estancia, ya que en el aislado regimiento en el cual cumplía destino no tenía ocupación para toda la jornada. Llegaba ávido de ejercicios físicos. La marquesa pronto hizo traer otro velocípedo para que Arias pedaleara junto a ella. Él consiguió un bote de remo para remontar el arroyo y además salían en sulky a recorrer el campo. Después supe que en más de una oportunidad el capitán fustigó a la yegua percherona para que cruzara al galope un potrero arado, en la secreta esperanza de que su amante se deshiciera de ese intruso que llevaba adentro, y que a él le producía sensaciones muy contradictorias de atracción y rechazo. También quiso convencerla de salir a caballo, pero la marquesa se negó en forma rotunda, sin mencionar el pacto conmigo.

—Me da náusegas —dijo.

En parte decía la verdad, porque en dos oportunidades había llegado de noche hasta las caballerizas, dispuesta a montar a escondidas. Pero no había podido: el solo hecho de sentarse sobre la montura le producía un súbito e inexplicable ataque de vómito.

A partir de la primavera, Arias y la marquesa comenzaron a caminar por la playa y a nadar en el mar con sus bañadores de cuerpo entero como se usaban en esa época, cuando se consideraba de por sí bastante inconveniente realizar esas actividades en compañía del sexo opuesto. A ella le resultaba helada el agua y además, a causa de su panza, no podía correr y trotar enérgicamente como él, antes y después de zambullirse y de nadar:

—No hay nada más sano que el baño frío —sentenciaba Arias cuando la veía dudar o tiritar.

Un día le dijo:

—Caminá rápido que enseguida se te van a pasar los chuchos... y si no gritá, que te hace el mismo efecto... pero no seas débil, carajo...

Ese día la marquesa comenzó a cantar óperas al borde del mar porque descubrió que le ayudaba a entrar en calor y él, por hacerse el gracioso, cantaba también.

Parecían divertirse mucho juntos y por primera vez la marquesa daba la impresión de tener un novio que la cortejaba formalmente. Por momentos él se ponía muy solemne y engolaba la voz, pero la marquesa le decía:

—No me gustás así, Cap —y pocos minutos después él estaba flojo y riente, recordando travesuras de la infancia en la sierra, cuentos de sus abuelos gallegos, historias de un tío navegante, aventuras con una desopilante vecina judía, o las hazañas de su hermano que se había hecho sacerdote...

Un mes antes de que naciera Nicolás, el capitán Arias llegó un sábado a la hora del desayuno. Era un día cálido y soleado y él parecía muy distendido y alegre. En la galería con vista al mar hojearon y comentaron las noticias entresacadas del fardo de diarios que había llegado con el tren, en especial la muerte de Edison, quien después de mil quinientos inventos había declarado: «Soy sólo un adaptador de las ideas de otros». A la marquesa le impresionaba mucho esa humildad. Arias dijo que a él le llamaba más la atención la frase de Einstein sobre el inventor: «Su espíritu de sabio llenó su propia existencia y la nuestra con la luz brillante de su genio». La marquesa sostuvo que eso de la luz de Edison era un chiste, y Arias la acusó de no entender nada:

—Sólo a una mujer se le puede ocurrir que Einstein va a hacer un chiste sobre la muerte de Edison... Las mujeres no son seres del todo racionales —dijo—. Mirá, acá tenés una conferencia de un tal Morand, a vos que te gustan los filósofos, sobre «La guerra de las mujeres contra los hombres»...

Mientras la marquesa, enojadísima, le decía que él era «uno buro con gora» y que no entendía «lo esprit» de la oración porque «la gora» le había apretado «lo cerebro», y que no hablara más así de «las mujeres» como si fueran una raza inferior, el capitán miraba con aires de suficiencia. Luego leyó del artículo, con tono sardónico:

—«¡Cuántos amores he visto yo terminar así en alguaciles y papel sellado!» —murmuró unas cuantas frases más y, poniendo el diario de lado, agregó—: Dice que en este país, todavía los hombres, los felices hombres, disfrutan la paz, porque aún no llegó la guerra... ¡Pobre de él! ¡Esto me pasa por meterme con extranjeras!

La marquesa había tomado el artículo de un zarpazo y leyó con un sonido de rallar el pan:

—«... pertenecéis en primer término al padre, y después al marido, y luego a los hijos, pero por sobre todo a esa entidad híbrida, ese monstruo devorador, esa tercera persona que se llama La Pareja»... —Acto seguido dijo:— ¿Viste, Cap? Yo no pertenece a nadie... ¿Vamos pasear?

Ahí viene, ahí viene... Ahí la tienen... Baja a la playa acompañada por el capitán Arias. Parecen estar enojados y no hablan. Pero en el camino hasta el bosquecillo de pinos, algo –un recuerdo, un sonido, una ocurrencia– los hace volver a sonreír. Miren cómo ella camina con esfuerzo y bambolea su inocultable barriga de ocho meses. Tiene puesto un vestido celeste y blanco de muchos repulgos que arrastra primero por los pastos, luego por la escalinata de piedra y por fin sobre la arena. Vean su sombrilla azul francia con volados, que hace contrapunto con los coloridos del mar y que parece teñir sus pecas con el mismo tono encendido de su pelo en llamas. Él, oscuro y atractivo, con una camisa verde esmeralda, un chaleco de gamuza negra y pantalones y botas de montar, camina haciendo gala de agilidad. Descienden con lentitud la escalinata que baja hacia la playa desde lo alto de ese acantilado de tierra y arena. A ella le gusta compartir este paisaje imponente, que él admira y pondera mientras le presta apoyo en el descenso. Observen la transparencia de esa mañana y cómo se ven los detalles de aquel buque lejano en el horizonte. Fíjense cómo vuelan las gaviotas sobre el mar muy azul y sobre las enormes olas. En sus rostros se puede ver que el rumor del mar les ha llegado como una invitación de vitalidad junto con el salitre y el juego de luces de la mañana.

Ya en la playa, donde calcula que nadie los ve, la marquesa se quita los zapatos y alza bastante el vestido para mojar las piernas en el agua llena de espuma. Miren cómo lo salpica con el pie y cómo él toma un puñado de arena y la amenaza. Fíjense cómo ríen y cuando ella sale del agua, él la abraza por atrás y le da un beso en la nuca. Luego la toma de la mano y le cuenta algo, mientras caminan siguiendo la línea de humedad que dejan las olas. Tenemos que imaginar lo que habla el capitán en ese momento, porque nadie lo oye. Él es muy afecto a contar historias sobre su familia, de manera que quizá sea algo parecido a lo que le contó unos días antes y que fue oído por Nacha:

–Una vez le dijo mi abuelo a mi padre: «Hijo, tenés el guerrero y tenés el cura, heredero no te falta porque no tenés un cobre. Pon las barbas en remojo porque estos dos van a dar que hablar. Un Arias de sotana... ¡Ay de las feligresas! Y el otro con uniforme... ¡Pobres los que no quieran pelear! No son buenos oficios para nuestra familia... Te recomiendo hacerte amigo de un juez...». Y mi padre, que es muy dado a las bromas, amaestró un cerdo, lo disfrazó con una toga y lo presentó como «mi amigo el juez» cuando llegamos para las fiestas. El chancho compartió la velada parado en una banqueta, y mi padre cada tanto le consultaba su opinión...

De repente, Arias se interrumpe y corta en forma brusca la risa de la marquesa –quien se está tomando la enorme panza con las manos para que no se sacuda–. Pasan justo a la altura del pequeño obrador que habían montado para construir las caballerizas de verano y que ha quedado allí, con restos de la obra que aún hay que retirar. Se oye con claridad cuando él exclama, con cierta calma todavía:

–Bueno, ¡pero yo no soy un bufón! En tu familia también habrá habido algún cuento divertido...

La marquesa suelta su mano y guarda un incómodo silencio, al cabo del cual dice:

–Yo no te pedí que vos cuentes nada, si vos no quieras...

El capitán estalla:

–¡No me mirés con esa cara de víctima pavota! Sabés bien a qué me refiero: ¡no se puede saber ni tu nombre, ni dónde naciste, ni cuántos hermanos tuviste, nada sobre tu pasado imperfecto! ¿Cuál es el secreto tan terrible? El cornudo vocacionado del conde, ¿no sabe nada tampoco?

Él se ha detenido, cada vez más indignado a medida que se oye hablar, y continúa gritando fuera de sí:

–¡Cada vez que te pregunto algo sobre tu pasado, cambiás de tema o te quedás mirando la eternidad! ¡Vos me estás tomando por idiota! ¡Pero me parece que te encontraste con la horma de tu zapato!

Este tramo del diálogo sí corresponde en forma fidedigna a lo dicho y ocurrido ese día porque lo oyó Nicanor desde el buque-establo y además quedó registrado en un parte de inteligencia realizado por el informante que estaba controlando a Arias. Encontré ese parte, probablemente confiscado o comprado por el mismo Arias, cuando, años después, revolví sus papeles en busca de otros datos y de huellas de una acción que él dirigió, que me había quitado el sueño y que luego les voy a contar con mucho cuidadito porque fue el dolor más grande y más triste de mi vida… Aunque a mi edad ya no me preocupa mucho el sufrimiento de la vida y menos el de los recuerdos… Después de todo lo que pasé, veo desde muy lejos y desde muy cerca a la vez, y me re-armo como un rompecabezas, reconstruyendo esta historia para ustedes…

Entonces, les decía que el capitán se enojó y subió el tono, y sin duda por eso se pudo oír lo que ellos dijeron a partir de ese momento. Supongo que el militar de inteligencia que hacía seguir a Arias para informar sobre sus relaciones, había logrado ubicar a algún soplón en el obrador, aunque es posible que alguien le haya invitado unos tragos a Nicanor para que le pasara la información o para que le permitiera apostarse en el buque-establo cuando yo no estaba. Probablemente esa mañana yo ya había salido a montar y Nicanor no habló del tema conmigo hasta que, algunos años después, le fui a preguntar y descubrí que se acordaba poco y nada.

¿Ven la cara de circunstancia que ha puesto la marquesa?

–¿Qué es horma?

Observen cómo él responde de inmediato y habla con la fuerza del estómago, encogiendo los labios contra las encías:

–No te hagás la costurerita incauta. No te voy a explicar ni una palabra más, Gringa hija de tu madre… ¡Andá y preguntále a tu Profésor, que por algo es tu testaferro, además de haber sido tu mucamo y el amante de tu partera! Dueña de estancia, soltera, pero con partera permanente… ¡Toda la vida para parir hijos guachos! ¡Acá sobran demasiados giles y falta alguien con las guampas bien puestas!

No es la primera vez que el capitán padece un repentino ataque de cólera. La marquesa ha levantado la voz:

—No te voy tolerar estas cataratas de sulfuro... Ya te dije que cuando te pones así, parecés la máquina para triturar la carne y ió me pregunta qué hace con vos... —dice y se da vuelta para volver por el camino que han venido.

Pero miren cómo él la sujeta por el brazo con firmeza y le advierte, en el colmo de la furia, con tono sibilante:

—¡Decí que sos extranjera! Porque si no, ¿sabés qué?... ¡Te reviento a patadas, acá mismo! ¡Y no sos vos la que te vas! Yo te dejo porque no te aguanto más... ¿Entendiste? Ya estás demasiado deforme. Parecés una salchicha alemana...

Fíjense cómo, de golpe, en forma tan súbita como ha comenzado, su rabia va a concluir en una sonrisa sardónica:

—Adiós, Wurst. Si querés verme otra vez, mandá parte del parto...

El capitán Arias se dará el gusto de ser él quien dé la media vuelta para irse y deje a la marquesa perpleja en medio de la playa.

¿Arañas a voluntad?

Un mes después, casi a fines de noviembre de ese primer año de la década del treinta, la marquesa bajó a las tres y media de la madrugada y se encontró conmigo. Ya me había vestido y estaba lista porque, compenetrada como estaba con la situación y sugestionada por la inminencia del parto, me habían despertado fuertísimos dolores en el bajo vientre. Ella, por el contrario, no sentía nada, pero se daba cuenta de que la panza se le endurecía cada dos minutos. Subimos las escaleras juntas. La marquesa iba lo más campante, mientras que yo tuve que sostenerme en el pasamanos después del décimo escalón. Lo cierto es que tenía unos dolores feroces, pero hacía todo al revés de lo que yo misma indicaba a las parturientas. En lugar de relajarme, me ponía tensa, en lugar de jadear, interrumpía la respiración. Me parecía ridículo, pero no podía dejar de pensar que no iba a estar en condiciones de atender, con la dedicación y pericia habituales, ese parto que era tan importante para mí.

Una vez en la habitación de la marquesa, y preparando con dificultad el instrumental necesario, noté que faltaba el acompañamiento de las cantatas jadeantes de la marquesa. Pero me pareció natural que la marquesa no cantara si no sufría dolores y también que no los sintiera si ya los padecía yo… Ella guardaba silencio porque se sentía defraudada al ver cómo su panza se contraía sin que a ella le doliera mientras su partera se agarraba de la pared, de una silla y del borde de la mesilla, intentando disimular los dolores. Por fin, de pie junto a la ventana, dijo malhumorada:

—Si contraktziones vienen sin dolor, ese nacerá sin sensatzión. Ió eso no pueda comprender, parece cosa del magia...

A continuación, se puso a caminar desde una pared hasta la otra, todo a lo ancho de la habitación, mientras rezongaba:

—Lo parto viene sin placer, lo capitán se fue... y me dijo «Wurst», que es salchicha en alemán... Él ya sabe algo... ¿Qué dices vos, Eulialia? ¿Lo aviso o no lo aviso?

Yo no contestaba. La marquesa me miró con pena y me dijo irónica:

—¿Ya no te ricuerdas nada de lo que mí enseñaste? Respira hondo, jadea... uno, dos... sin miedo... Si quieras, ió te inseña a cantar con los pulmones...

Luego continuó hablando, mientras caminaba de acá para allá, con un balanceo y un ritmo de pato:

—Ayer tenía yo sueños pesados, que perdía mi libertad y era esclava de él... Lo Graf dice que no me aconviene gato con botas, pero yo entiendo que él es ciloso... A mí atrae lo capitán, pero por veces no sé si es cabeza o tonto... Ni sé si me odia más que me ama...

Yo estaba quebrada en dos por el dolor y no respondía, aunque oía muy bien y me preocupaba el tema. La marquesa insistió:

—Me diga, Eulialia, ¿vos qué piensas?

Me enderecé con lentitud y me animé a opinar, muy cautelosa:

—A mí no me gusta ese caballero... —Pero de inmediato tuve que abalanzarme porque vi que la marquesa abría las piernas y apoyaba las manos sobre las rodillas flexionadas.

Agachada en cuclillas por debajo de la marquesa, noté que alguna tracción en sentido contrario impedía el descenso de la criatura que ya había mostrado la punta del cráneo y sin embargo no avanzaba. En el mismo instante se me pasaron los dolores. Como no había tiempo para subirla a la cama, le dije:

—Rápido, acuéstese en la alfombra, que hay un problema.

La marquesa me miró asombrada, pero obedeció en forma instantánea. Allí mismo, tuve que intervenir en emergencia para desatar una vuelta del cordón umbilical que podía asfixiar al bebé. Con un diestro movimiento circular de los dedos, lo conseguí en el primer intento y luego recibí, antes de que cayera sobre la alfombra de lana de guanaco, la rosada criatura que la marquesa expulsó con rapidez y sin emociones. Tomé el bebé por un tobillo y comprobé con alegría que era un varón fuerte y rozagante, que lloraba como un marrano y tenía los testículos como frutos de nogal. Con lágrimas de emoción lo llamé Nicolás mientras cortaba el cordón que había pinzado. Enseguida le encontré el parecido con el padre, mientras lo lamía como había visto hacer a alguna madre congolesa. Luego lo arropé en un pañal y me senté con un suspiro de felicidad, olvidada por completo de la parturienta y su placenta. De golpe, con los rayos tibios que entraban por la ventana, sentí los pechos hinchados y vi que el niño movía la boca y la cabeza hacia el costado, como si lo estuviera molestando una mosca. Desabroché la blusa sin pensarlo y el recién nacido atrapó un pezón en el aire. Allí se prendió certero para iniciar, con un calostro espeso y amarillento, el rito milagroso del amamantamiento.

Nicolás Simón. Pobre muchacho, aun pienso que va a volver antes de que yo muera, pero eso es parte de otra historia. El nombre lo elegí en recuerdo del padre de Aniceto, la persona de mi pueblo que yo recordaba con más admiración. En la oficina del Registro Civil de Tres Picos pusieron mi apellido como segundo nombre y luego se negaron a tacharlo, o sea que en el documento figura como Nicolás Simón Simón...

—¡Soy madre! —grité victoriosa cuando Herbert acudió a comprobar si era cierto lo que Nacha le había informado.

Sin proponérmelo, conseguí que Herbert se aislara celoso junto con Epifanio, uno tan incapaz como el otro a la hora de comprender por qué yo tenía leche en los pechos sin haber parido. La marquesa, por su lado, guardó cama sin necesidad de fajarse el pecho. Incrédula me decía:

—Eulialiamagia, Cabeza de Vaca... —y algunas veces agregaba:
—Ahora vas ectrañar los míos cáballitos.

* * *

Una semana después del parto, se presentó el recién ascendido Archibaldo Arias. Venía con un ramo de flores en una mano y una botella de champagne en la otra y, al ver a la marquesa sentada en su sillón de mimbre del jardín de invierno con todos los ventanales abiertos frente a la terraza, se detuvo muy histriónico y exclamó:

—¡El que se va sin que lo echen, vuelve sin que lo llamen! —Enseguida, cuando vio que la marquesa se levantaba como un resorte para recibirlo, agregó varias exclamaciones más:

—Pero ¡se fue un capitán y volvió un mayor! ¡Ella perdió la carga ajena, y está otra vez bella y buena! ¡Tenemos que festejar! ¡En pocos días más estaremos montando juntos!

Después de abrazarse, durante largo rato hicieron planes para las inminentes y ansiadas cabalgatas. Entre otras cosas, él le dijo en un momento dado:

—Debe ser el único lugar del planeta donde hay una mujer linda e inteligente que todos los años se juega la vida por traer al mundo hijos naturales que además no le interesan... De verdad, he estado pensando mucho y no te entiendo... ¿No sabés que hay miles de mujeres que mueren en los partos y por infecciones después del alumbramiento?

—No hablemos más de eso, Arschi, no vas entender nunca... —dijo ella sonriente—: Mejor hablamos más de caballos, que vos sabes mucho y yo tenga que esperar todavía más un mes para montar...

Fue un verano tan inolvidable para la marquesa y el promovido mayor Archibaldo Arias que él siempre siguió jugándole al treinta y dos en la ruleta y en la lotería, convencido de que ese número del calendario debía ser ganador aunque lo defraudara una y otra vez. Durante aquellos meses de comienzos de ese año empezaron a compartir la pasión por los caballos tal como había vaticinado el conde. Éste estaba intranquilo con la intensidad y frecuencia de la relación, pero se alegró cuando supo que a más tardar en otoño se sacaría ese peso de encima: el mayor Arias tenía ya adjudicado otro destino en un regimiento más importante y lejano. Sólo había conseguido dilatar su traslado hasta abril, y el conde suponía bien que la razón de esa postergación tenía nombre desconocido de mujer extranjera.

Con Nacha evaluábamos la situación y sacábamos nuestras conclusiones: él pensaba hacer prevalecer su sentido de hombría y honor militar, quería un descendiente de ella, pero obligándola a casarse y a llevar su apellido. Tenía dos desafíos. El más importante consistía en lograr que la marquesa cambiara sus prácticas de amor promiscuo y a mansalva, y para ello contaba con una gran ventaja: sabía que ella lo prefería antes que a todos los demás. Esto le parecía que quedaba demostrado a diario, porque la relación era más intensa y más completa que cualquiera de las que la marquesa había mantenido, y ella siempre lo recibía ansiosa. Aunque también se decía que bien podía ser una época de su vida... Sin duda ella había tenido alguien más importante antes de aparecer por estas latitudes y por eso no hablaba... Pero él tenía claro que no quería ser hombre de un período, él quería prevalecer para siempre. Para imponerse tenía que aprovechar el poco tiempo que le quedaba disponible...: aprovechar que ella estaba contenta y parecía entregada... porque él le enseñaba a perfeccionar el salto y ella desbordaba entusiasmo sobre su talento... y además él amaba tanto o más que ella a los caballos... Era evidente que el mayor se había planteado una estrategia de acción y la estaba desplegando ante la extravagante marquesa sin nombre ni historia, que parecía sacarlo de su sano juicio. Pero estaba también la cuestión del pasado de la extranjera y hacerla hablar sobre el tema constituía otro importante desafío para Archibaldo Arias.

El verano iba promediando y, a pesar de todo lo que habían intimado, Arias no conseguía hacerla hablar de su historia ni de sus orígenes. A su modo de ver éste era un impedimento muy grave y ella le había dicho que no molestara más con ese tema. Él dormía mal a causa de eso y probaba todas las tácticas que se le iban ocurriendo. Llegó al extremo de forzarla en público durante un almuerzo al cual había concurrido el conde:

—Ahora, marquesa —dijo—, le vamos a pedir que haga un esfuerzo y nos cuente en dónde nació...

Ella alguna vez había alegado —en forma por demás pueril— una injustificable amnesia, pero ese día lo sorprendió con una actitud francamente bizarra: se subió a una silla y gritó que había visto pasar una araña enorme. Mostraba con la mano la forma de caminar del arácnido, acompañando los movimientos con gestos horripilantes de la cara. Su actuación fue tan buena que algunos creyeron haberla visto y terminaron hablando de una «araña pollito», mientras otros proponían revisar detrás de los muebles, o se abanicaban y pedían un pañuelo con perfume. El único que no le creyó fue el mayor Arias.

El porfiado caballero de caballería era precavido y esperó, mirándola fijo, hasta que se calmara el revuelo y cesara el «apremiante» tema de las arañas. Cuando estaban de nuevo sentados después del alboroto, él volvió a insistir con la pregunta:

—Ahora que no pasarán más arañas, ¿podría usted recordar su lugar de origen?

Para asombro de todos, la marquesa se subió otra vez a la silla y montó de nuevo la misma escena. El mayor Arias no se dejaba doblegar con facilidad, pero la marquesa tampoco. El camarero ya no se animaba a aparecer para cambiar los platos y nos había llamado a Nacha y a mí para que espiáramos la situación de tensión que se vivía en el comedor. Arias formuló su pregunta tantas veces como ella volvió a tomar asiento, y ella representó su espanto tantas otras como fue interrogada. Hasta que los invitados se fueron yendo. El primero en marcharse fue el conde, quien demoró sólo tres secuencias en tomar la iniciativa y luego partió malhumorado.

—¡Pero no ve, hombre, que nadie está obligado a hablar de su pasado! —exclamó.

—Debe ser una costumbre muy europea —replicó Arias— porque lo que es aquí, en nuestras tierras, el que esconde información es sospechoso... Él puede creer lo que quiera, y así le irá —deslizó el mayor cuando el conde ya había cerrado la puerta de un portazo.

Mecha Uribe y su marido, los del campo vecino, se levantaron después del conde, pero sin comentarios. Ella, normalmente sensual y pletórica de frivolidades aunque mandona, se marchó como escapando de una situación donde sobraba su desconcierto. Él, por lo general ejercitado en poses de desligamiento, con un dejo de superioridad feminoide, se fue con cara solemne de funeral. Por último se decidió Juan Contralto, un cetrino traficante de influencias, el amigo común del conde y del mayor. Su señora, de una piel tan transparente que dejaba ver lo azulejo de sus venas, había quedado boquiabierta ante la insólita situación y ya era incapaz de reaccionar por sí misma, cuando el marido, de pie, le gritó:

—¡Marisa! —torciendo la boca en un gesto de irritación e impaciencia.

Ella se sonrojó, se sacudió el asombro como si volviera de un sueño erótico con arañas, y lo siguió.

Se fueron cuando pasaba la quinta araña. Ella había intentado sembrar un ánimo de paz después de la partida del resto:

—Chicos, ¿por qué no se dan la mano y dejan este disparate, que ya es de *mauvais goût?*

Pero ni el mayor ni la marquesa iban a dar su brazo a torcer en esa pulseada tan peculiar. Terminaron riendo a carcajadas cuando quedaron a solas y se miraron a los ojos.

—¡Qué desgraciada, me las vas a pagar! —dijo Arias, en medio de la risa.

—¡Vos me pagas a mí, gracioso! —retrucó la marquesa y rió también.

Ese día ambos supieron que habían perdido una batalla. Pero obviamente el mayor Archibaldo Arias se sintió fortalecido por la experiencia y se dispuso para futuras victorias. De una cosa estaba convencido: el creciente poder que él detentaba por sus conexiones era suficiente para borrar de un plumazo la prosperidad económica de la extraña dama y su alejado consorte. Pero es probable que haya pensado que no se trataba de llegar a la venganza y que, aun en la derrota, era mejor aprovechar que destruir. Quizás él ya no estaba seguro de poder vivir sin ella y no se le ocurría otra opción que triunfar sobre ella para conquistarla. Después de ese almuerzo habrá pensado que le convenía poner en juego mucho ingenio y sólo parte de sus recursos. Como militar, conocía de sobra la trillada máxima que dice: «Para conservar la paz hay que prepararse para la guerra». En ese sentido su arsenal más pesado podía reservarlo para ulteriores acciones.

Pocos días después, él le estaba enseñando a saltar y se impacientó con su alumna. Comenzó a gritarle porque se «apilaba» sobre el caballo al enfrentar la valla. La marquesa se enojó:

—Ió no soy uno soldado... Si vos gritas es porque no sabes inseñar... Si sos malo maestro, deja que ia me consiga ió uno bueno...

—Perdón, Gringa... Es una costumbre nomás, el gritar. Pero no era mi intención ofenderte... Vení, vení, bajáte y no te ofusques, que ya te va a salir...

Miren, miren esto: pagado de sí mismo, pretende mostrarle cómo debe hacer. Vean cómo Gótico II se deja montar con mansedumbre por el oficial de caballería. Pero ahora, enseguida, como si hubiera comprendido que han humillado a su ama, toma desprevenido al jinete y lo lanza en forma sorpresiva y sin aspavientos, justo en el momento en que él grita:

—¡Así! ¿Ves?

Nicanor llegó corriendo a la cocina con la noticia:

—El milico tuvo su merecido: el Gótico le hizo comprar terreno.

El oficial se dislocó un hombro y además sufrió la rotura de un pequeño vaso sanguíneo en un ojo. Del hombro se curó casi por completo —aunque los días de humedad se acordaba del Gótico de la flama— pero la sangre en el ojo le quedó como marca del accidente y dio mucho que hablar.

Una semana después, el mayor Arias, que estaba con el brazo derecho vendado al cuerpo y con la sangre ostensible en el ojo izquierdo, invitó al matrimonio Uribe y a su amigo Juan Contralto –con su afrancesada y traslúcida señora– a una cena en «El Capricho». Se suponía que era una ocasión para desagraviarlos por el «Almuerzo de las Arañas», pero el mayor les tenía reservadas algunas sorpresas.

La velada transcurrió en forma amable hasta los postres. El oficial había estado muy conversador y la marquesa muy callada. Recuerdo como si fuera hoy algunas de las frases que él dijo esa noche porque con Nacha y Herbert estábamos muy preocupados por esa relación y me había tocado a mí estar atenta desde la ventanita que comunicaba con la antecocina:

–... no se puede soslayar la fuerte influencia de la doctrina militar prusiana en el Ejército Nacional y cuando digo prusiana, estoy diciendo alemana... Les puedo contar muchas cosas de Alemania... les puedo contar de Federico II de Prusia que tuvo fuertes desavenencias juveniles con su padre Federico Guillermo I, peleas que le valieron una condena a muerte, posteriormente conmutada por prisión en el castillo de Kaustrin... hay que ver el genio que se escondía detrás de ese díscolo joven inclinado a cultivar las artes y las letras... Si les divierte les puedo explicar las distintas concentraciones utilizadas en distintas batallas... por ejemplo, la maniobra por ejércitos convergentes en la campaña de Bohemia –hacía dibujos usando los cubiertos y migas de pan que transformaba en bolitas sobre la mesa con su mano izquierda–... pero hay una maniobra por líneas interiores que se usa para hacer frente a efectivos muy superiores... –Por momentos parecía estar dictando una clase, pero todo el tiempo matizaba con chistes y comparaciones mundanas de doble sentido, que soy incapaz de recordar, los conceptos militares que usaba. Y lograba, hay que decir, quitarles la aridez que de otra forma hubieran tenido. Todos oían con atención porque era un orador muy ameno y seductor, en especial cuando iba soltando su lengua y rociando sus palabras con algunas copas de buen vino, como aquella noche. Algo dijo por ejemplo, referido al «orden

oblicuo creado por Epaminondas» que hizo reír mucho a todos. Obviamente, esos comentarios ilustrativos casi siempre estaban ligados a la conquista de las mujeres. La dosificación de este sentido del humor le permitía alivianar los temas y evitar a sus oyentes para seguir adelante con su objetivo, que era hacer permanentes referencias a los alemanes y mostrar que podía pronunciar algunas palabras en ese idioma:–
...No estaría bien que no les dijera como conclusión de esta noche que Federico el Grande, fue la figura más sobresaliente del arte militar, creador de la artillería a caballo e inspirador indudable de Napoleón... antes de cada batalla reunía a los jefes y los arengaba imponiéndolos de la necesidad de vencer... y qué discursos... debo decir que las virtudes de los alemanes para el arte de la guerra han sido insuperables... también es justo que les diga algo sobre Clausewitz... –Su propia figura de ambicioso conquistador con buena estampa parecía engrandecerse en las alabanzas de cada uno de los personajes que elogiaba... Por fin, pasó a relatar varias experiencias personales vividas en Alemania mientras realizaba un curso de adiestramiento. Le dedicaba grandes sonrisas a la marquesa cada vez que usaba algunos vocablos alemanes que traducía para el resto de su audiencia. La marquesa se mantenía impertérrita, aunque no se le escapaba, y a mí tampoco, la insistencia germánica del mayor. Ella sonreía también, pero no tanto como Arias. Fingía interés, levantando en forma exagerada las cejas, gesto que había copiado de Herbert, con quien, dicho sea de paso, el parecido físico era cada día más notable, porque se imitaban mutuamente y tendían a mimetizarse, cosa que a Arias –después me enteré– lo ponía muy nervioso.

Miren, el mayor ha terminado de hablar y la marquesa está degustando la mousse de limón cuando ve que Archibaldo Arias intenta hacer pasar inadvertida una pequeña maniobra que realiza sobre la mesa. Vean cómo ella se hace la distraída y espía mientras atiende a Mecha Uribe, quien está proponiendo una cacería de ciervos en su estancia. De abajo de la mano derecha de Arias, que tiene sus movimientos limitados a causa de la dislocadura de hombro provocada por Gótico II, surge una araña que queda inmóvil. A la marquesa se le ha cortado la respiración, pero enseguida parece reflexionar y recordar que en realidad a ella no le asustan mucho las arañas. Observen cómo Arias, sin dejar de mirarla, azuza con un tenedor al confundido bicho. Fíjense que la marquesa no esquiva su mirada. Le sonríe. Luego dice muy seria:

–Ió creo que alguna vez ió estuvo en Alemania. Pero creo que tuvo uno golpe fortísimo a la cabeza después, y no consigue recordar nada. Cuando usted decía palabras alemanas antes, a mí sonaban música conocida…

–¡Qué notable! –comenta Arias–: Y… ¿habrá sido después de esa amnesia, que usted se volvió una excelente actriz?

Observen cómo la marquesa contesta con una sonrisa y cómo Mecha Uribe, que nota una cierta tensión en el diálogo, eleva su copa, diciendo:

–¡Podemos brindar, que hoy no aparecen arañas!

Arias, con tono cáustico, contesta:

–No cante usted victoria antes de gloria –y señala la araña que está quieta sobre el mantel, probablemente mareada o acechando algún movimiento.

La señora de Contralto, feliz de no tener que soportar otra vez en público las impúdicas arañas imaginarias, festeja la broma de Arias que ríe satisfecho. Sin titubear, estira la delicada mano para tomar la araña, pensando que es una imitación, un chasco traído por el ocurrente oficial.

Esa Noche de la Única Araña concluyó con el desmayo de la sensible señora. Aunque no fue picada, porque la araña era inocua, quedó tan mal dispuesta hacia el amigo de su marido, que además desarrolló una irracional animadversión hacia todos los militares, sin distinción. Contaban después que tenía ataques de furia o de pánico cada vez que veía un hombre con uniforme por la calle, y decían las malas lenguas que no distinguía si era un barrendero, un bedel universitario, un agente de policía o el botones de un hotel.

* * *

Mientras tanto, se acercaba la fecha en que yo tenía que acudir a la cita con Aniceto. Miren… ¿Ven cómo salgo a escondidas de noche por la puerta de la cocina? Voy por primera vez hasta el monte de pinos del oeste a encontrarme con mi añorado linyera. La incertidumbre me juega en contra desde alguna válvula del corazón, que parece trabajar a destiempo y me desafía junto con el silbido burlón de un ave nocturna. Ese sonido destemplado se mezcla con el rumor de las olas, con el crujir de ramas y hojas bajo mis pies, y con la levedad y el misterio de todo aquello que mueve la brisa en la oscuridad. Mis ojos están acostumbrados a guiarme sin más luz que la de las estrellas, y mis pantorrillas, que son puro músculo, imprimen un buen ritmo de travesía a mi marcha. Observen que llevo una bufanda atada bajo el mentón y le hago frente a la noche con los hombros más alzados que nunca…

Esperé despierta muchas horas, hasta que por fin lo vi, casi real, en medio del bosque… Él se acercó y me dijo secretos al oído… ¡Qué desilusión cuando desperté y descubrí que no era más que una presencia producida por mi deseo! Me costó mucho aceptar que él no hubiera llegado y pensé muchas cosas para disculparlo, pero no podía imaginar la verdadera razón de su ausencia.

* * *

Al mayor Arias se lo veía muy preocupado porque el día de su traslado se acercaba y su relación con la dama extranjera era cada día más fuerte pero no había avanzado en la dirección deseada. Ella no sólo no respondía a su propuesta de casamiento sino que ni siquiera le prometía asegurarse algún yuyo para evitar quedar embarazada. Y él anticipaba que eso podía traerle graves problemas en su carrera. Como había conseguido parte de la información que ella escondía, decidió ponerla en juego, más allá de las insinuaciones que había desplegado pacientemente durante los últimos tiempos.

Pocos días después de comenzado el otoño, llegó hasta «El Capricho» por la noche y entró en forma subrepticia a la habitación de la marquesa. Según Nacha, que lo había oído llegar y subió a controlar lo que ocurría, él despertó a la marquesa y le anunció que venía a despedirse porque lo trasladaban al día siguiente. Enseguida hicieron el amor con una pasión rayana en lo brutal. Después él dijo:

–Bueno, ahora sí, Gringa: o nos casamos o no nos vemos más.

Ella quedó en silencio y parecía triste. Durante largo rato no cruzaron palabras ni gestos. Según Nacha, estaban desnudos, cubiertos con la sábana y rumiaban lado a lado sus respectivos pensamientos. Se podían oír las respiraciones. De repente, Arias saltó de la cama y ella se estremeció. Él desenvainó una espada antigua que colgaba en la pared e hizo unos movimientos de esgrima en el aire, «pilucho como Dios lo trajo al mundo», dijo Nacha. Luego se subió al colchón y de pie, casi rozando con la punta de la espada el esternón de la marquesa, que yacía expectante, le dijo a boca de jarro:

–Berta von Kartajak, bello nombre... oriunda de Bonn, bella ciudad... Alemania, bello país... ¿acepta por esposo al mayor de caballería Archibaldo Iván Arias? Conteste por sí o por no, marquesa impostora, que no pasará ninguna araña...

Ahí está, ahí la tienen... Berta siente un suave temblor que la recorre como una súbita pérdida de peso. Arias, con la espada en la mano, luce una sonrisa ufana y omnipotente. Él espera una respuesta. Berta parece transpirar. Pasan unos instantes. Ella murmura:

–Imposible –y su voz surge como un líquido, como si fuera la expresión condensada del frío sudor que la cubre.

Arias sigue su parodia, pero Berta sabe que «esto no es joda» como le ha dicho él varias veces. Es tan en serio, que ha decidido hablarle en tercera persona:

–Este oficial la ama a usted con locura y por eso quiere sacrificar como un loco lo mejor que tiene: su carrera. Está dispuesto a truncar su brillante carrera si es necesario, y por eso ofrece solicitar de inmediato el pase a retiro por razones de salud para evitar ser trasladado. Quisiera compartir su vida con la pretendida marquesa que lo ha seducido. Sabe que no puede conservar la carrera y su amor y opta, sin mayores dudas, por ella. La supuesta marquesa debería reconocer que no puede exigirle poner en peligro ambas cosas, tal como está haciendo... Si él sigue con ella en los términos actuales, arruinará su carrera y al final será sólo uno más en la interminable lista de sus amantes. Si tiene que entregar su profesión, lo hará, pero siempre que pueda asegurarse en forma exclusiva a su caprichosa embustera...

Arias ha visto la negativa, dibujada como un entrevero de rechazo y dolor en el rostro de la mujer que él ama y ambiciona, y cuando ella emite otro «imposible», que casi no se oye porque parece hecho de vapor, él da por terminada su actuación y baja de la cama. De espaldas a Berta, comienza a vestirse. En su expresión no se puede leer si prevalece el enojo o la humillación, pero sí que desea con todas sus fuerzas que ella diga o haga algo para retenerlo y desagraviarlo. Ella se mantiene inmóvil y en silencio. Entonces, ya en paños menores, él dirá:

—Tengo que ir a revistar las tropas... Ya se están por anunciar las primeras luces del alba... —y su expresión se irá endureciendo porque, mientras por fuera va adoptando el uniforme, hacia sus adentros se repite que debe olvidarla. Entrenado en la disciplina de la voluntad, prenda a prenda se propone lo que ya siente que comienza a lograr: sacarla de su cabeza y de su corazón para recuperar la confianza en sí mismo.

Pronto estará listo y pensará en latín: «Alea jacta est». Según el conde, que le oyó decir esa frase más de una vez, la traducción correcta en el caso de él, debía ser: «La suerte está echada, ¿de qué te jactas?».

No se volvió para despedirse. Pensó que su fortaleza iba a aumentar si no la miraba nunca más. Salió de la habitación, dejando la puerta abierta como si no quedara nadie allí adentro, y se fue de «El Capricho», decidido a rastrear en el país de origen qué se escondía detrás de la misteriosa identidad de esa imposible teutona. Su curiosidad se agigantaba con la fuerza del amor despechado. Descontaba que el conde sabía todo, pero no era por ese lado que él iba a averiguar. «Tengo otros recursos, gracias a Dios», se le oyó decir cuando cruzaba el patio. Nacha me dijo esa mañana: «Se fue enojado, invocando el nombre de Dios en vano».

La marquesa quedó melancólica y preocupada. Extrañaba a «Arschi» y se sentía vencida: él le había demostrado que era capaz de averiguar por sus propios medios, pero además quería obligarla a perder su libertad y ni siquiera había querido embarazarla.

¿El oasis del conde?

Ahí está, otra vez espléndida… Llega a «La Nostalgia» por la alameda del poniente. Miren cómo las hojas plateadas de los álamos piramidales tienden una nube acolchada y amarilla bajo los cascos de su caballo. Vean cómo los reflejos de su cabellera en llamas y el terciopelo de su casaca de montar hacen juego con el pelaje tostado de su Corintio y con los colores oxidados y cocidos del otoño, en medio de los cuales brillan como estrellas del día los dos botones de metal del saco y un ojo del caballo.

Tiempo después ella va a encargar a un pintor holandés un óleo que reproduzca ese momento crucial de luz sobre ocre, de triunfo dentro de la derrota estacional y el repliegue. Recuerdo que ese cuadro estuvo un tiempo en el salón de «El Capricho» y que luego ella se lo regaló al conde para que lo colgara en «La Nostalgia», aunque nunca más apareció y nadie supo qué había sido de él.

La marquesa entra a la sala de estar sin anunciarse y encuentra al conde desayunando apacible frente a su ventanal en arco. El Graf está en bata de cama de brocado, sentado en su «bergère» de respaldo alto, leyendo los periódicos. La luz brilla en sus anteojos. Ella se acerca con lentitud. La visión hogareña de este Eichen la reconforta inexplicablemente. Siente que hay algo en su vida que permanece firme y no se mueve. Decide que no tiene ya motivos para seguir manteniéndolo ignorante de su verdadera identidad. El conde se sobresalta cuando ella, después de seis años de conocerla, le habla por primera vez en impecable alemán.

En su lengua materna, pregunta si hay algo nuevo en los diarios. Él, con toda naturalidad, como si no se hubiera percatado del detalle, se saca los lentes y le contesta en español. Ella insiste entonces en forma más directa: confiesa su verdadero nombre, dice que es alemana y que no tiene título nobiliario. Eichen no parece darle mucha importancia al asunto y responde con sencillez y tranquilidad:

–Han pasado mucho tiempo y muchas cosas… Todo está bien así… A mí nunca me preocuparon mucho las historias viejas. Para eso está el curioso del capitán, que por suerte ha sido promovido y le mandaron bien lejos… –Sonríe y levanta el mentón, cerrando los ojos como un viejo zorro. Berta lo mira agradecida y sonriente. Sabe que va a decir algo importante y ella lo está observando como si lo viera bajo una nueva luz: sigue teniendo la barbilla en punta pero ya no usa bigotes, tiene cada vez menos pelo en la parte superior del cráneo y sus cabellos rubios muy finos ya han cosechado muchas hebras de ceniza sobre las orejas, pero además, con el correr de los años se ha ido acentuando la altivez de sus ojos y ese aire de seguridad distante que denuncian todos sus movimientos. Está diciendo:– A mí más me preocupa hacia dónde vas, marquise, que de dónde venís… Pero, en fin… no me toca opinar. Ése es el trato. –Ríe, cabecea y juega con los anteojos en la mano. Luego continúa en tono casual:– Tu acento siempre parecía un poco de alemán. Pero, ¿qué importa? Ser alemán no es pecado, y yo prefiero poner mi curiosidad en cosas más útiles que los secretos de la gente y los porqués de sus secretos. –Bajando la voz, agrega:– De todas formas, yo tampoco soy conde. ¿Qué es ser conde o marquesa? Sólo les importa a los tontos, y para eso sirve… Eso a vos no te cambia nada. Vos seguís siendo mi Marquise y hablamos español. Nuestros negocios están acá, no allá. A estos criollos les gustan mucho los títulos y las intrigas, y cuanto menos tengan a saber, mejor… He aprendido algo: en estas tierras no hay que ser ni muy gringo ni muy criollo… y las apariencias cuentan más que las sustancias. Y como no quiero que me digas por qué me lo cuentas ahora, te voy a mostrar varias cosas que acabo de leer.

Eichen retoma el diario y, mientras busca unos artículos y luego los recorta, comenta la muerte en París del general que dos años antes había usurpado el gobierno, las considerables ventajas que ha obtenido el partido de Hitler en los comicios y un curioso episodio del elefante Blunty... Primero le alcanza una reseña de las playas, desde el faro del cabo de San Antonio hasta el faro de Punta Médanos y luego los tres artículos que ha seleccionado para pegar en la carpeta de aviación. Después de mirar las fotos de las playas y los faros, entre los cuales está el de «La Nostalgia», ella lee en voz alta los recortes. Uno contiene consideraciones admirativas sobre la velocidad que están alcanzando los aviones y suposiciones sobre la futura evolución de ese fenómeno. Otro informa que el Graf Zeppelin vuela normalmente sobre el Atlántico. El tercero dice que, combinados el Graf Zeppelin y la aviación, la capital más austral del Atlántico quedará a sólo seis días de vuelo de Alemania. Luego, tomando el diario desmembrado por la tijera, Berta ríe ante una foto del actor Fredric March y otra del nadador Williams Camet, que ha puesto juntas y mira a trasluz:

—Vos sos como esos dos encima. Mezcla de lo uno y lo otro. Pero lo que más gusto en vos, es que sos independiento como yo, Graf.

Heinrich Eichen se siente halagado, pero piensa que algo raro le anda pasando a la marquesa. Ella se ha puesto a mirar una foto en el diario, y opina que él debe comprarse un sombrero Lindbergh.

—Lo acepto si me lo regalas —contesta Eichen.

Berta ríe y se dedica a observarlo y a pensarlo, mientras él pega sus artículos en las carpetas que ha extraído de la parte baja de una mesita. El tema de la aviación más las palomas mensajeras y su colección de estampillas llenan sus largos días de ocio, todo rociado —en la medida de lo posible— con abundante música clásica. Su debilidad en ese momento ya no es Telemann sino Mahler. Es en esencia un hombre solitario, que sin embargo demuestra gran sociabilidad cuando le parece que es indispensable o conveniente. Con ella se siente casi siempre cómodo: él ha ido aceptando la situación tal cual se le presentaba, con escasas resistencias. No es amigo de las discusiones, y sólo se repliega en la certeza de sus preferencias. Pareciera que para él la sabiduría consiste en exigir poco para que lo molesten poco. Al fin de cuentas, sus celos tendrían corto alcance, ya que él mismo es un soltero empedernido. Considera que la sociedad es beneficiosa para los dos, y aparte de eso, se divierte con ella, la admira y le agradece que no sea posesiva y asfixiante como la mayoría de las mujeres. Eso sí, ha aprendido que en algunos puntos conviene limitarla un poco, porque su dinamismo puede ser demasiado perturbador y caótico...

Justo en el momento en que el conde terminaba de cerrar sus carpetas y las guardaba, apareció Tomás con su institutriz. El chico, que por entonces tenía casi cinco años, hizo una reverencia ante Berta, que para él era «die Tante», la vecina y amiga de su padre. Estaba vestido con ropita de marinero, con zapatitos de charol, sus rulos muy bien peinados. Daba pena mirarlo porque parecía un pequeño adulto envarado, muy temeroso de los más grandes. En alemán, le pidió permiso a su padre para ir a dar un paseo en sulky. Era la tercera vez que estaba delante de sus dos progenitores al mismo tiempo. Berta le preguntó si ya andaba a caballo, y como el chico contestó que sí, le prometió enviarle una yegua de regalo. Antes de que él tuviera tiempo de alegrarse, la institutriz le preguntó cómo se decía y él agradeció la promesa de la tía, en español. Luego se paró aún más derecho si era posible, con las manitos atrás, para recibir los consejos de su padre y poder partir.

Cuando Tomás se había retirado con la institutriz, Berta dijo:

—Graf, podrías venir con lo niño en caballo en «Lo Capritscho»... Eso sería bueno para Eulialia que quiere mucho el Tomás. Además, Herbert ya te trata correcto...

Eichen replicó con tono irónico:

—Te agradezco emocionado la invitación después de tanto

tiempo, pero no me parece razonable que organices demasiado mi vida, ya que yo tampoco pretendo organizar los desarreglos familiares que tú engendras... Supongo, por otra parte, que no has venido para eso...

Berta rió y repuso:

—Tenés razón, Graf. No vine a eso... Vine a decirte los desarreglos que ió haga.

La marquesa revoleó los ojos de otoño y quedó en silencio. Eichen la estudió un minuto y luego inquirió:

—¿Otra vez?

Ella sostenía la mirada y asintió circunspecta. Su pelo estaba suelto, con ondas hasta los hombros, y parecía tener más vida que su cara impávida. El frunció el ceño mientras golpeaba con tres dedos su hombro izquierdo, insinuando las charreteras. Ella asintió otra vez y pareció que tenía algo de vergüenza.

—¿Ya es seguro? —preguntó Eichen.

—No —repuso Berta.

El conde levantó las cejas en señal de desesperanza, suspiró, y pegó con las palmas sobre sus rodillas antes de levantarse. En su acento de piedras y arena cayendo por un terraplén, exclamó:

—*Tout va très bien, madame la marquise!* —Luego, sonrió y aclaró:— Así le dijo la sirvienta francesa a la patrona, después de quemar la comida y romper la vajilla, cuando se presentó para avisar que renunciaba...

Después de decir esto último, el conde pidió a Berta que lo esperara unos minutos, y salió. Al cabo de un rato, apareció muy elegante, con pantalones y botas de montar. Llevaba una paloma en la mano y afectó un cierto aire de ilusionista perdido cuando le anunció a Berta que la acompañaría a cruzar el arroyo. Dijo que quería entregarle la mensajera para que ella la soltara con unas líneas cuando ratificara o rectificara la funesta noticia referente a las posibles consecuencias de su relación con el capitán. El conde seguía nombrándolo así, y no parecía dispuesto a concederle el ascenso obtenido.

Cabalgaron juntos hasta el puente de piedra. La marquesa supo que el conde estaba preocupado y que por eso no quería hablar más del tema y sólo hacía alusiones al paisaje, además de hablarle cada tanto a la paloma, que izaba con la mano derecha hasta la altura de su pecho. Por primera vez la marquesa sintió que necesitaba la protección del conde y quiso saber hasta donde podía contar con él:

–Graf, ¿vos casás conmigo si yo te pido? –preguntó.

Él rió y contestó:

–¿Venado o zorro? –Pero luego, mirando la expresión de sus ojos de almendra, continuó:– Marquise, algo te pasa. Primero, ¿desde cuándo dama pide mano a caballero? Segundo, no contesto preguntas vagas… escucho ofertas concretas. A vos te gusta saber que todo el mundo está a tus pies, pero a mí no me gusta estar ahí para que me pisen…

Poco tiempo después, la paloma mensajera voló a su paradero con un billete que decía: «Confirmado. Para fin año». Berta la vio levantar vuelo en dirección al faro y la siguió con la vista hasta que se transformó en un punto, mientras pensaba qué personaje extraño era el conde; ella nunca iba a terminar de entenderlo.

Eichen pasó por encima la mala noticia y se alegró porque consiguió una hazaña en su historial colombófilo: que el ave llevara la respuesta al lugar donde había pasado apenas una luna. Miren, Berta está desayunando en la cama, cuando ve que la paloma se posa otra vez en su ventana. En ese momento comprueba que a esa distancia no puede distinguir los ojos del ave y sospecha que ha perdido algo de visión. Vean, sin embargo, corre emocionada a desatar la nota que trae la paloma alrededor de la pata. Ésta se asusta de la agitación de Berta y se aleja aleteando, hasta que después de un gracioso revoloteo considera que están dadas las condiciones de tranquilidad propicias para volver a aterrizar en el alféizar. Berta desata y lee el mensaje del conde: «Declaro guerra sin cuartel al militar engreído. Exijo tu renuncia de relaciones, y si perderlo, mejor». Ella escribirá y atará a la pata de la paloma otro mensaje: «Graf, respondo tu mando. No hay más trato».

Berta y el conde se encontraban pero no hablaban de la paloma ni de sus mensajes y todos nosotros ignoramos el contenido de ese intercambio durante muchísimo tiempo. Por lo demás, la marquesa se había ido transformando a la vista de todos en una suerte de gran diosa-madrina que vivía embarazada como homenaje a la fertilidad y compraba generosos regalos para Tomás, las gemelas, Azucena, Epifanio y Nicolás, sin descender jamás a los problemas de la crianza y manteniendo las relaciones que se le antojaban con el conde, con su administrador, con su petisero y con cualquier otro hombre que apareciera y le viniera en gana.

Llevó muy bien su último embarazo, como siempre, a caballo; se la veía muy contenta y hasta más asentada. El día de Nochebuena comenzó con contracciones y a la madrugada nació un varón de cabello oscuro y ojos de tizne, que partió con rumbo desconocido pocos días después del parto, cuando apareció un chofer en un auto negro, con un enorme moisés de mimbre entretejido con hilo y se llevó a la nodriza y al bebé. Nadie preguntó por qué ni cuándo ni cómo: todos estábamos habituados a que la marquesa hiciera y deshiciera sin dar cuenta de sus actos.

Cuando llegó el momento, despidió a la nodriza diciendo:

—Ya nadie quiera más niños por aquí... la oferta ya tiene superada la demanda... —y coronó su frase con una de sus risas estentóreas.

A mí, me dijo:

—Verás que muchas madres quedarán agradecidas conmigo porque no acarapo egoísticamente los hijos...

—Acaparo —corregí.

Berta, sin prestarme atención, siguió:

—Hay uno hindú que dijo: «Tus hijos no son tuyos, son flechas que lanzas hacia el futuro».

Ese último parto fue muy distinto de los anteriores y las imágenes se me desdibujan en la memoria. Marcó una nueva época, signada por los secretos y los fracasos. La marquesa había comenzado a ir muy seguido a la estancia de los Uribe y decían que organizaba cacerías con extranjeros. Yo me dedicaba mucho a Nicolás y ella me miraba como si me hubiera perdido en el mundo de las «Cabezas de Vaca».

Nunca supimos cuándo al conde le surgió nuevamente el recelo de que la marquesa mantenía viva la relación con Arias, o si nunca dejó de sospechar. Seguramente en alguna oportunidad, porque ella lo visitaba con frecuencia, él aventuró otra vez ese temor y ella volvió a negar como se niega un vicio inconfesable.

Lo cierto es que las sospechas del conde sólo salieron a la luz tiempo después, cuando se supo también que el nombre que había recibido el último bebé al llegar a destino era Manuel Fortunato Arias.

No imaginamos a tiempo que Arias seguía estando en nuestro horizonte y acechaba, esperando que la vida le jugara a favor de su anhelo.

¿Lugar de encuentros y desencuentros?

Fue cuando Nicolás tenía cuatro años y llegué por cuarta vez de noche hasta el monte de pinos que yo llamaba «el monte del veintitrés», acudiendo a la cita que se había transformado en una ceremonia y una forma de mantener vivo a Aniceto en mi recuerdo... Miren cómo retuerzo con los dedos las puntas de la bufanda que me llega a la cintura. Voy diciéndome a mí misma, una y otra vez, que me conviene no hacerme ilusiones y predisponer el ánimo para soportar una vez más aquella ausencia reiterada e incomprensible. Alguna razón ha existido para que él no regrese... Y no parece sensato pensar que esa razón vaya a evaporarse de golpe, como por arte de magia. Estoy preparada para pasar la noche durmiendo y despertando y creyendo que él llega a cada instante... pero me encuentro con una sorpresa: cerca del lugar de la cita diviso el sulky de la marquesa. Me asusto. Primero pienso que puede ser Herbert que me controla, después imagino que es la marquesa que está con Aniceto. Ese pensamiento cae como en un salto acrobático de la cabeza al estómago y me siento tan mal que tengo que sentarme sobre un árbol caído, a unos veinte pasos del sulky. Otras posibilidades relampaguean por mi mente: Nicanor... Nacha... Herbert con alguna paisana... No puedo evitar el temor de que me haya visto u oído quienquiera que esté allí, en algún lugar protegido que yo no alcanzo a ver. Todo indica que me conviene quedarme inmóvil, aguardar a que se muevan los demás. Vean cómo espero sentada, con aquel calambre en el estómago y la garra del relente en la espalda, diciéndome a mí misma que lo más probable es que sea la marquesa acompañada por alguien. Ella se ausenta muy seguido de «El Capricho», por el día o por un par de días y la noche que los separa... Nunca dice adónde va, lo cual ha dado mucho que pensar y hablar...

Por fin, después de una tensa espera, oigo ruidos y veo salir a la marquesa de abajo de la tierra, a sólo diez pasos de donde estoy, acompañada por un caballero de turbante. Miren: me quedo como una estatua, sin siquiera parpadear, tan impresionada de verlos surgir así, de la entraña del suelo, que no observo bien al hombre. De todas formas, la oscuridad no me permite ver más que las siluetas. Después de cerrar una tapa al ras del suelo, ellos caminan abrazados y sólo se despegan para subir al carro. No es Aniceto, ni Herbert, ni se parece a ninguno de los hombres de la región... Cuando trepa al sulky reconozco su inconfundible figura. Es Arias. Lo primero que pienso es cómo no se nos ocurrió antes. Berta toma las riendas y parten. Esperaré un tiempo prudencial antes de moverme. Cuando me levante, iré directo a buscar el hueco, poniendo mucho cuidado para no caer en una trampa.

Gracias al mechero que traigo en un bolsillo, puedo localizar la puerta-tapa de madera, muy bien disimulada con una costra de tierra y hojas pegadas. Al levantarla, ilumino incrédula un gran nido subterráneo. Miren cómo, por una precaria escalera, bajo a un espacio donde podré estar parada y caminar seis pasos de pared a pared en los dos sentidos. Sólo hay un colchón, unas mantas, unas cuantas botellas vacías y en los rincones cientos de objetos de ésos que trae el mar y que la marquesa ha recogido por las mañanas cuando sale a «cosechar las playas» o «peinar las arenas», en el primer rito diario, con una larga soga que –atada a la montura– se desliza atrás del caballo como un desparejo reptil cargado de trofeos.

Así fue como esa noche descubrí que alguien había hecho construir –de manera secreta– una galería subterránea que a Berta le servía como lugar de encuentros clandestinos y como depósito de sus «cosos». Nadie en «El Capricho» ni en el pueblo de El Relicario estaba al tanto de la existencia de ese extraño sótano. Yo consideré que no era la encargada de enterarlos. Luego se supo que la excavación había sido pensada por el mismo Arias como un «bunker» ante la eventualidad de una guerra internacional, tema que lo tenía obsesionado.

Después de aquella sorpresa y ese nuevo plantón nocturno a la intemperie, los acontecimientos comenzaron a precipitarse como si el solo hecho de haber descubierto ese escondite pudiera desencadenar un conflicto largamente incubado. Al amanecer regresé a la estancia, con el cuerpo dolorido y el corazón desilusionado. Me prometí que era la última vez: no iba a ir más a resucitar esa engañifa de recuerdos, ese embrollo de dicha y dolor... Quizás Aniceto los había descubierto mucho antes que yo y no se acercaba al lugar por miedo. Me propuse averiguar por qué era tan secreta aquella relación de la marquesa. Me resultaba increíble que hasta en ese lugar de encuentros clandestinos hubiera quedado tan anudada mi vida con la de ella... Me daba por pensar en un torrente de vida, amores y sufrimientos, que sin duda pasaba por aquel romántico bosquecito de pinos y nos arrastraba a las dos con una fuerza que era anterior a nosotras y que nos desbordaba hacia quién sabe qué futuro...

Yo sabía y callaba, mientras me decía a mí misma que el temor a que la moral militar lo sancionara no terminaba de explicar tanta clandestinidad.

¿Las pésimas pócimas del milico?

–Alguien nos ha denunciado –dijo el conde muy preocupado–. Y lo peor es que no consigo saber quién fue... Tiene que ser una persona con influencias...

Como la Prefectura había clausurado el faro y había patrullas de control en el pueblo, el conde citó a la marquesa y a Herbert un domingo por la mañana, para decidir qué hacer de ahí en más. Miren: están en el escritorio con paredes de roble. El conde se pone de pie y exclama irritado:

–¡No se justifica tanto lío! ¡No hay relación entre la pólvora que usan y el chimango que quieren atrapar! Detrás de esto hay alguien que me quiere destruir...

Fíjense cómo su elegancia ha perdido la firmeza que lo caracterizaba. De ahí en más va a hablar con pausa y claridad, pero con el ánimo vencido:

–No duermo tranquilo. Pido la colaboración de ustedes dos porque ya no puedo seguir adelante como antes... No existe riesgo penal, porque no se «opera» hasta tanto no haya seguridad. Pero, como son más los gastos que los ingresos, si dejamos pasar el tiempo, vamos directo a la bancarrota. Es cuestión de cambiar los objetivos: tenemos que hacer rendir más la explotación agropecuaria, ya que parece agotado el desarrollo del comercio.

Jamás se le había oído, ni se le oiría, pronunciar la palabra «contrabando».

Vean cómo, hacia el final de la entrevista, él, dubitativo, desliza su inquietud:

—Una pregunta, Marquise... ¿Nunca más tú viste a ese capitán Archibaldo Arias?

Observen cómo la marquesa contesta con toda naturalidad y no parece que está mintiendo:

—Eso tema quedó enterado, está bajo tiera...

Sin dar lugar a más preguntas, ella aboga de inmediato por la urgente toma de decisiones y propone buscar el asesoramiento de un contador y de un especialista en agronomía.

Luego, cuando Herbert me comente la pregunta del conde y la respuesta de la marquesa, yo también cambiaré rápidamente de tema. No diré que los he visto ni que después he conseguido más información en la estancia de los Uribe. Hubiera podido hablar de aquel lugar secreto sin mencionar a Aniceto, pero me pareció más seguro no entrar en arenas movedizas y preferí callar...

Durante muchísimos años me seguí preguntando si había callado por una lealtad de mujer a una infidelidad de mujer o si había callado por miedo a quedar en descubierto y provocar alguna venganza. También me seguí preguntando si hubiera cambiado el destino de alguien, hablando en ese momento... Si hubiera sido mejor o peor... aunque peor, me parece difícil de imaginar. Son todas dudas que no he logrado aclarar del todo, pero ya no me quitan el sueño.

El conde sabía que la marquesa mentía... Y ella supo que no había logrado engañarlo cuando él desapareció sin avisarle y sin dejar rastros. Ella fue hasta «La Nostalgia» y comprobó que Eichen se había llevado a Tomás con la institutriz y que nadie tenía información sobre su paradero. Volvió muy preocupada, pero no quiso hacer comentarios. Ni siquiera con Herbert.

¿Más vale solos que mal acompañados?

A los pocos días de marcharse el Graf, la marquesa se engripó y tuvo una larga convalescencia. Una tarde me mandó llamar por Herbert.

—¿Para qué me quiere? —pregunté desconfiada.

—No sé... me dijo que le parece que tiene que hablar con vos, que hace mucho que no charlan... Debe de sentirse sola —respondió Herbert.

Yo no recordaba haber subido al cuarto de la marquesa desde el último parto y habían pasado tres años. Por lo inusitado del llamado, supuse que era para comunicarme alguna decisión trascendente que me involucraba o me afectaba. Desde ese momento hasta llegar arriba, consideré varias posibilidades. Sin el apoyo del conde, Berta quería vender todo y no sabía cómo decírselo a Herbert... Quería irse a Europa y tampoco se animaba a hablarlo con Herbert... Quería que yo me fuera o que le ayudara a cambiar algo...

Miren. Acabo de entrar a su habitación. Berta dormita, afiebrada por la gripe, y me impresiona la imagen de desprotección que me da, perdida en esa gran cama principesca que se ha hecho traer. Los recuerdos de los partos fluyen en tropel. Aprovecho para observar las novedades de la habitación mientras sigo pensando cuál será el motivo real de la convocatoria: las cortinas y los tapizados que antes eran rústicos en tonos pastel, ahora son de telas muy caras con abundancia de verdes oscuros, borravino y amarillo de oro. Hay dos cuadros nuevos, uno con una escena de cacería y otro con caballos, pero no han desaparecido los anteriores con paisajes y naturalezas muertas. Están tan apretados que parece una galería de arte. También hay objetos de decoración nuevos, entre los cuales llama la atención una ballesta y un enorme candelabro de plata antigua. Con todo eso y dos alfombras más, superpuestas con la gran alfombra persa que siempre estuvo allí, la habitación resulta sobrecargada. Hay algo opresivo en ese ambiente donde años atrás se respiraba tan bien y se apreciaban los paisajes por la ventana. El afuera ha perdido relevancia porque, con tanta cosa alrededor, es más difícil hacer llegar los ojos al exterior. Me pregunto varias veces: «¿Qué diablos me irá a decir?»... y pienso que quizás ha intuido que yo sé...

Unos minutos después, se remueve bajo las sábanas y al entreabrir los ojos, dice:

–Siéntate, por favor.

Cansada, vuelve a cerrar los ojos y a descansar, y me deja pensando: «¿creerá que puedo volver a ser su confidente como al principio?... se debe de sentir más sola que un cactus, a veces... ahora que no está el conde, no le va a importar mucho que se sepa lo del milico... Sólo por Herbert puede ser que disimule un tiempo...».

Berta vuelve a despertar y, después de un ruidoso suspiro, dice, como continuando un diálogo suspendido un rato antes:

–Historia fue que cuando ió mandó primer billete diciendo para el Cap que cigüeñas burlaron hierbas malas, pasaron muchos meses sin contestar. En primavera ió pensó mandar otro mensaje pero justo llegó emisario con carta que decía él obligado traer con matrimonio, por carera profisional, que él clasificado en Situaciones Iregulares Familia, que eso militares no gustan y etchan fuera... sus tías solteronas habían ocupado compromiso con prima hermana Imelda Fuentes... era mujer boina y ama de casa y no podía ser madre por infermedad que casi mata ella, y terminaba carta que él no podía inamorar más en la vida... con tres refranes: «Quien en amores mete, no siempre sale cuando quiere», «Quien casa de amor, vive en dolor», «De la mar viene la sal, de la mujer mucho mal»… Como él también aprecisaba tactos y reserva, encontramos muchas veces en lugares secretos… Le mandamos il Manuel, ¿ti acuerdas? Ió no contaba en vos porque no tenía a saber nada el Graf…

Presentí que esas referencias tan concretas, más que un afán de esclarecer el pasado –que nunca había sido desvelo de la marquesa– respondían a un anuncio del porvenir. Y no me equivoqué; ella enseguida agregó:

–Ahora él quiera volver para ayudarnos un poco…

Apenas se restableció Berta de la influenza, ya estaba el coronel Arias de visita, sugiriendo que el contador recomendado por los Uribe se podía ocupar de «La Nostalgia» que estaba abandonada. Miren: ahí desciende de su jeep en el patio, muy atractivo bajo la sombra engañosa de los plátanos. Se ha puesto bombachas criollas, un pañuelo atado al cuello y una boina ladeada. Sus botas de cuero crujen sobre los adoquines con taconeos imperativos y suenan las espuelas de plata que les ha hecho colocar para impresionar a la peonada. Es obvio que quiere parecer hombre de campo. Esa misma noche hará comentarios grandilocuentes sobre todos los cambios que ha podido notar en la estancia después de tantos años de ausencia. Parece fortalecido, como si el hecho de haberse escondido tanto tiempo le hubiera dado derechos.

Pronto le oímos decir que él tenía un proyecto para el lugar. Pero no decía cuál era. Ya no parecía importarle su carrera ni que lo vieran en compañía de la alemana: hablaba como experimentado hombre de negocios con muchos conocimientos de política internacional. Y se daba aires de dueño de estancia.

A la marquesa no le dio mucho trabajo adivinar, detrás de los gestos malhumorados de su Profésor, el profundo disgusto que le causaba la inesperada reaparición de ese odioso sujeto. Herbert y yo lo comparábamos con el conde y tendíamos a olvidar los defectos de este último. Al fin de cuentas, Eichen había demostrado ser una persona digna y respetable que, más allá de su carácter autoritario y de sus cuestionables ocupaciones, siempre había conseguido sosegar y equilibrar un poco a la marquesa. A partir de su ausencia, se hizo patente que uno de sus mayores logros había sido justamente el mantener alejado al ambicioso militar porque las consecuencias se hicieron sentir una vez que él ya no estuvo para sostener aquel logro.

Consciente de que tiene que recomponer las cosas, una mañana de escarcha tardía la marquesa ha llamado a Herbert al escritorio. Miren, ahí están, frente a la chimenea encendida:

—Profésor, él nos va ayudar... Solos no podemos.

Herbert contesta irónico:

—Él, que sabe tantos dichos, ¿no te enseñó uno que dice «Mejor solos, que mal acompañados»?

Ella sonríe:

—¡Qué duro sos, Profésor!

—No es dureza, sino olfato y experiencia...

—Nunca te cayó en bien ninguno que yo elegí...

—Hacé lo que quieras, «marquesa», pero no te quejes si yo no te aplaudo y tampoco si algún día me canso...

—Eso no quiera yo, pero piensa un poco... tanto tiempo peleaste con lo Graf, y en final te entendías bien... Ahora tenemos para sacar la cosa adelante y no estemos para disputos...

Herbert opta por callar, baja la cabeza y por toda respuesta, se va hacia el pasillo.

Esa misma tarde ella lo va a llamar para jugar al ajedrez, y sin cruzar palabra, él conseguirá ganarle en muy pocos minutos, por primera vez en tantos años. Miren. Él ha ganado pero no se alegra. Se pone de pie y dice, otra vez en tono irónico:

—Es mala señal y mal augurio que te dejes vencer tan fácil.

Ella sonríe y se disculpa:

—Es que estuvo preocupada pensando en otra cosa. Mañana ya no pasa.

Pero pronto se le acabaron a Herbert las ironías y a la marquesa las sonrisas, porque Arias cada vez venía más, cada vez era más necesario, cada vez se arrogaba más derechos y la única persona a quien trataba bien era a Berta. Una de las cosas que más le dolió a Herbert, y que llegó a retorcerle los sentimientos, fue precisamente darse cuenta de que Arias la llamaba «Berta» y no «marquesa». Herbert enseguida cambió su trato y le puso distancia.

Cuando Berta le dijo un día en el patio:

—¡Aj! ¡Deja de mi decir «usted», que queda ridículo, Profésor! —él reaccionó sin sonrisas y contestó como quien tiene la respuesta preparada y está esperando la oportunidad para lanzarla:

—Más ridículo es que *ése* le diga Berta, cuando Eichen y yo le dijimos «marquesa» durante tantos años; usted quebró el pacto, yo también... y si quiere, renuncio a todo y me voy...

Ella se defendió:

—No fue culpa de mí, Herbie, él averiguó mi nombre y cuándo yo llegué en el país. Los militares gustan de investigar todo...

—Tiene el tipo del espía traidor, es cierto —contestó Herbert con voz destemplada y dio por terminado el diálogo, girando sobre sus talones para ir hacia el taller de carpintería.

Yo, que había oído desde la cocina, le fui a cebar unos mates al taller. Me daba cuenta de que cada día él pasaba más tiempo recluido en su taller: era el lugar donde podía reflexionar y crear, y donde siempre lo encontraba sereno y de buen humor. Allí había torneado, cepillado y pulido, durante incontables horas a lo largo de esos años, con tanta dedicación como cariño, una larga lista de objetos. Entre ellos recuerdo especialmente unas sillas y pequeñas mesas de estilo, un biombo con un fino trabajo de marquetería, un escritorio con cincuenta y seis cajoncitos, caballos de balancín para los chicos, otros juguetes como trenes, camiones volcadores y baleros, un tablero de ajedrez con todas las piezas según el diseño de un ebanista italiano y mi silla mecedora copiada de un modelo de origen hindú.

Ese día me dijo:

—Quizá decida irme, pero antes quisiera tener fuerza para darle pelea a este gusano resucitado... –Después, con un tono de tristeza y desolación que me hizo sentirlo muy vulnerable, agregó:– Aunque voy a tener que aprenderme de memoria el refranero criollo, para hablar con él a su altura...

Debe de haber sido un sábado porque por la tarde nos llegó la correspondencia y yo recibí una carta del Servicio Penitenciario donde decía que Efraín Simón había fallecido «en forma súbita y fulminante, víctima de un derrame cerebral». Para mí fue un golpe muy fuerte y esa noche tuve un sueño donde mi hermano aparecía dictando una conferencia sobre las ventajas de morir con una dosis de cianuro y el conde, desde el auditorio y con una vehemencia inusitada, le discutía sus conclusiones...

Pocos días después, cuando Arias se ufanó de haber liberado al pueblo de los patrullajes y de haber conseguido que se anulara la clausura del faro, Herbert le dijo:

–¿Cómo? ¿No sabe usted que todo eso se consiguió con la partida del conde?... ¿Y que su presencia aquí también se debe a que usted logró que él se fuera...?

Arias dijo que no entendía, y Herbert replicó:

–Sin duda conoce usted ese dicho que dice «Muerto el perro, se acabó la rabia».

Arias, molesto y con aires de superioridad no reconocida, dijo que no entendía a qué se refería ese dicho en aquella circunstancia. Entonces Herbert, contento de estar resistiendo, repuso:

–Si necesita explicación, no tengo problema en dársela: el perro era el conde y la rabia, el contrabando... ¿Qué mérito tiene levantar la clausura del faro y suspender los controles ahora?

Todo eso dijo Herbert, sin tomar asiento ni aliento, el día que Berta lo convocó a una reunión mañanera con Arias y éste tuvo el mal tino de comenzar por su autoelogio. Miren, ahí están. Herbert, que se ha quedado cerca de la ventana, alegando que prefiere estar parado. De golpe, se acerca a la puerta del despacho, en señal de que no tiene más sentido su presencia. Desde allí, agrega:

—Acá no hacen falta héroes... ¿O usted se cree capaz de remontar la organización que le desbarataron al conde...?

Arias se remueve nervioso en la silla y, poniéndose de pie, levanta la voz:

—Le recomiendo que tenga usted mucho cuidado con las preguntas que va a hacer de ahora en adelante...

Herbert, tomándose su tiempo, contesta en tono contenido:

—Pierda cuidado, no le voy a hacer más preguntas, sólo le voy a aclarar lo que pienso, cuando me parezca que puedo ayudar a mi hermana...

Así, sin más, tiró esa granada y se fue. Alguien que pasó cerca de la ventana del escritorio, oyó que Arias, indignado, le decía a la marquesa:

—¡Hermana! ¡La culpa no es del chancho, sino del que le da de comer! ¡Es obvio que algo te andaba fallando! Si no lo podés calmar y centrar, se va a terminar yendo... ¡Allá vos! ¡Si fuera por mí! Eso sí: más vale que le recomiendes que no se meta conmigo, porque, la próxima de éstas que me haga, voy a tener que batirlo a duelo, al alemanote este...

Sin saber lo que había dicho Arias, esa misma noche Herbert me confesó que había estado todo el día pensando en que quizás era tiempo de irnos con Epifanio y Nicolás, aunque le daba mucha pena y tenía que encontrar una forma de no perder todo si se iba. Porque además, el contador llamado Adolfo Valorio, supuestamente recomendado por los Uribe para encargarse de «La Nostalgia» ante la ausencia del conde, empezaba a meterse en todo y don Gerónimo no podía pararlo. El aspecto del contador despertaba mucho recelo. Era muy feo pero lo peor era la forma en que llevaba su fealdad, con una variedad de tics nerviosos que parecían diseñados para ocultar sus pequeñas deformaciones. Su mano izquierda se movía casi permanentemente desde la nariz torcida por falta del tabique nasal que parecía querer enderezar con el nudillo del anular hacia la calvicie que presentaba una forma irregular y él acariciaba con el dorso de la mano como queriendo disimular la asimetría o hacia la lente izquierda de sus anteojos para tapar con tres dedos el perdulario ojo bizco que se insinuaba detrás de los gruesos vidrios de miope. Por momentos, como para descansar la mano de tanto ajetreo, la frotaba con ahínco contra la otra y entonces resaltaban esas grandes manos de tornero, muy desproporcionadas e intranquilizantes en su cuerpo menudo. La pésima impresión que nos causó, pronto nos ayudó a sospechar que era número puesto por el capitán, aunque Berta no parecía darse cuenta.

Cuando Arias partió por unos días, Berta consiguió convencer a Herbert para que depusiera las armas por un tiempo. Debe de haber utilizado algún despliegue de razonamientos y explicaciones muy emotivos cuyo detalle nadie conoció. Habían salido a caminar por el parque y Herbert volvió diciendo:

—Al fin de cuentas, Arias sólo está a prueba, mientras que yo he sido y sigo siendo la persona en quien ella confía.

Ese día le dije lo que había averiguado en «El Estribo»: que durante todos esos años ellos habían mantenido una relación clandestina. Pero Herbert pareció no oír. Cuando insistí, se enojó conmigo:

—Hiciste muy mal en no decírmelo cuando te enteraste. Ahora ya es tarde para agregar más intrigas en esta pulseada... Yo no lo voy a enfrentar más por ahora, más bien le voy a tratar de enjabonar la pista cuando pueda... Ella me aseguró que quiere tenernos para siempre a su lado.

Herbert quiso creer en la marquesa pero no pudo ir en contra de su propia intuición y de todos los indicios. Porque era obvio que Arias no era un accidente en la vida de Berta... Todo parecía indicar que antes se iba a aprovechar él de nosotros que a la inversa... Todo parecía indicar que él especulaba y extorsionaba y que cuando quisiéramos librarnos de él iba a ser demasiado tarde... Sin embargo, Herbert apostó a seguir teniendo fe en la determinación de la marquesa y la tuvo por un tiempo, en contra de mi opinión. Sin el conde, las finanzas se habían complicado mucho. A todo esto, el capitán prometía grandes negocios: había partido hablando de un proyecto faraónico y multimillonario que él estaba «piloteando», la construcción de un Puerto de Aguas Profundas que iba a «valorizar las tierras una barbaridad».

Con la ida del conde habían terminado las buenas épocas y pronto iban a comenzar los tiempos francamente malos… Berta, que había tenido la gran virtud de avanzar como viento franco, con alegre osadía y creatividad, arrastrando cualquier obstáculo o problema en su impulso, de buenas a primeras se huracanaba en nimiedades y se ahogaba en los problemas por falta de aire para tomar distancia de ellos. Muchas veces sus reacciones de irascibilidad hacían pensar en algún cerco que se estrechaba en torno de ella… Fue un proceso muy rápido, quizá porque se había gestado durante mucho tiempo y se venía cocinando a fuego lento como una deuda que hay que saldar sí o sí, aunque sea a las cansadas y después de brindar muchos espectáculos…

¿Más venenos y descalabros?

En la siguiente visita de Arias se descalabró todo. El conflicto estalló por el lado menos esperado. Miren: Arias baja de su jeep y justo en ese momento Nicolás pasa jugando por el patio. Observen cómo el pequeño empuja encantado una carretilla de juguete que le ha hecho Herbert y que hace un ruido infernal contra los adoquines. ¿Ven su andar decidido, su piel transparente y rellenita, la alegría en sus ojos claros y bailarines? El capitán, con su aire de dandy y sus maneras de cuartel, le dice algo.

Nicolás, que desde chiquito era lo más servicial que se había visto, vino con su carretilla hasta el patio lateral donde yo fregaba unas ropas, y dijo:

—Mama, el señor quiere que le lleven las valijas —y enseguida se distrajo porque encontró un montón de piedras, tornillos y otros objetos interesantes para cargar y descargar de su carretilla.

Yo oí lo que me decía pero no me percaté de que me estaba trayendo un mensaje y que el milico quería ver si nos podía subordinar o si nos hacía pisar el palito, porque no estábamos acostumbrados a llevarle las valijas a nadie. Enseguida oí los cascos del caballo de Berta que se acercaba y me asomé un poco.

Miren. Ahí viene, ya está llegando. Arias también ha oído el galope y ve que Berta se apura para llegar a saludarlo. Ella grita. No se entiende lo que dice, pero su tono es de celebración. Orondo, él va hacia el sendero. Se encuentran justo en el punto donde el camino se bifurca hacia el patio y hacia la entrada principal. Ella se apea y se abrazan con gran efusividad. Hace varias semanas que no se ven. Él ha llegado por sorpresa. Ella está contenta. Se respira algo muy fuerte en ese encuentro, una gran pasión. Observen cómo vienen: él ha tomado las riendas del caballo y caminan abrazados. Él habla con agitación y la mira, con esa cara de macho que se la va a comer cruda:

—¡No tengo más que buenas noticias!

Fíjense cómo ella ríe y lo mira con sensualidad, como hembra que tiene con qué sostener la mirada:

—Ya sé; si no, no venías.

Berta vuelve a reír con ganas y entonces él explica con tono de importancia:

—Gracias a mis gestiones, que me tuvieron ocupado casi todo el mes, y a tu paciencia, que te permitió aguantar sin verme —Arias la mira y se interrumpe a sí mismo con un gruñido sensual—, El Relicario va a quedar nuevamente comunicado con la Capital por medio del ferrocarril... Me han prometido que para el verano van a rehabilitar el servicio de trenes que suspendieron hace ya tantos meses... Pero además, vamos a contar con la ventaja adicional del puente y el nuevo camino que yo había negociado la vez pasada cuando lo del tren pintaba imposible. ¡Una cosa no quita las otras! Este pueblo me va a tener que hacer un monumento y vos vas a tener que poner el bronce, Gringa...

¿Ven cómo él la pellizca en la cintura y ella ríe otra vez? Miren cómo vienen por el sendero hacia el patio, los dos con aire de triunfadores, los dos con bombachas de campo y botas de montar, ella con una blusa escocesa y el pelo suelto, él con una casaca de algodón color marfil y el pelo engominado. Arias va a seguir contando sus éxitos con voz engolada:

—También tengo muy buenas perspectivas de lograr que se asfalte la carretera hasta Tres Picos... En el peor de los casos, me van a hacer un mejorado con balasto... –Ahora baja el tono y masculla:– Te digo, Roja... que sólo por los buenos resultados que iba consiguiendo, pude soportar tanto tiempo sin verte... Te voy a... –Observen cómo el resto se lo dice al oído y la toma por la cintura para dirigirse a la casa. Pero justo en ese momento se acuerda de sus valijas: mira hacia atrás y ve que siguen en el jeep. Indignado, suelta a Berta y le reclama con una pregunta altisonante:

–Decíme, a ese «crotito», ¿nadie le enseña a obedecer? ¿No tenés demasiados parásitos viviendo en esta estancia?

Los pájaros se han volado de los tamarindos. Berta se hace explicar, porque no entiende qué le ha cambiado el humor tan de golpe. Él dice que le dijo a Nicolás que avisara para que le bajaran las valijas y que cuando los chicos no saben obedecer, eso habla muy mal de los padres... Pretende seguir despotricando. A Berta le cuesta comprender el porqué de una virazón tan violenta y que él sólo necesita que le lleven las valijas. Por fin, le da la orden al peón que está rastrillando la huella entre los tamarindos. Pero Arias no queda satisfecho con la solución y dice:

–Ese crotito malparido, me ha arruinado el humor.

Yo los he estado observando y he oído la conversación. El corazón me late con furia y miedo: el oficial está hablando de «mi» Nicolás en esos términos porque me ha visto. Ha mirado en mi dirección varias veces y no cabe duda de que habla más fuerte para que yo oiga mejor. Miren cómo Arias la ha tomado a Berta otra vez por la cintura y le dice:

–Me ha hecho cabrear. Demos un rodeo, necesito estirar las piernas y sacarme la mufa.

En lugar de ir directo por donde siempre entran, se demoran dando una vuelta alrededor del patio. Él va diciendo en voz bastante alta, como haciendo esfuerzos por calmarse:

–¡Claro, te tengo que explicar por qué le digo «crotito», porque vos no sabés de dónde viene la palabra croto! A los vagabundos y linyeras de toda laya se los llama crotos ahora, y te voy a contar por qué… Es bien interesante… —Miren cómo hace ademanes y sonríe con suspicacia. Tengo un pálpito: está hablando para mí más que para la marquesa:— Se les dice «crotos», gracias al ingenioso político de ese apellido… —Arias se ha detenido y se explaya en su «historia»:— …cuando los ingleses se quejaron por la cantidad de vagabundos que viajaban sin pagar en los trenes, don José Camilo Crotto arregló todo con una norma que permitía viajar gratis a una docena… Entonces los guardas contaban hasta doce, bajaban a los demás, y decían: «El resto viaja por Crotto». —Arias festeja su explicación con una risotada y agrega:— ¡Lástima que un hombre de bien haya legado su ilustre apellido a todos los vagos y linyeras del país!

No sé si quedarme quieta para que él diga todo lo que tiene que decir sin empacho, o si moverme y saludar para que él tenga que callar. Intuyo que él ha averiguado algo. Siento un frío que me recorre el espinazo, un frío hecho de odio y de temores. Nunca miro a Arias, soy una especialista en el arte de ignorarlo. Él, por su lado, jamás ha hecho esfuerzos para saludarme. Pero me está provocando con su explicación y ha vuelto a clavarme los ojos dos veces más, mientras hablaba como un actor de radioteatro… Ahora se van hacia adentro, él ha cumplido su cometido. Me ha dejado muy preocupada y vuelve a hablarle a Berta al oído…

Arias permaneció una semana y no volvió a mencionar el tema de las valijas. Pero a partir de ese día, Nicolás —que tenía sólo cuatro años— primero sorprendido y luego cada vez más atemorizado, me preguntaba:

—¿Por qué me dice croto? ¿Y por qué me manda todo el tiempo?

Yo cada día estaba más convencida: Arias me había dedicado esos párrafos y para eso había decidido hacer el rodeo, deteniéndose a discursear sobre «curiosidades históricas». Presentía algo siniestro cada vez que lo veía pasar, y lo peor era que no podía ponerlo en palabras para comentárselo a Herbert o al mismo Nicolás. Él parecía saber más de lo que yo creía, pero ¿cuánto? Lo importante era averiguar qué quería: ¿humillarme? ¿que nos fuéramos de la estancia?…

Con Herbert no podía hablar del tema sin explicarle por qué la ofensa era tan grande. ¿Qué le iba a decir? ¿Que Arias parecía saber que «el barbudo del baile», el padre de Nicolás, era linyera y que además yo lo amaba y todavía lo esperaba? Nacha había bautizado así a Aniceto en aquel entonces, cuando todos especulaban quién había dejado embarazada a la marquesa esa vez. Pero los únicos que sabían que se trataba de un linyera eran la marquesa y el conde. Berta me había traicionado, no había otra explicación.

Por fin, Nicolás se quejó ante Herbert:

—Me trata mal, Tata, a mí me da miedo.

Herbert le contestó:

—No te preocupes, que yo lo voy a arreglar...

A Herbert le costaba enfrentarse con Arias, porque Berta le había pedido que ni le hablara, pero se preparó y fue derechito a plantearle su reclamo, a primera hora de un domingo, cuando el capitán salió a la galería.

—Vea, señor —le dijo—, quería recordarle que el chico no es un soldado y que a los niños menores sólo los padres y los maestros les dan órdenes...

Arias reaccionó de manera controlada:

—¿Es hijo suyo, el muchacho?

—Es como si lo fuera —replicó Herbert emocionado, y su ancha frente pareció arquearse aún más.

—Entonces, déjelo que practique obediencia porque algún día le va a tocar hacer el servicio militar... y le va a resultar más fácil si está bien preparado desde chico...

—Nicolás no tiene peros para obedecer, pero no voy a permitir que usted se meta con él. Fíjese que usted es la primera persona con la cual él viene a tener dificultades... —dijo Herbert e intentó marcharse porque se dio cuenta de que iba a ser mejor hablar con Berta.

Pero Arias lo retuvo, hablándole en tono paternal y mostrándose comprensivo:

—Puede ser que yo sea la primera persona con quien tiene dificultades, como usted dice, pero no voy a ser la última, si él sigue así... Se lo aseguro. Aquí, él no tiene muchas oportunidades de obedecer. Déjelo que obedezca, es la mejor escuela para la vida, créame... Templa el espíritu. Él está en la edad de aprender... Hay que ayudarlo a ser un hombre en serio... Y ya que estamos: a usted le convendría averiguar un poco quién era el verdadero padre del chico, ése que aquí conocen como «el barbudo del baile», ese linyera que primero se disfrazó de filósofo para engañar a la marquesa y después se marchó con la partera que había sido su primera novia... Era un anarquista que terminó acribillado en una zanja por resistir armado una orden de detención...

En ese momento Herbert se sintió muy confundido: distinguió el trino de los canarios en las jaulas contra la pared y no pudo articular palabra porque se le fue el alma a los pies. Había sentido el impacto. Esa misma tarde le confió la infamia de Arias a Nacha y confesó que estaba muy cansado de todo, que no veía salida. Dijo que sentía que el milico le había envenenado la vida, pero le hizo jurar a Nacha que no me iba a contar a mí. Ella, sin saber qué decir y por cubrirme, le dijo que no, que debían ser mentiras, que ella no sabía nada. Esa noche Herbert se quedó en el taller y a la mañana siguiente no lo encontrábamos en ningún lado.

Nacha insistía que había que buscarlo pero la marquesa y yo, que no sabíamos del diálogo con Arias, quien se había marchado al mediodía, respondíamos que ya iba a aparecer... Por la tarde llegó Orienca, uno de los recorredores, dando alaridos en un galope desaforado. La marquesa, Nacha y yo, alertadas por los gritos, confluimos en el patio desde distintos puntos. Orienca era, de por sí, feo como un susto. Pero en ese momento, además, estaba aterrorizado: le costaba muchísimo expresarse y gritaba, moviendo los brazos y las manos como un endemoniado. Como él era nuevo en el campo y no teníamos la ventaja del hábito mutuo, a nosotras nos resultaba difícil comprender en detalle lo que repetía. Pero su cara de horror y sus gestos de desesperación parecían expresarlo todo. Por fin entendimos que decía haber visto al «mesmo diablo», hamacándose en un árbol en el monte de eucaliptus... y haber oído cómo silbaba... A Berta le alcanzó con eso. No demoró en partir con la prisa del mal pálpito. No quiso que la acompañáramos. Se fue sola en el Jónico, el tordillo que el petisero le había acercado ensillado. Nacha le dio un vaso de agua a Orienca y yo le dije que partiera tras la marquesa, contrariando sus órdenes, y que enseguida los iba a seguir yo misma con el sulky.

En el monte de eucaliptus del camino que sale hacia el pueblo por las tranqueras del fondo, la marquesa confirmó lo que temimos de inmediato por la descripción del recorredor. Herbert se había colgado de un árbol y tenía la cara ladeada y transfigurada por una expresión de espanto. Allí lo encontró, oscilando como un péndulo, amoratado, con los pelos rojos revueltos y un pie desnudo, después de casi veinticuatro horas de viento. Como no supo qué hacer cuando lo vio, se abrazó al recorredor que llegó tras ella y lloró desconsolada, hablando en alemán. Cuando los alcancé unos minutos después en el sulky, ella se soltó y vino hacia mí, sin poder parar de llorar. Me abrazó, gritando:

—Qué mala cosa, qué mala cosa...

Enseguida se apartó y calló, como cediéndome el espacio y el silencio de la tarde para que yo llorara tranquila. Orienca, que casi no conocía a la marquesa, no podía estar sorprendido por el hecho de que ella también llorara de esa forma. No sabía que sólo Herbert la había visto llorar —una vez— y que nadie lograba imaginarla tomada por el llanto. Pronto comenzó a darle indicaciones para que cortara el lazo y sostuviera el cuerpo porque ella lo iba a cargar sobre su caballo. Me acerqué un poco. Lo mío era un llanto muy callado, muy de adentro, con el dolor de haberle fallado, de no haberle servido... Quería entender por qué él tenía un pie desnudo y fui a acariciárselo. Era como un trozo de mármol blanco. Lo mojé con mis lágrimas inútiles mientras lo imaginaba en el acto de armar el lazo, subirse a la rama, lanzarse con un fuerte impulso para que no quedaran posibilidades de salvación...

Orienca sugirió que era más fácil llevarlo en el sulky, pero ella dijo que no, que lo iba a llevar a caballo para no golpearlo. Por la forma en que contestó, nos hizo sentir que ese cuerpo era de ella y que le pertenecía inclusive muerto. Acercó el caballo, diciendo:

—No tenías de hacer esto, Herbie...

Yo me aparté. Dudaba de que el Jónico quisiera aceptar un peso muerto sin estampidas... Aún sentía el hielo de su pie en mi mano, me sobrecogía el dolor de verlo tan deformado, tan ajeno, tan nada para siempre... Pensé en Nicolás y Epifanio... anticipando cómo les iba a doler la muerte de su Tata que les fabricaba los juguetes, les enseñaba a perseguir hormigas, a conducir el carro, a callar y mirar el campo o el mar, a distinguir el vuelo de las martinetas y tantas cosas más... Me agaché a recoger la media que estaba tirada en el suelo. Por alguna razón que nadie comprendió, Herbert se había quitado una de las medias y le había hecho un absurdo nudo. Quizá fue un acto mecánico en un momento de indecisión... Alguien después pensó que a lo mejor pretendía ser un mensaje, otro dijo que era posible que hubiera intentado hacer un nudo corredizo para el lazo... Pero yo imaginé que ese acto tenía un sentido tan oculto para nosotros como para él mismo.

Con la media en la mano, volví a acercarme. Observé mientras la marquesa y Orienca estudiaban la mejor forma de bajarlo sobre el caballo. No quería excluirme, pero sentí que sobraba. Alcancé a rozar la mejilla de Herbert con la yema del índice y dije que me iba a adelantar en el sulky para alertar a la gente y disponer todo lo que iba a hacer falta. Antes de salir del monte de eucaliptus noté que sus botas no estaban por allí y que no había otro calzado...

Poco rato después que yo, Berta llegó a «El Capricho». Venía montada en ancas con su Herbie que se bamboleaba sobre la montura, panza abajo y doblado en dos como un muñeco de aserrín. Lloraba desconsolada. Salí a recibirla y ayudé a bajar el cadáver, también llorando. Lloramos juntas, abrazadas al mismo cuerpo y al mismo error. Ni siquiera en los partos habíamos estado tan cerca una de la otra. Durante un par de horas ese gran dolor compartido nos ayudó a acortar las distancias que luego iban a volver a crecer con toda la energía de la incomprensión y la soledad, hasta llegar a cavar un precipicio imposible de cruzar.

Miren, mientras yo lavo con paños tibios el cuerpo helado de Herbert, Berta revuelve en el armario buscando la ropa para vestirlo. Por momentos habla sola, despotricando contra el destino. Observen cómo tira un montón de ropa al piso y grita desesperada:

—¿Por qué, Profésor? ¿Por qué? ¿Por qué? ¡Si eras único bueno que quedaba por aquí!

Después se calmará y seguirá buscando. Por fin va a encontrar el traje, el chaleco y el moñito que lograrán apaciguarla. Vean cómo se pone a acariciar las prendas y dice que Herbert las usó diez años atrás, cuando ella recién aprendía las primeras palabras de español. Por la forma en que las toca, ¿no da la sensación de que está recuperando la mejor parte de su vida en el contacto con esas ropas tan llenas de recuerdos? Aunque también hace pensar que quiere devolverle a la tela todas las imágenes y las alegrías que todavía atesora en su memoria… Después de un prolongado silencio, durante el cual parecerá que ha viajado al pasado, comenzará a relatar —con lentitud y en un tono muy suave— todas las anécdotas y las principales escenas que le afloran de aquel lejano verano en Buenos Aires, cuando ella estaba recién desembarcada y acababa de conocer a Herbert. Hablará largo rato, como transportada a otro tiempo y otra latitud… Fíjense que no parece la Berta de siempre mientras habla: se la ve más tierna, más dócil, más acuática… En ese momento me hará comprender muchos aspectos de su relación con Herbert que yo desconocía.

Cuando decidió que íbamos a vestirlo y comprobó que el cuerpo —mucho más gordo y además hinchado— no entraba en la ropa, volvió a ser la misma. Abrió las costuras de la espalda con sus manos. Dio unos tirones salvajes que rasgaron el aire con sonido de rabia y castigo, como si hubiera querido infligirse un desgarro de esa magnitud para destripar su dolor. Ayudó a vestirlo, escondiendo las partes descosidas contra la cama. Yo enseguida había notado que esa ropa no sólo era estrecha sino también anticuada: me hubiera gustado ponerle algo más sencillo, una bombacha de campo y una camisa. Podía entender ese capricho del traje, pero me daba pena disfrazarlo porque con esa ropa parecía notarse más que la cara estaba absolutamente deformada por la asfixia... Berta hacía todo como una sonámbula del pasado. Por momentos hablaba con la voz de delirio del recuerdo, aunque en ningún momento perdía el hilo del raciocinio... Yo me reservé mi sentir y mi opinión, porque reconocí que había algo sagrado en ese rito de despedida a un socio y amigo que Berta había querido considerar hermano.

Miren, cuando todo está listo, la marquesa se pone a entrelazar los dedos de Herbert para apoyarle las manos cruzadas sobre el pecho. Vean cómo se inclina hacia su oreja y susurra:

–...Te faltó cuidado... Yo quería hablar con vos, porque no te vi contento, pero... –Se interrumpe y deja que el nudo que ha aparecido en su garganta se trague las demás palabras... Observen cómo cabecea con los ojos cerrados y la boca fruncida, en un gesto que le ayuda a contener el llanto. Fíjense cómo acaricia los cabellos rojos de Herbert con la palma de la mano y durante unos instantes mantiene una cercanía de secreto, diciéndole palabras inaudibles con el cariño de su mano y el ardor de su mirada.

Enseguida va hasta la ventana para abrirla de par en par. Entra una brisa helada y ella respira hondo. Deja caer los brazos que golpean contra su cuerpo y, mirando hacia lo lejos, exclama:

–¡Justo cuanto más te apreciaba! ¿Y ahora, Herbie? ¿Ahora? ¿Qué hacemos sin vos? ¿Te acuerdas cuando solté tu cardenal?

Después de un largo silencio, se va a dar vuelta y lo va a mirar por última vez, sin apuro, con una sonrisa amarga y llena de nostalgias. Por fin, dejando la ventana abierta, se marchará de la habitación y de la casa.

Más tarde supimos que había ido a hablar con un comisario en Tres Picos y que le había encargado al contador Valorio todos los trámites relacionados con el entierro. A mí me dejó el peso moral del velatorio, la soledad del traslado del féretro en carreta hasta Tres Picos y la velada acusación de no haber cuidado bien a Herbert. Ella no presenció el entierro: partió a caballo y no apareció durante más de una semana.

Después de aquel día en que nos acercamos por última vez sobre el cuerpo de Herbert, alguien que había sido tan importante para las dos y que nos iba a hacer falta como un puente caído sobre un río turbulento, no volvimos a hablar de él. El silencio creció sobre su ausencia como un arbusto espinoso que impedía acercarse tanto al tema de las circunstancias de su muerte como al comentario de los últimos tiempos de su vida.

Berta se había ido después de llorar y de cruzar los dedos agarrotados de su Profésor. Nunca supimos adónde. Archibaldo Arias volvió antes que ella y nunca preguntó ni comentó la muerte de Herbert. Entraba y salía como dueño y señor de «El Capricho» y enseguida aprovechó para apuntalar a Valorio, de manera tal que las tareas administrativas que la marquesa le había encomendado en forma temporaria fueran quedando a su cargo de manera definitiva.

Sucia y desgreñada, la marquesa apareció diez días después y se encontró con unos cuantos problemas más de los que había dejado. Aunque no se repuso fácilmente del golpe que significó para ella el suicidio de Herbert, nunca más se la vio llorar. Su carácter cambió mucho, pero no en lo relativo al control de sus emociones: si nadie la había visto llorar antes de aquel día, tampoco la vieron después, a pesar de que sufría mucho y por momentos estaba tremendamente triste y sola. Los problemas prácticos incidían más en su ánimo desde que se preguntaba por qué había quedado sin apoyos: el conde se había ido en la plenitud de su vida por miedo a caer preso, su socio y virtual hermano la había abandonado por propia decisión, el capitán andaba tan ocupado con su proyecto que ya no tenía tiempo para compartir... Lo cierto es que además eran épocas difíciles para el campo porque las cosechas habían sido pésimas. En medio de esa sensación de abandono, en el marco del desconcierto y las dificultades económicas, el contador Valorio se hizo cargo de la administración y don Gerónimo quedó sin funciones. Gracias a «la experiencia del cóntador en los manejos de los números», se esperaba no sólo reducir las cuantiosas pérdidas y las deudas, sino producir rápidas ganancias, trabajando en combinación con «La Nostalgia» y consiguiendo créditos para invertir en la compra de más tierras hacia el norte.

Habíamos ido descubriendo que Arias actuaba a través del contador Adolfo Valorio, quien era parte de una estrategia muy ambiciosa que había comenzado por el alejamiento de Eichen. El capitán había provocado la recomendación de los Uribe, de la misma forma que había estado amenazando y extorsionando al conde para que se fuera. Lo cierto es que cuanto mejor andaba «El Capricho» –con algunos pases mágicos del contable– más amarrada estaba la marquesa a la exitosa gestión de Arias y Valorio, y menos argumentos tenía para resistirse.

¿Entre caprichos y nostalgias?

Una vez más había llegado la explosión de la primavera a este privilegiado territorio de la costa y la ausencia de Herbert se hacía sentir. Mientras todo seguía su curso cambiado, yo continuaba pensando que tenía que haber habido algún otro motivo para que él se quitara la vida, algo grave, un detonante que hubiera desencadenado una locura repentina o un dolor incurable... Y se lo decía a Nacha, sin saber que ella sabía. Por fin, ante mi insistencia, ella habló. La verdad me partió el alma, tal como Nacha había previsto y por eso callaba. Pero tuve más claro el juego que estaba jugando Arias.

Aquellos meses quedaron en mi recuerdo como los más difíciles de mi vida. Habían muerto mi hermano, Aniceto y Herbert. Los días se me hacían interminables y las noches no alcanzaban porque sólo soñaba con despertar a otra vida o con volver a dormir para poder olvidar. Para colmo de males, la marquesa se enfureció con Epifanio porque el chico andaba de mal en peor desde la muerte de Herbert, de quien tenía el apellido, y parecía tener una idea fija: los caballos. Se había metido varias veces en el monturero a hacer destrozos y por fin había logrado preparar un menjunje de venenos con el cual casi mata uno de los caballos overos, el Egipcio. A pesar de su corta edad, Berta decidió que lo mejor para él era un internado inglés y me presentó el hecho consumado: lo envió como huérfano de padre y madre, sin despedidas, a cargo de fondos para educación que, según ella, giraría el árabe Abdal directamente al colegio. Fui atravesando aquel tiempo como cruzaría una sonámbula una llanura árida y desolada; no tenía sentido gritar y patalear porque no tenía ganas de salvarme. Había quedado como desenchufada, sin apego a la existencia, expuesta al ataque de la tentación de morir. Todo lo que me había tocado en suerte y en desgracia cuando tenía ganas de sobrevivir, me parecía moco de pavo al lado de aquella meseta sin energía donde lo único que funcionaba a pleno era la insidia del renuncio. Nicolás no lograba hacerme sentir útil, pero tampoco me dejaba redondear la idea de que era un desecho, porque no podía abandonarlo.

Entretanto, Nacha y yo íbamos recibiendo toda la información de lo que llamaban «el Proyecto del Puerto» o simplemente «el Proyecto», que ocupaba la mayor parte del tiempo del nuevo administrador y de su jefe. Ellos invitaban «gente conspicua» y el capitán les informaba:

–He concebido una idea genial que doña Berta ha considerado y aprobado con entusiasmo. Ella podrá donar parte de las tierras de «El Capricho» al Estado Nacional para la construcción de un Puerto de Aguas Profundas… Es el emplazamiento ideal, ya está todo estudiado por expertos y además tengo los contactos que hay que tener en la Secretaría de Obras Públicas. Va a ser un proyecto gigantesco y va a elevar en forma geométrica el valor de todas las tierras circundantes. No olviden, por supuesto, que es un asunto super secreto, que confiamos en ustedes, que cualquier infidencia puede ser fácilmente detectada y que nos serviría para saber quiénes prefieren ser enemigos del proyecto… Debemos celebrar el hecho de estar tan alejados del Viejo Continente donde puede estallar la Segunda Gran Guerra, aunque nada nos garantiza que no llegue a estas costas si el conflicto se internacionaliza… Por el momento, nos estamos viendo beneficiados por el ingreso de capitales extranjeros que han empezado a huir de Europa, alarmados por lo que está pasando políticamente y por la posibilidad de una guerra, sugerida por la actitud belicista de Hitler, por las debilidades de Francia e Inglaterra, por las reivindicaciones de Mussolini y por el enigma soviético… Tenemos el apoyo de muchos de estos capitales, dispuestos a invertir en las obras… Los primeros en llegar serán los mejor ubicados –repetía Arias.

Arias y Valorio habían hecho gestiones para obtener créditos para comprar también los dos campos linderos: si bien los Uribe y los Peña no tenían sus estancias en venta, les habían acercado ofertas tan interesantes que no iban a poder rechazarlas. Arias y Berta iban a comprar juntos «El Estribo» y «El Huellón». Esa operación tenía que ser realizada con rapidez, antes de que trascendiera la noticia del puerto. Aunque tuvieran que pagar el doble de lo que valían esas estancias, igual era un brillante negocio, porque la tierra iba a pasar a venderse por metro cuadrado en lugar de por hectárea, con lo cual los valores se podían multiplicar por cincuenta y hasta cien veces. Había que tener en cuenta que sería el puerto más importante del Atlántico Sur y que las posibilidades de negocios eran infinitas. Iban a formar una empresa constructora para colonizar y urbanizar. Los socios –«Yo y Berta», decía Arias– tendrían la parte mayoritaria del paquete accionario, pero en esa empresa «pulpo» habría espacio para que participaran tanto los capitales extranjeros, como Valorio y todos los colaboradores más cercanos que hicieran mérito. También querían constituir una sociedad comercial que se podría encargar de la provisión de insumos y alimentos en la etapa de construcción del puerto. Todos eran negocios millonarios. Después estaban los hoteles, los restaurantes, los comercios de todo tipo, los balnearios… Era inimaginable la cantidad de vertientes que podía llegar a tener ese proyecto fabuloso. Nuestras mentes, poco acostumbradas a las especulaciones, habían estado exigidas durante varias noches de insomnio. Berta tenía que ceder parte de «El Capricho» para compartir «La Nostalgia», cuyo precio ascendería después hasta las nubes. No lográbamos entender cómo podrían escriturar «La Nostalgia» sin la presencia del conde, como no fuera que le hubieran exigido hacerlo bajo extorsión antes de partir o que fueran a fraguar una venta con imitación de firma y falsificación de documento público. Tampoco cómo iban a hacer con la sociedad de la cual Herbert había sido presidente...

Archibaldo Arias iba y venía de la Capital con carpetas y expedientes. Siempre regresaba con alguna promesa inmediata: por fin había conseguido que se hiciera la carretera de balasto que estaba demorada desde hacía tanto tiempo, saldría también la electrificación rural, faltaba muy poco para aprobar la construcción del nuevo puente... Poco tiempo después se supo que los Uribe y los Peña habían vendido muy bien sus campos a una sociedad anónima llamada «Libre Albedrío». Los Uribe, que se llevaban muy mal y tenían vidas paralelas, habían decidido separar sus bienes y se podían repartir el doble del valor real del campo. La suma que habían recibido les iba a permitir comprar dos campos de la misma extensión y calidad que el que acababan de vender. Los Peña, muy contentos, habían encontrado la oportunidad de comprar un campo muchísimo más grande pero junto a la playa, ubicación que siempre le habían envidiado a «El Capricho» y «La Nostalgia».

O sea que había indicios del avance del Proyecto: Arias no dejaba de viajar, con el contador Valorio o sin él, y traía por turno agrimensores, fotógrafos, ingenieros, abogados, banqueros y funcionarios de distinto tipo. Muchos de ellos lo trataban como a un visionario. Cuanto más activo estaba él, más desorientada parecía Berta. Hasta que volvió a una solución que ya conocía desde hacía tiempo: su petisero. El capitán ya no se fijaba en esos detalles. Ella tenía treinta y cinco años, su estado físico era inmejorable y montaba tanto como en sus mejores épocas.

Como Arias iba y venía eufórico y Berta no oponía resistencia a sus sueños y sus acciones, todo parecía andar sobre ruedas. Él prestaba muy poca atención a cualquier cosa o persona que no fuera parte del «Proyecto de Puerto» que había pergeñado y que lo hacía sentir como un Dios. Fue por ese entonces cuando obtuvo una condecoración «Por Mérito en el Servicio a la Patria» y, con aire solemne, le preguntó a Berta:

—¿Qué querés que te regale para esta oportunidad?
Ella le dijo socarrona:
—Sólo un paseo a caballo.

Durante el paseo, él aprovechó para mostrarle cómo iba a quedar todo, según lo que decían los planos del Proyecto sobre este lugar del futuro. Ella regresó preocupada y después de la cena le preguntó:
—¿Quiere esto decir que se terminó mi «Capritcho»?
—No se terminó, se va a transformar —respondió el Cap.

A los pocos días llegó un joven escribano llamado Pedro Herrera. Venía para ultimar algunos detalles jurídicos y notariales de lo que llamaban «la cesión patrimonial» que Berta iba a realizar «a favor del Estado». Miren, ahí está. Ahí la tienen, sentada a la cabecera de la larga mesa de nogal, con el escribano a su derecha y Arias a su izquierda. Vean, por cómo lo mira se nota que le ha caído bien el joven y elegante escribano rubio que tiene unos seis o siete años menos que ella. Observen cómo Arias se ha puesto nervioso. Berta, no sólo coquetea con el doctor Pedro Herrera, sino que está aprovechando para expresar algunas de sus dudas y para oponer sus reparos al Proyecto. Arias siente que está haciendo el ridículo: fíjense cómo sus manos están crispadas sobre los cubiertos de plata mientras el escribano y la marquesa toman la sopa de zapallo con esos pancitos que llamaban «croûtons». Miren cómo ella se limpia los labios con la servilleta de tela verde que hace juego con el mantel, echa la cabeza hacia atrás y gesticula con las manos mientras dice, en un tono irónico que denota molestia pero pretende ser atractivo:

—En el principio se habló en dar sólo unas héctareas, ió nunca pensó en dar más de eso. Pero cada vez quieran sacar algo en más... Ahora resulta que ió tiene a donar también lo casco, lo estanque, las mías caballeritzas y todo esto que para mí es felicidad que no tenga precio...

Observen cómo el escribano, desconcertado, no se anima a contestar y sigue tomando su sopa mientras espera la reacción del oficial. Éste se traga las palabras y parece que quiere comerse a Berta con los ojos. Ella ha tomado un trago de vino tinto y vuelve a hablar, haciéndose la distraída, mientras mueve y contempla la copa y también el líquido contra la luz y luego los reflejos de los caireles de la araña, que ilumina y reparte brillos en el comedor:

—Ió me da cuenta ahora, demasiado tarde, que lo Proyecto termina toda la Naturaleza en esto lugar. Cuando comienzan las obras, será un crimen de la noche en la mañana...

El escribano la observa con sus ojos fríos de color cielo. No sabe qué decir ni cómo disimular. Ha acabado la sopa, no quiere tomar más vino porque prefiere estar sobrio y sólo le quedan unas pocas migas de pan para llevarse a la boca. Por fin se anima a mirar al capitán, que parece estar fuera del juego porque Berta lo ignora. Entonces Arias dice en tono contenido:

—El doctor vino para considerar todos los detalles de redacción del Proyecto; no lo confundamos. Vamos a respetar tu voluntad, la Naturaleza y todo lo que sea importante respetar. Después veremos cómo se modifican todos los puntos sobre los cuales queden dudas. Para eso vino Herrera hasta aquí: para hacer las cosas bien, sin improvisaciones...

Herrera, aliviado por la intervención de Arias, comenzó a preguntar por la historia del lugar. La cena progresó con fechas, descripciones y anécdotas, en las cuales Berta se lucía y se entretenía. Cada tanto volvía a su preocupación principal y decía, por ejemplo:

—Así es que esta casa que ió encontró en ruinas, no quiera regalarla para lo Estado que son todos ladrones que nada saben cuidar...

Pero el escribano ya sabía a qué atenerse: hacía oídos sordos y seguía preguntando. Así fueron saboreando y haciendo justicia a las especialidades que había preparado Nacha: el ciervo a la ciruela negra con papas duquesa y la *bavarois* de frambuesa.

Por fin llegaron al café y los tés de sobremesa. Berta insistió con uno de sus comentarios después de tomar un sorbo del té de marcela, que era su preferido. Entonces Arias perdió la poca paciencia que tenía. Se enfureció y pareció no importarle que estuviera Herrera presente, porque ya no soportaba seguir quedando como un monigote que prometía cuestiones no definidas. En forma cortante, le dijo:

—No hay duda de que la edad te está volviendo porfiada y tonta, Gringa. ¿No te das cuenta de que vamos a ser tan poderosos como para darnos el lujo de desmantelar todo y mudar tu «Capritcho», tal cual, adonde vos elijas?

Ella pretendió contestar que otro lado no era lo mismo, pero él subió la voz y no la dejó hablar más:

—Lo voy a arreglar con Herrera, no te preocupes. Mejor andá a dormir, que estás cansada. —Miró al escribano, se puso de pie y dijo:— Vamos a trabajar un rato para dejar todo listo tal como lo quiere la marquesa. —Luego volvió a mirarla:— Me comprometo a hacer figurar las excepciones en la escritura de donación, como mejor se pueda, para que cedas la tierra pelada sin ninguna mejora. Quedáte tranquila, Gringa, confiá en mí. Estás agotada y es muy tarde, yo y Herrera vamos al escritorio a enderezar todo esto. Tus deseos son órdenes. Dejálo en mis manos. De todas formas, después hablamos... Igual, nada se puede hacer sin tu firma.

El escribano se despidió de ella besándole la mano con una pequeña reverencia. Berta, encantada con el joven, le hizo una caída de ojos y dijo:

—Bueno, nosotros hablamos mañana y ió lo lleva a andar en mis caballos.

Arias no subió esa noche a la habitación. Berta lo estuvo esperando y su lámpara permaneció encendida hasta la madrugada. Por la mañana, descubrió que Arias y Herrera se habían ido. Con un insoportable dolor de nuca que le impedía salir a caballo, se paseó por todos lados, hosca y desarreglada, dando muestras visibles de su malhumor. A la tarde comenzó a hacer algo que nunca había tenido necesidad de hacer. Con el cuello tieso y dolorido, llamó, uno por uno, a los responsables de los distintos sectores para hacerles saber cuáles eran los detalles que no le gustaban y que quería ver modificados. Al jardinero le señaló los canteros de malvones y el rosedal, le advirtió que no quería andarle atrás para que cumpliera con su trabajo y le hizo saber que a partir de ese día pensaba controlar todo en forma personal:

—... ¡que queda claro que ió soy única dueña en esta éstancia!...

Al peón de patio le reclamó por el cuidado del estanque y unas cuantas cosas más y le comunicó:

—Hoy ió toma otra vez riendas en mis manos que iá estuvo mucho distraída...

Así desfilaron todos, durante varias horas.

—Cada uno tiene de estar contento con eso que hace, para hacerle bien... y también dice para Eulialia que ella sale de la cueva porque ió la va necesitar...

Ella sabía que yo había quedado hecha polvo y que pasaba todo el tiempo que podía en la cama...

Al único que no llamó fue al petisero. No tenía reclamos ni comunicaciones para hacerle porque en las caballerizas seguía reinando, incuestionable, su autoridad. Además, sólo tenía que esperar que su cuello se recuperara para salir otra vez a montar y ver al petisero de nuevo en funciones.

Pero la contractura muscular que tenía a la altura de las cervicales no la dejó dormir esa noche. Alguien le trajo al doctor Sarratea, que recomendó reposo, masajes y calor. Claro, ¿quién como yo para hacer masajes y dar calor? Berta me hizo llamar. Le mandé decir que yo también estaba enferma y que también necesitaba ayuda.

A las tres de la madrugada llegó hasta mi cuarto, desesperada:

—Eulialia, tenés razón a estar ofendida. Ió fue insensata, no seas vos. ¿Ojo por ojo, diente por diente? Ahora que más te aprecio, ¿me vas dejar sola? Ió dejó ir muy lejos las cosas y ahora hundimos todos. O salvo ió y enderezo lo timón a esto barco o no salva nadie en esta éstancia. ¡Hacé los masajes por vos mismo, no pido para mí sola!

Yo, dormida y sobresaltada por la presencia de la marquesa que nunca había entrado a mi habitación, contesté como se puede contestar a una aparición:

—Señora, si es usted y no un sueño, explíqueme por qué deja que

Archibaldo Arias se apodere de todo. Es una mala persona... Nunca debió poner un pie en esta casa... Ahora la está perjudicando a usted como antes nos perjudicó a nosotros y ya no hay nadie que le ponga límites ni le pare el carro...

—Ió le voy parar lo caro cuando él vuelva. ¡Se acabó! —dijo la marquesa con el cuello torcido hacia la izquierda y una expresión de dolor insoportable.

Entonces me levanté y comencé a calentar agua y paños y preparé los aceites para los masajes, con algunas esperanzas.

Dos días después, cuando apareció el contador Valorio, Berta ya estaba mejor. Él notó enseguida los cambios ocurridos en su ausencia y en especial la nueva actitud de Berta, que estaba en el escritorio revisando papeles. No hizo comentarios al respecto, pero se lo veía muy nervioso y cada vez más preocupado por la necesidad de disimular sus tics y sus rasgos físicos más defectuosos.

Transcurrieron unos días más hasta que una noche, al poco rato de haberme dormido, desperté con un extraño sonido de trueno. Afiné el oído, me puse las chinelas con piel de oveja y una mañanita verde agua que yo misma había tejido y me dejé llevar por el vozarrón militar que provenía de la habitación de Berta. Al acercarme distinguí la inconfundible voz de Arias que gritaba. Su tono sugería ojos desorbitados, mandíbulas apretadas y cuello hinchado con las venas repletas de sangre:

—¡¿Cómo que no me vas a firmar el poder?! ¿Vos te crees que yo soy un idiota? ¡Ahora, que tenemos todo listo, me lo venís a decir!

Sentí que Berta corría riesgo de vida y me acerqué a la cerradura a espiar. Mi acercamiento pareció servir como una ayuda mágica porque Arias justo entró en mi campo visual y dio la impresión de querer controlarse. Caminó varios pasos, ida y vuelta, sobre la gran alfombra persa. Berta murmuró algo que no alcancé a oír, pero que a Arias le produjo un efecto inmediato. Volvió hacia la derecha donde estaba la cama y gritó otra vez, fuera de sí:

—¡Están las tres sociedades anónimas! ¡Además, tengo mi palabra empeñada al más alto nivel! ¡Ya tenés la mitad de todas las acciones, o sea: la mitad de las tierras que eran del conde, la mitad de «El Estribo» y la mitad de «El Huellón»! ¿No te alcanza? A mí ¿qué mierda me importa lo que pensaste después de conocer a Herrera? De lo que no me cabe duda, es de que te lo hubieras querido traer a la cama. A mí, lo único que me interesa es quién va a pagar los créditos que sacamos para comprar esas tierras. Si vos no firmás, y el Proyecto no se hace, esto sigue valiendo lo que vale... y nosotros ya se lo pagamos el doble a los Uribe y a los Peña... ¡Decíme quién va a arreglar con los bancos! Yo puse la cara y mi nombre... ¡Ya me di cuenta, el otro día, de que me tomabas por estúpido! Yo también pensé mucho después de aquella noche, cuando empezaste a hacerte la melancólica delante del escribano... No te creas que me pasó inadvertida tu actitud...

Hubo unos movimientos y se oyó otra vez la voz de Berta, aunque no se podía distinguir qué decía. Arias reaccionó con virulencia:

—De acá no te movés, ¿me oíste?

Primero se oyeron los pasos de él y luego dos sonoras bofetadas coronadas por su voz de mando:

—Por ahí, esto sí, te termina de enderezar el cuello... y de paso, las ideas...

Enseguida después, Arias pasó por el medio del cuarto y fue hasta el secreter.

Desde allí regresó con unos papeles y una lapicera. Más calmo, pero con la voz sibilante y amenazadora, dijo:

—Vos no te vas a hacer cargo sola de los créditos... porque no te alcanza el patrimonio... Nos vamos a hacer cargo los dos, como habíamos pactado... Porque además, yo este negocio no estoy dispuesto a perderlo, después de todo lo que llevo invertido... No lo voy a dejar naufragar por un capricho tuyo. No te olvides de que está mi nombre en juego... Conmigo te equivocaste, Gringa. Te lo dije desde el principio, cuando recién te conocí: te encontraste con la horma de tu zapato... ¡Espiculador! Diez años acá no te sirvieron ni para aprender el idioma. Tampoco para distinguir cuándo no se puede jugar con alguien. Si pensabas que era un especulador te hubieras avivado antes y me lo decías a tiempo. Claro, al contrabando del conde nunca le encontraste un pero, ¿no? Ningún inconveniente... porque los negocios de los gringos son más limpios... ¿no es cierto?

Hubo un silencio después del cual Arias retomó en un tono más bajo:

—Te voy a hablar bien claro ahora. Así que limpiáte bien las orejitas, y atendé: O firmás *ya* acá, o tenés un escándalo en puerta. No vas a querer salir en los diarios como contrabandista ligada a una banda internacional, ¿verdad? Yo eso lo armo en veinticuatro horas. ¿Está claro? Podés terminar un tiempo presa y después deportada a Alemania, en el mejor de los casos. Vos sabés mejor que yo que allá nadie te está esperando con los brazos abiertos. Estas tierras terminarían expropiadas de todas formas y el Proyecto se haría igual. ¡Te estoy ofreciendo las mejores condiciones y me salís con boludeces! Si te empacás como una mula, estás eligiendo... Después no vas a poder decir que yo te traicioné... Sos vos la que me está traicionando a mí. Vos elegís: por las buenas o por las malas.

Se hizo un largo silencio. Pareció que Arias tomaba asiento. Cuando habló, lo hizo más tranquilo:

—No era mi intención pegarte, pero vos me violentaste: me ofendiste con varias cosas que te quiero contestar. Me acusaste de haber hundido al conde para levantar todo en mi provecho y de querer hacer lo mismo con vos ahora. Primero, te digo que nunca tuve que hundir a nadie para levantarme, y segundo, que en ésta, si nos hundimos, nos hundimos juntos. También me acusaste de no quererte más y de usarte. Primero, te pregunto: ¿no me estarás usando vos a mí como has usado a todos los que se te cruzaron? Y segundo, justo ahora que yo estaba enloquecido con este negocio en el cual nos embarcamos juntos, justo ahora ¿me venís con que ya no te quiero? Sos vos la que me ha estado metiendo, no sólo los cuernos, sino también el palo en la rueda... ¿Te creés que no sé que andás con ese maldito petisero? ¡Un día de estos salgo y lo bajo de un escopetazo a ese infeliz! Ni ganas de tocarte me dan, de sólo pensar que te toca ese negro... Ésa es la forma de querer tuya. Fiebre uterina, se llama lo que tenés... Y yo, ¡trabajando para vos y aguantándome de cornudo!... Porque te quise de verdad y porque me dediqué día y noche a salvar tu patrimonio... pensé que por lo menos iba a tener tu agradecimiento. ¿Decís que soy audaz? Claro que soy audaz, porque creo que sólo con fe y mucha ambición se hacen grandes cosas... Pero también admito que he sido un gran imbécil, por dejarte libre y descuidada... Te juro que si hubiera calculado que todo esto terminaba así, ni me metía...

Arias carraspeó para aclararse la voz y continuó:

—Está bien, vos firmaste. Cumpliste con lo tuyo y yo voy a cumplir con lo mío. A lo mejor ya no tenemos nada más que hablar... Como no sé si fue un gesto de confianza, te pregunto: ¿querés que me quede o que me vaya? Si me quedo, seguimos adelante y tendremos tiempo y tranquilidad para querernos... Si me voy, cada uno se arreglará con lo suyo como mejor pueda...

Hubo un silencio y después frases sueltas que yo no entendí. Sin duda Berta dio alguna muestra de dolor, porque Arias dijo:

—Dejáme que te sople la nuca si te duele, no hay nada mejor que el aliento caliente... Estamos comprometidos, ya no podemos volvernos atrás. Hacia atrás sólo hay terreno minado, creéme. ¡Gringa, dejáme que te quiera bien... como siempre te quise!... Decíme una sola vez «Arschi», como me decías antes, y vas a ver cómo te quiero... Pero prometéme que no vas a andar más con ese negro ignorante...

A continuación, sólo distinguí unos murmullos más cálidos. Tuve la certeza de que todo estaba perdido. Me incorporé y sentí una puntada en la espalda en el mismo instante en que se oyó el primer sonido elástico de la cama. Cuando bajaba la escalera, me llegaron gritos ahogados y espasmódicos...

Volví a mi cama solitaria, segura de que la que había sabido ser patrona indiscutible de esta estancia había sido doblegada. Dormí mal, desvelada a cada rato por esa certeza tan poco promisoria. Por la mañana oí un motor de auto. Me asomé y vi a Archibaldo Arias que partía solo.

¿Último galope?

Berta permaneció una semana en cama. No hablaba con nadie. Apenas comía unos bocados de cada bandeja que le acercaba la mucama a la puerta. El día sábado le llegó la correspondencia como siempre. Entre los sobres de casas comerciales de la Capital, me llamó la atención una carta con un colorido sello mejicano. Recordé al conde por el magnífico sello y rogué que la carta fuera de él, aunque no reconocí su letra. Sin previos anuncios y sin despedidas, ella maduró su decisión y bajó, maleta en mano y rostro ladeado por la tortícolis, a las seis y media de la mañana de un lunes. Quiso poner en marcha su auto pero había alguna falla en el sistema de arranque. Comenzó a gritar, llamando para que la ayudaran. Quería tomar el tren de las siete. Durante los casi diez años que habían transcurrido desde su llegada, nunca había viajado a la Capital. Un peón abrió el capot y pretendió revisar los cables, pero ella no le dio tiempo en su impaciencia.

—¡Traiga lo sulky! —le gritó.

—Le ensillo, doña —dijo Nicanor y pareció intervenir justo a tiempo para que ella dejara de gritar.

Berta señaló su cuello con un gesto de dolor e intolerancia y en ese preciso instante vio pasar a un peón en un carro cargado de heno. De nuevo gritó:

—¡Mi leva en lo caro hasta la éstacion!

Nicanor y el peón se pusieron a descargar el heno con un rastrillo y una pala. Lo hacían con rapidez pero no con la suficiente como para que el desasosiego de Berta no creciera. Sus gritos fueron para ambos:

—¿No saben hacer cosas rápido? ¿No dan cuenta que ió está apurada? ¿Hacen lento en propósito?

Miren cómo ella se sube al estribo del carro y parece un remolino de furia e impotencia. Vean cómo, con sus manos enguantadas, comienza a repartir ridículos puñados de hierba seca por el aire. Oigan cómo vocifera, desenfrenada, insultando a diestra y siniestra:

—¡Todos son unos inútiles! ¡Será mejor que se van yendo! ¡Los tiempos de vacas gordas terminaron!

Entre brizna y brizna de heno que saca del carro y tira al viento, irá sembrando advertencias y ofensas:

—¡Que nadie espere más nada en Berta von Kartajak! ¡Esto país no tiene solución! ¡Tienen demasiada sangre de indios pero se quieren jugar a la Europa!

¿No parece un torbellino de palabras y de gestos que sólo logra remover unas pocas pajas, como un gigantesco pájaro enojado con su propio nido? Escuchen:

—¡Todo lo que ió hizo, acabó! ¡Me dejó extorsionar el cuello y me pusieron en pipa para fumarme…!

En los pocos minutos que le llevaron esas palabras de desquite, el carro quedó vacío. Partieron a las siete menos veinte. Les sobraba tiempo para llegar hasta la estación. Ella se sentó sobre el pescante, rígida como una estatua de fracaso, y nos ignoró a todos, con los ojos fijos en un más allá, como si nunca hubiéramos existido en su vida. Así la vimos por última vez, mientras Nicanor, de pie, fustigaba al percherón. El carro partió al instante. Yo, que tenía por entonces cuarenta y ocho años, alcancé a gritarle a Nicanor en la jerigonza que usábamos muchas veces para que Berta no entendiera:

—¡Anpadapa despepapaciopo, quepe nopo haypa apapupuropo!

La marquesa oyó ese idioma incomprensible y cruzó la mano frente a sus ojos, como espantando un moscardón.

Yo fui directo a la habitación de Berta en busca de algún indicio que nos orientara sobre cuál era su plan. No encontré pistas, pero comprobé que se había llevado la carta con la estampilla mejicana. Me volví a la cama, esperando poder dilucidar qué convenía decidir y hacer. Un rato después, alguien golpeó con suavidad la ventana de mi cuarto. Me levanté y abrí. Era Nicanor. Muy sudado, con los ojos desorbitados de miedo, temblando con una excitación y un jadeo que le impedían hablar y ordenar sus ideas, dijo:

—Nadie me tiene que ver —y, subiendo al alféizar, saltó hacia adentro.

Miren: va directo a esconderse en el ropero y desde allí, en un hilo de voz, me pide que le dé un vaso de agua y alguno de mis yuyos tranquilizantes. Muy agitada, pregunto un par de veces:

—Pero, ¿qué pasa, hombre?

Las dos veces él contesta:

—Ya te cuento.

Vean, cuando vuelvo con el vaso, él ha entrecerrado la puerta del armario. Desde allí, habiendo recuperado apenas el aliento, comienza a relatar en un susurro:

—La alemana se mató y me van a echar la culpa a mí...

Yo tiemblo y recuerdo que el carro tomó hacia las tranqueras del fondo. Recuerdo también que tuve un mal presentimiento...

Su respiración es tan agitada y tan corta que parece un fuelle. Sus ojos saltones miran con la fijeza del terror. Nicanor sigue contando:

—Volcó el carro y se enganchó en la rueda... Ella me iba insultando porque decía que el caballo tenía que andar más ligero, que el trote le hacía doler el cuello... Después me quitó el látigo y empezó a azotar al animal... Al final me pegó a mí con la fusta cuando le dije que el carro no iba a aguantar... Vos la viste, cómo estaba de enloquecida... Entonces yo me tiré. A los pocos metros, una de las ruedas atropelló una piedra y el carro volcó. El caballo, asustado, la arrastró, enganchada por una pierna, adentro del monte de eucaliptus. Se fue a morir justo en el monte donde se colgó el don Jérber... ¡Qué cosa me da, todavía! No puedo ni explicarlo... Murió en su ley, porque tenía que morir... Yo no había entendido por qué íbamos por el fondo si estaba tan apurada. Ahora estoy seguro de que quiso despedirse del recuerdo del don Jérber o algo así... Y fue a morir, gritando como una loca que necesita ayuda y no sabe pedir... No sé, me hizo muchísima impresión verla caer y oírla gritar y después, tan enseguida... muerta...

Yo contengo el aire y las lágrimas... El solo hecho de pensar que no voy a ver nunca más a la marquesa viva... me duele en el pecho con la virulencia de un desgarro que no contempla las durezas de nuestra relación. La perspectiva de tener que partir de «El Capricho» aumenta ese dolor sin medida. Nicanor sigue hablando:

–Me acerqué pero no la toqué en ningún momento... Ya no respiraba; murió al instante. Es seguro que se desnucó, porque tenía el cuello tan torcido que la cara miraba por encima de su hombro hacia el cielo... Sangró un poco la cabeza y también la pierna. El carro la arrastró con una pierna trabada en el asiento. El viejo caballo de tiro quedó echado... Me parece que se mancó, porque no quería moverse. Una cadena de enganche del carro estaba suelta y un pase de la vara, roto. –Nicanor baja aún más la voz, y continúa diciendo:– Pero a mí me pasó lo más raro... algo que sólo a vos te puedo contar. Cuando me puse a espantar al percherón para ver si se movía... sentí una excitación terrible, esa sensación de los machos que ella me había vuelto a provocar en los últimos tiempos... Yo sé que voy a quedar como un degenerado, pero no pude pensar en otra cosa y me fui para el monte a aliviarme...

Fíjense cómo la confidencia de Nicanor me ayuda a liberar en sollozos parte de la intensa pena que me da el sórdido y prematuro final de la marquesa... Él, que, desde la oscuridad del ropero, ha susurrado con vergüenza y temor esa intimidad tan inadecuada al momento, ahora quisiera no haber dicho nada:

–De todas formas, tengo que esconderme. Puse cuidado para que nadie me viera venir; vos no digas que estuve aquí, no me viste… Ahora sí, me voy…

Miren cómo Nicanor tiembla como una hoja y agrega:

–Debo partir antes de que se descubra que ella murió. Vos viste cómo es Arias. ¿A quién va a culpar él cuando venga?… ¡Es capaz de mandarme matar!

Antes de dejarlo ir le pedí que me dejara sus alpargatas y le di unas botas de Herbert. Él creyó que era sólo para mejorar su travesía.

La noticia del fallecimiento de Berta se conoció recién a la mañana siguiente. Aquel día se me hizo interminable. No soportaba pensar que Nicanor estaba en peligro sin ser culpable, no aguantaba la lentitud de las horas… pero, sobre todo, no toleraba saber que la marquesa yacía muerta a la intemperie sin que nadie se ocupara de ella… Sin embargo, debía ser así. Por la noche, cuando todos se habían dormido, salí de la casa a hurtadillas y fui a pie, con las alpargatas de Nicanor, hasta el monte de eucaliptus. Caminé sin tropiezos y crucé todas las tranqueras del fondo sin otra luz que la de la luna.

Miren, ahí estoy. Voy recordando mis incursiones nocturnas al monte de pinos y recapitulando mi vida, en el afán de entender cuál es el hilo conductor de todo lo que me ha ido ocurriendo. Llevo el mechero de Aniceto en un bolsillo y mientras proceso los recuerdos, comienzo, sin darme cuenta, a rogar al cielo para que no pase nada malo. Ya me estoy acercando al lugar. El percherón me va a recibir con un relincho cansado y yo voy a dirigir mis pasos guiada por el brillo de los ojos del caballo. Vean cómo caigo de rodillas a menos de un metro de donde se distinguen las sombras del caballo, del carro y del cuerpo sin vida. Las manos me tiemblan y no me animo a encender el mechero, ese regalo de Aniceto que parece estar destinado a alumbrar la muerte de la inexplicable mujer con quien él concibió el hijo que ella me regaló… Allí, de rodillas, me voy a dar cuenta de que he comenzado a rezar por el alma de la marquesa y voy a oír que ella me habla y, poco a poco, voy a sentir que estoy recibiendo su energía… Recién al cabo de un largo rato de plegaria y por sugerencia de la misma alemana, me voy a animar a encender el mechero y entonces la voy a ver. Miren, es cierto que parece desnucada y que su cara mira hacia el cielo aunque ha caído de bruces. El cuerpo también está retorcido, con una pierna bajo la rueda del carro y la otra trabada en el asiento. El pelo rojo, en parte suelto sobre un hombro y en parte recogido en su rodete, es lo único que todavía parece tener vida. Vean cómo apago el mechero. Por un lado, la escena me ha hecho recordar algo –una pintura, un cuadro– aunque no sé precisar cuál. Por otro lado, se ha grabado de tal forma en mi memoria, que puedo verla en la oscuridad mientras me habla y revivo con ella los mejores momentos compartidos... Yo hablo durante largo rato de Herbert y también de Aniceto y, a propósito de ellos, despotrico con alma y vida contra Arias. Después le pido consejo para seguir resistiendo y le sugiero que ayude a alejar al capitán. Por fin, me pongo de pie y me disculpo por no atenderla a ella ni al caballo, para no comprometer a Nicanor, y le pido permiso para buscar la carta con sello mejicano. Ella se alegra y observa que he venido con guantes puestos para no dejar huellas innecesarias. Con cuidado reviso su bolso de mano y encuentro la carta junto a su documento. La guardo en mi bolsillo para leerla después y ponerla a buen resguardo. Intuyo que no debe quedar en manos del capitán y que me va a servir. De repente siento que la marquesa está sobrevolando y que yo debo ir hasta el eucaliptus donde Herbert se colgó, a pocos metros de allí.

Miren, ahí estoy. Me he parado bajo el árbol y enciendo el mechero otra vez. Observen cómo, temblando igual que la marquesa después de los partos, comienzo a sentir que una gran fuerza se abre camino en mi interior... Pronto voy a distinguir la voz y la silueta de una niña que me llama desde adentro de mí misma, diciéndome que los mejores años de mi vida aún los tengo por delante...

Cuando vuelva a acercarme al cuerpo de la marquesa y me incline para darle las gracias y la despedida, lo haré con una sensación de liberación, consciente de que ya nada volverá a ser igual, por el solo hecho de que he renacido.

¿Recuerdos de filosofía y misterio?

Mi pálpito se confirmó: la carta efectivamente era del conde, quien había tomado la precaución de dictarla para que no llegara con su propia letra. Fechada el 9 de noviembre de 1935, decía así:

Liebe Marquise:
Cuando te llegue ésta, ya habrás tenido tiempo de reflexionar suficiente, aunque quizá ya no puedas escapar de la trampa de ese miserable capitán. No sé cuánto sabes de lo que él me hizo y tampoco quiero echártelo en cara. He demorado en escribirte porque me sentí traicionado, aunque a nadie habrás perjudicado tanto como a ti misma. ¡Qué lástima, cómo se echó todo a perder! De todas formas, te extraño y pienso en ti sin rencor. No es descartable que necesites mi ayuda en algún momento. Tuve que firmarle la venta de «La Nostalgia» antes de partir y la operación se hizo por mucho dinero que nunca pensó darme. Si todavía no has reaccionado, debes saber que es un extorsionador de la peor calaña. Hubiera querido poder protegerte de él. Aunque a ti te ama, o sea que quizá no te vaya tan mal... Pero, ¿quién no te ama, Marquise? Humildemente te lo pregunta uno de tantos, tu Graf.
Discúlpame, soy un perezoso. Había pensado contarte algo más: hace un tiempo encontré un libro sobre el filósofo Spinoza (el verdade-

ro) en la biblioteca de un amigo y lo tomé en mis manos distraídamente, sólo para recordarte. Pero me interesó mucho leerlo y desde entonces dedico parte del tiempo que antes dedicaba a las novedades sobre aeronáutica, a volar de otra manera: con lecturas que me ayudan a pensar la vida y el mundo. Te cuento lo que descubrí en ese libro porque me parece que contradice en parte la idea que nosotros teníamos cuando hablamos de él hace años. La tesis principal de Spinoza era que «Dios es el conjunto de todo lo que existe» (¡incluido el cuclillo!). Preocupado por entender al hombre y su felicidad, él construyó su geometría de las pasiones, que es al mismo tiempo el análisis de la esclavitud y la libertad humanas. Decía que el hombre se cree libre porque tiene conciencia de su voluntad pero ignora la causa que la determina. Según él, la libertad no depende del arbitrio sino del reconocimiento de un orden necesario, un orden divino del mundo. Discúlpame el tono profesoral, pero estoy transcribiendo de unas notas que tomé al leer. Fíjate, lo más interesante para mí es lo siguiente: él decía que el hombre no se propone, quiere, desea y ansía una cosa porque la cree buena sino, al contrario, considera una cosa buena porque se la propone, la quiere, la desea y la ansía. También que el hombre, al convencerse de que obra solamente por el querer de Dios puede tranquilizar su ánimo en el reconocimiento y la aceptación de la voluntad a que está sometido y abandonar la pretensión de ser recompensado por Dios por su virtud. El bien será aquello que ayuda a la propia conservación, el mal lo que la perjudica. Resulta que el hombre libre es aquel que, habiendo comprendido la naturaleza de las pasiones, se encuentra en condiciones de obrar independientemente de ellas. Curiosamente Spinoza fue expulsado de la comunidad judía de Amsterdam donde había sido educado, acusado de «herejías practicadas y enseñadas», ya que su filosofía era considerada como puro y simple ateísmo. Como verás, siempre te tengo presente, Marquise, ahora también en la filosofía.

P.D.: Si necesitas algo, una persona de confianza que sabe dónde ubicarme es Elsa Boris, aquella empleada que tenía en Buenos Aires cuando te conocí. Podrás encontrarla como portera en el mismo edifi-

cio. Tomás está muy bien y cada día me recuerda más a ti. Si quieres escribirme, una dirección donde hacerlo es:
c/o Martin Moritz – Paseio das Vertentes 4 – San Salvador de Bahía, Brasil. Vivo en una «fazenda» al borde del mar y… tengo noticias de que se vende la propiedad vecina…

* * *

Archibaldo Arias llegó eufórico al día siguiente, preparado para festejar la firma de «la cesión patrimonial» y «la aprobación de los pliegos» para la construcción del Puerto. Venía con el ánimo de iniciar una nueva etapa con Berta. El peón de patio le informó que la patrona había partido para la Capital. Desconcertado y preocupado, Arias fue hasta la estación. Allí se cercioró de que Berta no había tomado el tren del día anterior. De regreso en la estancia, habló con uno y con otro hasta que fue reconstruyendo todo lo que Berta había dicho en su enojo y se convenció de que su intención había sido partir en tren.

—Muy lejos no han de estar —opinó cuando le dijeron que Nicanor y el carro tampoco habían vuelto—. ¿En qué andarán? ¡La gran perra! —se le oyó rebuznar.

Como Valorio no estaba, Arias dio instrucciones a don Gerónimo para que juntara a la peonada y los hiciera salir a todos, como sabuesos, detrás de la huella del carro. Antes de que don Gerónimo se fuera a cumplir con sus órdenes, agregó:

—Y hágale saber a ese tal Nicanor que no se deje ver más, porque lo capo. Dígale que más le vale ir a buscar otro trabajo… cuanto más lejos de acá, mejor. También hay que preguntarle a la partera si sabe algo del petisero. El que traiga novedades, tendrá una recompensa.

Demoraron poco tiempo en encontrar el cuerpo porque a alguno le llamó la atención un carancho que sobrevolaba el monte de eucaliptus. Nadie quería regresar con la trágica noticia. Por fin, fue don Gerónimo, que estaba muy afectado, el encargado de anunciarle a

Arias el absurdo final de la marquesa. La cara de Arias se ensombreció y no quiso oír explicaciones.

–Se quedó en silencio un buen rato y pareció un hombre terminado –repetía don Gerónimo después.

Por fin, Arias se puso de pie y quiso ir, en compañía de don Gerónimo, a conocer los detalles con sus propios ojos. Se mantuvo callado durante el trayecto y también una vez que estuvieron frente al desastre. Varias veces, mientras iba y venía inspeccionando la horrible escena desde los distintos ángulos, se tapaba y refregaba la cara con ambas manos, como intentando contener una explosión mientras acostumbraba sus ojos y su mente a esa visión siniestra.

–Este monte habría que talarlo, después de tantas desgracias –dijo don Gerónimo, por decir algo que llenara el silencio.

Entonces Arias reaccionó.

–¡Qué culpa tiene el monte! –gritó:– ¡Pago diez novillos al que me traiga a Nicanor! ¡A ése sí que hay que talarlo! ¡Y quiero ver a esa vieja taimada de Eulalia! ¡Ya mismo!

Don Gerónimo, lento y pesado, fue a llamarme. Yo fingí estar dormida, a pesar de que no había pegado un ojo en toda la noche. Tuve que simular sorpresa y alteración por la noticia de la muerte, haciendo todos los comentarios de rigor con Ferro, que repetía:

–¡Y se fue a morir justo a escasos metros de donde se colgó el señor Jérber! ¡Qué cosa! ¿no? ¡Yo no me meto más en ese monte! Ha de estar engualichado...

Con los nervios que tenía, me olvidé de golpear antes de entrar al escritorio donde me dijeron que me esperaba Archibaldo Arias. Miren, ahí estoy. Me siento turbada porque lo he descubierto, sentado en el sillón de cuero, llorando. Pretendo recular, pero él se endereza de inmediato y me espeta:

–¿Dónde está el hijo de puta ése?

Observen cómo contesto, con las manos tomadas a la altura de la cintura y con un nudo que me retiene la voz en la garganta:

–Mi sentido pésame, señor. Si se refiere a Nicanor, yo no sé nada. Pero recuerde que al llamarlo así, puede estar provocando el enojo de la finada doña Berta, que lo apreciaba mucho... Dios no lo quiera castigar a usted...

Tantos años he pasado sin nombrar a Dios que me extraña sentir esa palabra saliendo de mis labios, pero sé que tiene un significado nuevo para mí... Ha sido como un despertar... A partir de la noche anterior, sacudida por la muerte de Berta y por el relato de Nicanor, ante el desafío de tener que resistir a Arias y con la ayuda ausente de la marquesa, he construido una nueva forma de estar en el mundo, una suerte de religión casera: siento que llevo un pequeño gran dios en mi interior, un ser superior, que es capaz de hacerme sentir tanta fuerza como aceptación...

–¡Así que no sabés nada, vieja zorra! ¿Sabés que alguien lo vio en tu ventana?

Respondo en un tono ingenuo y siento que puedo sobrevolar la escena mientras hablo:

–Lo de vieja zorra sobra, señor. No necesita faltarme al respeto. Que alguien lo haya visto no quiere decir que lo haya visto yo.

Él, que no ha logrado levantar vuelo, me ataca con voz de trueno:

–¡Mejor va a ser que se cuide de aparecer por acá, porque va a terminar como el padre de Nicolás!

–¿Cómo, cuál padre? –pregunto y me sorprende poder hablar, porque mi voz me llega desde muy lejos y estoy temblando como un papel y algo me dice que quizá debería tener ganas de partirle el florero verde o la lámpara de porcelana por la cabeza.

Observen cómo Arias me mira con frialdad y dice, con algo más de consideración en el tono:

–Vea, yo no le voy a aguantar lecciones de catecismo a nadie... y tampoco estoy para que me muestren la lisa y me den la rayada. De todas formas, no vamos a hacer mucho ruido con todo esto, porque cuanto hagamos no va a servir para que Berta viva... Además, yo tengo demasiados compromisos que no puedo desatender y a nadie le va a convenir que haya escándalos. Pero le recomiendo que se cuiden, usted y él... porque para mí son responsables, él por acción y omisión y usted por encubrimiento.

Yo contesto, lejana:

—Usted también cuídese, porque la marquesa me contó que la obligó a firmar el poder y que la extorsionó con la información que tenía de ella...

Arias hace oídos sordos y habla como si estuviera solo:

—Mejor que ese petisero se esconda, porque tiene sentencia firme, si aparece...

No contento con amenazar una vez, repite la misma frase, exactamente igual, siempre mirando el vacío. Entonces, yo, en tono distante y casi desaprensivo, como si fuera otra la que está hablando, le advierto:

—Es obvio que usted empujó a la marquesa hasta el borde de la desesperación y que es el único que va a beneficiarse con su ausencia... La muerte de Nicanor en este momento puede ser muy sospechosa... Tenga mucho cuidado...

Miren cómo, aprovechando que Arias no se esperaba esta respuesta y que ha quedado descolocado, me doy media vuelta y me marcho, sin aspavientos.

Yo sabía que no tenía adónde ir, sabía que por Nicolás tenía que permanecer donde estaba, sabía que mi protección dependía de que yo vigilara los movimientos de Arias para tener la información necesaria en el momento oportuno. Me sentía transformada por una fuerza que me permitía arriesgarme en la oscuridad para controlar todo —desde los papeles en el escritorio hasta los objetos personales de Arias y sus desplazamientos—. De golpe, estaba tan dispuesta a luchar como a morir. Así fue como descubrí algo muy extraño y misterioso para lo cual nunca encontré una explicación.

Arias le había dicho a don Gerónimo que podían alimentar el percherón y entablillarle la mano si hacía falta, pero que no debían moverlo ni tocar el resto porque él tenía que «hacer levantar un acta». Mandó tapar el cuerpo de la alemana con una gran lona, habló de darle «cristiana sepultura» y se marchó a telegrafiar a su escribano. Cuando por fin llegó Herrera con un médico, la alemana ya llevaba tres días en el monte. Con el argumento de que Berta amaba a sus caballos, Arias dijo que el mejor lugar para velar sus restos era el establo. Había hecho venir dos conscriptos que fueron los encargados de preparar el velorio. Ellos organizaron todo, siguiendo las instrucciones del oficial. El decorado resultó muy peculiar, con algo de solemnidad militar en la disposición geométrica de los fardos que fueron apilados para crear un espacio reservado, con algo litúrgico porque proliferaban las velas distribuidas en forma de cruz y con los toques hípicos dados por el entorno natural: los mismos fardos, los olores y los esporádicos e inevitables relinchos de yeguas y caballos que no habían sido removidos de sus boxes.

El entierro se anunció para la mañana del quinto día. A medianoche, cuando todo el pueblo y la gente de las estancias –incluidos Clemencia y las mellizas, Blanca y la Azucena– ya habían desfilado por el establo, los dos conscriptos que habían hecho guardia, parados junto al ataúd durante todo el día, sacaron el cuerpo de Berta con gran sigilo, creyendo que nadie los observaba. Lo pusieron en una bolsa vacía que habían bajado del jeep y adentro del féretro colocaron una bolsa llena de arena que también sacaron del vehículo. Antes de retirarse con el cuerpo, clavaron la tapa para el entierro. Con la gran bolsa a cuestas, descendieron hasta la playa. Allí prendieron un fuego y lo alimentaron hasta armar una gran fogata en la cual quemaron el cuerpo durante cinco horas hasta que quedó reducido a cenizas.

El mismo Arias supervisó el «operativo» desde lo alto del acantilado. Yo sabía que si había alguien responsable de la muerte de la marquesa, ése era el capitán Arias, el mismo que le había amargado la vida primero al conde y después a Herbert. Pero también estaba segura de que el capitán Arias había sido víctima de una gran pasión y que había amado a la alemana todo lo que él era capaz de amar. Por eso no me extrañó ver primero cómo le cortaba mechones de pelo y los guardaba en su bolsillo y tampoco que él llorara como un chico allí arriba, luego, al observar el espectáculo de su amante, rociada y quemada como un árbol caído. El ritmo del mar parecía acompañar por un lado el juego de las llamas en la oscuridad de la playa y por otro lado sus sollozos, mientras el insoportable olor de la carne asada subía en vaharadas humedecidas por el salitre y le revolvía el estómago hasta provocarle la náusea y el vómito.

Después, cuando vi cómo Arias recogía las cenizas y las llevaba en una cajita para esparcirlas sobre el estanque, llegué a pensar que él estaba cumpliendo con un rito que Berta había deseado. La imaginé diciendo:

—Si ió muera antes de vos, Cap, por favor, me quemas y tiras mis cenizas con los caballos en lo estanque, que a mí no gustan nada los cementerios.

Era cierto que la marquesa dejaba secar los esqueletos de sus caballos cuando iban muriendo y luego hacía echar los huesos en el estanque. Le habían contado que los indios mojaban los huesos para que no llegara la luz mala y también que en el desierto de Arabia se creía que brotaba agua allí donde quedaban los restos del mejor caballo… A la fecha de su muerte, ya habían ido a parar al fondo del estanque los huesos de unos cuantos caballos, porque ella había tenido varios pura sangre, que respondían a los seis nombres que todavía figuran encima de los boxes —Jónico, Dórico, Corintio, Árabe, Gótico y Egipcio—… y los iba sustituyendo por otros con los mismos nombres y números romanos.

Después de tirar las cenizas al agua del estanque, Arias volvió a llorar. Los conscriptos no estaban, habían regresado al establo a custodiar el ataúd lleno de arena.

Al día siguiente, acompañé hasta la salida del pueblo el pequeño cortejo que salió rumbo a Tres Picos. Clemencia, Blanca y las tres chicas también se habían sumado a la escasa procesión fúnebre que llevaba a inhumar el supuesto cuerpo de Berta von Kartajak. En el camino de regreso, me sentí tentada de concluir que la voluntad de

Berta era el único móvil que podía haber tenido Arias para hacer lo que había hecho... pero de golpe recordé una frase que había oído en boca de la marquesa en más de una oportunidad: «Piense mal y acerterás». Sin duda esa frase mal conjugada provenía del refranero del propio Arias, quien podía servir de primer ejemplo: su deseo de acumular más poder podía explicar todas sus acciones...

De hecho, sólo un día después del entierro, Arias le dio órdenes a don Gerónimo para que juntara a la gente de las cuatro estancias: les quería hablar. Después de dormir una siesta y darse un baño en el cuarto de Berta donde se había instalado, con su mejor ropa de montar y el pelo engominado, se asomó al balcón. Vio que se estaban juntando los peones y las domésticas alrededor de don Gerónimo y les hizo señas para que se acercaran. Les habló desde lo alto, las manos apoyadas en la baranda:

—Esta estancia ha pasado a manos del Estado —dijo— porque se va a construir un gran puerto. Habrá trabajo seguro para todos ustedes y para muchos más. A nadie le va a ir mal, salvo a los haraganes. Hace unos días se realizó un gran acto en la Capital por este Proyecto de Puerto que ustedes van a tener el privilegio de ver radicarse acá. Es algo de enorme trascendencia, no sólo para el país, sino también para el continente. Es una lástima que la marquesa no pueda celebrarlo con nosotros, pero lo vamos a llevar adelante con la memoria de su temple prodigioso...

Siguió hablando durante largo rato de lo que iba a significar que una ciudad viniera a instalarse donde ellos estaban... Después les dijo que todos iban a poder seguir cobrando, pero que deberían trabajar mucho más que antes porque, si no, otros más diligentes vendrían a sacarles el empleo...

Pronto me di cuenta de que, tanto yo como el propio capitán, nos habíamos equivocado en nuestras previsiones: Archibaldo Arias no pudo aprovechar de la muerte de Berta como había aprovechado de ella viva. A «El Capricho» sólo volvió un par de veces. Hizo trasladar todos los muebles de valor a «La Nostalgia» y me mandó decir que me podía quedar en la casa si me ocupaba de que no se metieran intrusos.

Al segundo mes sin cobrar, como Valorio nunca más había aparecido, alguien rememoró:

—«Todo lo que hizo Berta, acabó».

—Y lo que hizo Nacha, también —dijo Nacha y fue una de las primeras en marcharse.

Yo comprendí la decisión de la cocinera pero no pude sino lamentar y llorar su partida, después de tantos años de convivencia.

Arias había hecho llevar los caballos, la hacienda y la maquinaria y había dicho que vendría el contador a darnos una suma de dinero a cada uno, para que pudiéramos esperar hasta el comienzo de las obras del puerto, que nos iba a traer trabajo seguro y mucho mejor pago a todos. Como esa promesa no se cumplía, alguno fue a «La Nostalgia» a reclamar y volvió sin muchas esperanzas: Arias estaba en la Capital y se decía que tenía serias dificultades aunque no se sabía cuáles eran.

* * *

Si imaginan que pasaron muchas cosas en los años que transcurrieron desde entonces, no se equivocan. Pero no tantas como antes, cuando esto estaba lleno de gente. He llevado una vida muy tranquila y más llena de recuerdos que de acontecimientos. Todo esto sufrió un proceso de abandono progresivo porque el Puerto jamás se hizo, aunque cada tanto se oía hablar nuevamente del proyecto. El casco fue desmantelado poco a poco y yo quedé en este pintoresco establo frente al mar. En una de sus últimas venidas, el capitán Arias dio a entender que el gran misterio que la marquesa escondía se reducía a que tenía un hermano con un retraso mental profundo y a que había huido con un novio después de apropiarse de la fortuna de su abuela. Revolviendo los papeles del milico, encontré dos informes. El primero decía:

Parte de inteligencia solicitado por Teniente de Fragata Juan Miguel Drago, ciudad de Buenos Aires, 20 de setiembre de 1931.

Identificación: ciudadana extranjera, altura un metro setenta y cuatro centímetros, cabello color rojo, ojos color marrón claro, nariz aguileña, peso aproximativo sesenta y dos kilogramos.

Datos personales: amiga ciudadano alemán nombre Heinrich Richard Eichen, socia ciudadano alemán Herbert Hans Wulf, radicada localidad El Relicario, cercana a Bahía Blanca, costa atlántica. Llegada: diciembre 1925, puerto Buenos Aires.

Averiguación datos objetivos: buque de arribo, nombre y apellido, procedencia, nacionalidad, otros datos personales emergentes documentación línea marítima correspondiente.

Resultado: Berta von Kartajak, nacida 18 de diciembre de 1899, ciudad de Bonn, Alemania, desembarcada de Buque Cap Polonio procedente de ciudad de Santos, día 2 de diciembre de 1925, ocho horas de la mañana.

El segundo informe decía:

Parte de inteligencia solicitado por contralmirante Sebastián María Jurado, ciudad de Berlín, 15 de agosto de 1933.

Averiguación antecedentes exhaustivos, sin escatimar detalles costumbres, ciudadana alemana Berta von Kartajak (B.v.K.), paradero desconocido, máxima confidencialidad respecto origen investigación, reserva resultados, evitar filtraciones hacia fuentes información.

Familiar identificado: señora Helen Lisa Britten (H.L.B.), cincuenta y cuatro años, viuda de Joseph von Kartajak, madre de la susodicha.

La señora H.L.B. desconoce paradero hija de nombre Berta. Realizóse averiguación solapada, por intermedio terceras personas muy cercanas. Dio como resultado que si conociera destino de la hija iría a buscar porque cree deben explicaciones mutuas. No se dio información alguna al sistema fuente. Realizóse reconstrucción historia compleja según la cual H.L.B. vio por última vez hija en fiesta de disfraces casa Adolf Mayer, amigo familia; ella con disfraz de paloma y compañero con disfraz diablo. Huyeron juntos con fortuna en joyas y diamantes en bruto propiedad de la tía Sigfrida.

1893, Peter von Kartajak se trasladó con su esposa e hijo menor, Joseph —a la sazón de diecinueve años— a colonia alemana en África del Sudoeste, habiendo conseguido explotación de minas diamantes. Casa de la familia en Bonn quedó a cargo de hija mayor, Sigfrida. 1896, Joseph regresó a Bonn por trámites y enamoró de muchacha diecisiete años, H.L.B., que hizo cambiar planes. Hija única de poderoso empresario textil que ofreció futuro yerno interesante puesto en propia industria. Joseph comunicó su padre decisión abandonar actividad minera en Sudwes-Afrika, y contrajo matrimonio en ciudad de Bonn.

1897, nació primer hijo, grave retraso mental congénito. H.L.B. gran sufrimiento, pero cariño criatura con pliegue cutáneo entre nariz y párpados, rasgos parecidos oriundo Tartaria China, semejanza seguidores Gengis Kahn. Bautizó Clever, en inglés «inteligente», para compensar en nombre, dijo en su momento, escasez juicio con que venía dotado para vida. Poco tiempo después, se presentó en casa de familia v.K., estando sola H.L.B., médico de Asociación Protectora de Deficientes. Ofrecía nuevamente servicios institución que representaba, visto que desgracia se había repetido en la familia. H.L.B., no estando informada de desgracia anterior, fingió no sorprendida para obtener información, mejor estilo profesional. Médico informó buen estado de salud y avances de Sigfrido von Kartajak, de veintisiete años internado desde nacimiento. H.L.B., muy impresionada por existencia cuñado esas características pero más aún hecho le hubieran ocultado información, concibió inmediatamente plan. Agradeció ofrecimiento médico, dijo ella cuidaría propio hijo y sugirió por bien Sigfrido nunca decir que había hablado con ella porque conocía bien su esposo que iba a considerar infidencia grave por parte Instituto y trasladaría hermano, siendo único perjudicado el ya perjudicado. J.v.K., sin saber que ella informada, muchas veces intenta-

ba sugerir mejor para Clever la atención de instituto especializado. H.L.B. siempre contestaba que si eso era así, ella iría vivir al instituto especializado también. Su decisión secreta para tener un hijo sano era arriesgar buena reputación y buscar otro progenitor sin carga genética declarada.

18 diciembre 1899 nació B.v.K. perfectamente sana y rasgos arios. Marido no tenía motivos para suponer esa hija no era suya.

1905, murió Peter von Kartajak, suegro de H.L.B., asesinado por un negro, aparentemente venganza sin esclarecimiento de motivo. Joseph reclamado por su madre para hacerse cargo de las minas. H.L.B. acompañó y descubrió mayor libertad y felicidad en África, porque tolerancia a defectos de Clever mucho mayor que en sociedad alemana.

1913, fallece suegra H.L.B. y antes morir advierte a nuera: debe reflexionar, Joseph no es feliz con Clever en la casa.

1919, fin guerra, Joseph vuelve a Alemania con familia cuando África de Sudoeste pasa a ser fideicomiso de la Sociedad de Naciones. B.v.K., que había vivido desde seis hasta veinte años en África, serias dificultades adaptación vida Bonn en mansión familiar comandada por tía, estrictos códigos sociales época, miseria posguerra, mal carácter tante Sigfrida no toleraba presencia Clever. Joseph puso todo empeño y parte su fortuna recuperar fábrica textil familia de H.L.B., fundida durante guerra. 1922, murió padre H.L.B. y 1924, a pesar esfuerzos Joseph, decretaron quiebra empresa. H.L.B. quedó absolutamente muda, un día para otro, sin explicación médicos. Recobró habla cuando Joseph suicidó tres meses después y lo encontró sobre escritorio después de oír tiro. Nadie tomó precaución alejar Clever. En confusión subió al cuerpo padre y con dedo revolvía herida sien, llamándolo para que respondiera a su juego. Clever escondió revólver y cuando horas después, todos buscaban arma para hacer declaración policial, sonaron dos tiros en sótano. Primero pegó en depósito de agua y segundo en la sien derecha Clever, quien cayó al piso en momento sótano comenzaba inundarse. Berta acusó H.L.B. de todas desgracias: no había impedido que padre se matara, había estado muda cuando más él necesitaba *que le hablaran, había descuidado hermanito, permitiendo se matara por pura imitación. Casa familiar quedó lúgubre y sin hombres. Tía Sigfrida, única que conservaba intacta su herencia y administraba además en forma oculta la parte de hermano tocayo y anónimo que había fallecido días antes de Joseph, decretó duelo de un año por hermano Joseph y sometió cuñada y sobrina rigor de su autoridad incuestionable. Dueña de la casa, pagaba comida y otros gastos, dispuesta a recordarlo todas las veces que era necesario. Cada vez tía llamaba atención sobrina sobre conductas incorrectas para honrar memoria su extinto hermano Joseph, Berta agregaba: «de mi extinto hermano Clever también, porque falleció el mismo día».*

julio 1925, tía Sigfrida levantó oficialmente duelo y declaró podían aceptar invitaciones.

13 de setiembre concurrieron las tres a fiesta de disfraces en casa de tío Adolf, viejo amigo de la familia con quien Sigfrida había soñado casarse. Berta bailó toda la noche con invitado que llevaba máscara y vestimenta diablo. Después no vieron más. H.L.B. y Sigfrida esperaron final fiesta y regresaron solas a la casa. Durante trayecto Sigfrida criticaba H.L.B., no sólo por conducta moralmente censurable de Berta sino porque H.L.B. misma había bailado en exceso con el dueño de casa, siendo ella una viuda reciente. Asombro de Sigfrida mayúsculo cuando encontraron disfraz paloma colgado en pasamanos de escalera. Dicen informantes «enormes alas blancas caían sobre alfombra escalones junto a máscara y ajustado ropaje del demonio». H.L.B. y su cuñada siguieron los rastros de Berta y el compañero creyendo sorprenderlos en actitudes comprometidas, pero sorpresa mucho mayor: en habitación tía Sigfrida hallaron el cuadro de Strigel corrido, el cofre forzado y una carta en el lugar que habitualmente ocupaban sus joyas y su colección secreta de diamantes en bruto. La nota, con letra masculina, decía: «Dígale a su cuñada que rapto a la hija de ella y de Adolf porque la amo. Sepan entender y disculparme si para ello debo tomar prestadas algunas monedas. No quiero que pase penurias a causa de nuestro amor hasta tanto pueda darle una vida digna. Puedo asegurarles que conmigo será feliz». La tía Sigfrida, disfrazada de deshollinador, con cara pintada con carbón y ojos ardientes como brasas, aullaba «prestadas algunas monedas, si se llevaron todos mis valores, qué me importa a mí si es feliz». H.L.B., disfrazada de gitana, no podía entender quién había dado información a Berta sobre paternidad verdadera si mismo Adolf no estaba enterado. Tomada por sorpresa y preocupada por lo que podía ocurrirle a su hija no pudo fingir. Cuñada insultaba que ni siquiera era sobrina entonces, a qué título soportando tanto tiempo carácter rebelde y mala educación. Sigfrida hablaba de prender a los ladrones para mandarlos presos y suponía H.L.B. sabía identidad de compañero demonio. Cuando Sigfrida dijo Berta no era de la familia y eso explicaba delincuencia, H.L.B. dijo algo sobre retrasos mentales no reconocidos y mencionó Sigfrido. Cuñada echó de la casa. H.L.B. llegó a casa de Adolf cuando mozos terminaban de limpiar y pidió albergue, relatando toda historia, incluido tema paternidad, anticipándose escándalo desataría tía Sigfrida.

Sigfrida contrató detectives privados porque joyas y diamantes no declarados oficialmente en su patrimonio. Detectives identificaron a Karl Heine, amigo de sobrino de Adolf. Letra de la nota de él, según perito grafólogo, caligrafía denotaba estado de ebriedad, no conciencia de contenido escrito. Heine confirmó inducido por exceso alcohol y desenfrenada seducción Berta había aceptado propuesta vivir aventura juntos. Berta había dictado texto nota y él ignoraba por completo Berta hubiera tomado joyas ajenas, según ella de su propia herencia. Supuesto raptor contó detalles que lo transformaban en primer engañado. Berta huyó finalmente de Heine después pasar algunos días en pequeño pueblo costa adriática. Se evadió de noche llevando absolutamente todo, incluida ropa de Joseph que Heine había usado. Heine sin un céntimo se vio obligado a trabajar en la cocina para pagar el hotel y comprar pasaje regreso. Lo más insólito para H.L.B.: Heine confesó que Berta reía pensando en la furia de tía Sigfrida cuando leyera insensatez de la nota porque la noche anterior Berta había soñado que la tía Sigfrida la acusaba de ser hija de Adolf, y según Heine,

Berta le había explicado que su tía, como tantas otras mujeres, era admiradora de ese inconquistable caballero y pondría verde de envidia de sólo imaginar su cuñada siendo infiel a su hermano nada menos que con él.

Sigfrida aún hace controlar a su cuñada, que vive con Adolf, porque supone que tiene o va a tener algún contacto con Berta y ella no ceja en sus intentos de recuperar por lo menos parte de sus valores.

Índice

¿Un escenario para una marquesa? 7
¿Partera en trances embarazosos? 51
¿«La donna è mobile»…? 89
¿Encantos orientales? 103
¿Enroque de hijos? 117
¿Un novio entre sábanas ajenas? 133
¿Filosofía armada? 157
¿Distintos hilos de un mismo entrevero? 163
¿Patrona en establo impropio? 177
¿El capitán infatuado? 189
¿Arañas a voluntad? 201
¿El oasis del conde? 217
¿Lugar de encuentros y desencuentros? 225
¿Las pésimas pócimas del milico? 229
¿Más vale solos que mal acompañados? 231
¿Más venenos y descalabros? 241
¿Entre caprichos y nostalgias? 253
¿Ultimo galope? 265
¿Recuerdos de filosofía y misterio? 271

Esta edición se terminó de imprimir en
Industria Gráfica Argentina
Gral. Fructuoso Rivera 1066, Capital Federal
en el mes de julio de 2001.